Mord an der Wümme
Ein Krimi zwischen Bremen und Rotenburg

Titelabbildung: AdobeStock # 90300229 / Givaga

3. Auflage 2021

Copyright © Edition Falkenberg, Bremen
ISBN 978-3-95494-264-0
www.edition-falkenberg.de

Katrin Steengrafe

Mord an der Wümme

Ein Krimi zwischen Bremen und Rotenburg

Wümme Krimis, Band 2

Edition Falkenberg

Erstes Kapitel

Der italienische Kleinwagen mit dem Auricher Kennzeichen fuhr zügig in die Parkanlage hinein. Fast zeitgleich mit dem Aufleuchten des Blinkers machte er einen plötzlichen Schlenker nach links und kam auf dem Parkplatz abrupt zum Stehen. Nachdem der Motor ausgeschaltet worden war, konnte nichts mehr die laute Musik im Wageninneren übertönen. »Here comes the sun, dubndudu …«

Wie die symbolische Erfüllung eines gesungenen Versprechens erschien die Sonne tatsächlich, als sich die Autotür öffnete und ein kräftiges, wohl geformtes Frauenbein sichtbar wurde. Der dazugehörige Fuß schob mit einer energischen Bewegung das Herbstlaub beiseite, das der Oktoberwind durch den Bremer Bürgerpark getrieben und überall in kleinen Haufen abgelegt hatte. Auf den leergefegten Boden wurde nun ein Paar Inliner gestellt, akkurat nebeneinander, die grauen Stiefel so geöffnet, dass man nur noch hineinsteigen musste. Inzwischen war auch das zweite Bein aus dem Wageninneren hervorgekommen, und mit einer schnellen Bewegung schlüpften beide Füße gleichzeitig in die Inlinerstiefel, die dabei am Schaft gehalten wurden. Von der Fahrerin war derweil nur die Rückseite zu sehen; sie neigte sich weit nach vorne, um mit geübten Fingern die Stiefel zu verschnüren. Ihr Kopf war dabei so tief gesenkt, dass der achtlos zusammengebundene hellblonde Zopf über ihren Hinterkopf rutschte und ihr direkt ins Gesicht fiel, wo er im Takt der geschäftigen Hände hin- und herwippte.

In kürzester Zeit war die Frau fertig und sah zufrieden auf ihre fest verschnürten Schuhe. Sie richtete sich auf und griff mit der rechten

Hand hinter sich, um einen Lederrucksack aus dem Auto zu ziehen, den sie sich auf den Rücken band. Nun erhob sie sich, ohne auf den Inlinern auch nur einmal ins Wanken zu kommen. Sie verschloss die Fahrertür und sah sich um; offenbar suchte sie nach einem geeigneten Weg. Dann hatte sie sich entschieden und lief mit weit ausholenden Schritten auf dem Asphalt an den abgestellten Autos vorbei in die Richtung, die ihr am meisten zusagte.

»Musekacke.«

Liebevoll strich Carmen Schütte ihrer kleinen Tochter über das dunkle Haar, das trotz der zweieinhalb Jahre, die sie inzwischen war, immer noch eher an Entenflaum als an Kinderhaare erinnerte. »Marie, du bist eine *Schmu-se-ba-cke*.« Carmen betonte jede Silbe.

»*Mu-se-ka-cke*.« Marie imitierte die Intonation ihrer Mutter und verschenkte im Anschluss daran ein triumphierendes Lächeln.

»Du bist mir so eine Musekacke!« Gerührt nahm Carmen ihre Tochter in den Arm und schnupperte hingebungsvoll an deren Entenhaaren. Das Öffnen der Tür war zu hören, und kurz darauf steckte Horst Schütte seinen Kopf ins Wohnzimmer.

»Hallo, ihr beiden! Ich zieh mich nur schnell um, dann komme ich.«

Der Kopf im Türrahmen verschwand so schnell wie er erschienen war, und gleich darauf klappte die Schlafzimmertür.

Marie befreite sich aus den Armen ihrer Mutter und flitzte so schnell es ging ihrem Vater hinterher. Carmen ging währenddessen in die Küche, um den Tee zu holen, der bereits aufgegossen war.

Mit einem lauten Geheul kehrten Horst und Marie wenig später ins Wohnzimmer zurück; der Vater auf allen Vieren als Lastentier, gnadenlos angetrieben von der kleinsten Diktatorin der Welt, die sich in geübter Manier auf seinem Rücken transportieren ließ. Gegen Maries energischen Protest erhob er sich und ließ seine Tochter rückwärts auf das

Sofa plumpsen, was sie mit einem lauten Juchzer quittierte, und das ihm ein »Noch mal!« einbrachte. Zweimal ließ er sich zu einer Wiederholung dieses Spiels erweichen, dann war Schluss, woran auch ihr lautstarker Unmut nichts ändern konnte. Seine Stimme klang endgültig: »Nein, Maus, nun ist es gut. Jetzt will ich mit Mama Tee trinken. Hier, nimm mal deinen Saft.« Er reichte ihr einen auslaufsicheren Ventilbecher, einmal mehr erstaunt darüber, was der technische Fortschritt den Kindern heutzutage so alles bescherte.

»Na, alles erledigt?« Seine Frau lenkte mit ihrer Frage die Aufmerksamkeit auf sich.

»Ja, die Ware ist heute noch gekommen, von daher muss ich nicht mehr los.« Genüßlich trank er einen Schluck von dem kräftigen, schwarzen Tee. »Und du«, fragte er, »schon aufgeregt wegen morgen?«

Carmen nickte. »Ein bisschen. Nun bin ich schon so lange im Beruf, aber eine neue Stelle ist doch immer so eine Sache.« Sie warf einen Blick auf Marie, die an den Tisch gelehnt stand und versuchte, ein Stück Kandis zu stibitzen. »Ich bin auch gespannt, wie die Kleine das wegsteckt, wenn ich nicht mehr ständig zu Hause bin. Mal ganz abgesehen von meinem schlechten Gewissen.«

Horst schüttelte den Kopf. »Nun mach dich mal nicht verrückt, du hast dich doch so auf den neuen Job gefreut! Außerdem ist durch Elli bestens für Marie gesorgt und«, er erhob sich, »ich bin ja schließlich auch noch da.«

Während er sich zu seiner Frau hinunterbückte, schaffte er es gerade noch, sie flüchtig zu küssen, da Marie sich bereits zwischen sie gedrängt hatte. Abermals erschien ihr triumphierendes Diktatorenlächeln, von dem sie scheinbar wusste, dass ihre Eltern diesem nicht widerstehen konnten. Tatsächlich brachte sie Horst zum Lachen. »Eins zu null für dich, Marie. Na, wie ist es? Wollen wir beide noch mal raus?«

»Liebatz gehen?«

»Marie, das heißt Spielplatz!«

»Liebatz!«

Er hob sie hoch und hielt sie mit gestreckten Armen in die Luft. »Zwei zu null für dich, Maus!«

Kommissarin Rieke Senger schloss mit vor Anstrengung zitternden Händen die Tür zu ihrer Wohnung auf. Ein rhythmisches Klopfen aus dem Wohnzimmer zeigte ihr, dass Ben schon zu Hause war und per Kopfhörer mit Hilfe von ZZ-Tops Blues seinen Einstieg in den Feierabend suchte. Den Takt der Musik gab er mit dem Fuß wieder, dabei summte er leise die Melodie vor sich hin.

Rieke näherte sich ihm unbemerkt von hinten und nahm ihm behutsam den Kopfhörer ab. Er hob die Arme und hielt sie einen Moment lang fest; dann erst drehte er sich zu ihr um. »Na, hat's was gebracht?«

Rieke lächelte. »Ja, es hat mal wieder funktioniert, ich bin aber auch eine ganze Zeit lang gelaufen. Musste mir erst mal eine andere Strecke suchen, denn im Park geht es nicht so gut. Die Wege dort sind eher was für Jogger, so dass ich erst einmal drum herum gelaufen bin, bis ich dies Blockland, oder wie das heißt, gefunden habe.«

»Umzu!«

»Wie bitte?« Rieke verstand nicht ganz.

»Hier sagt man nicht drum herum, sondern umzu.« Geduldig machte Ben seine Freundin mit den Bremer Sprachgepflogenheiten vertraut.

»Umzu den Park?«

Ben lachte. »Nein, nur umzu, ohne Park gewissermaßen.«

Rieke verspürte in diesem Moment wenig Lust, sich weitergehend mit dieser befremdlichen Logik zu befassen. Sie wechselte kurzerhand das Thema. »Ist schon komisch. Jetzt bin ich keine Berufsanfängerin mehr, aber trotzdem nervös, wenn es in eine neue Dienststelle geht. Nur gut, dass es Inliner gibt. Bestens geeignet, sich alles

von der Seele zu laufen.« Sie streckte sich. »Ich geh schnell duschen, dann können wir los.«

Ben nickte, setzte sich seinen Kopfhörer auf und drehte ihr wieder den Rücken zu.

Auf dem Weg zum Bad begann Rieke sich auszuziehen, wobei sie unterwegs ihr Zeug in den Wäschekorb im Schlafzimmer entsorgte. Im Bad temperierte sie das Wasser zunächst mit Hilfe des Thermostates, dann stieg sie in die Duschwanne, wo sie sich das warme Wasser genießerisch über die verschwitzte Haut laufen ließ.

Während sie noch dabei war, sich einzuseifen, wurde die Schiebetür der Kabine geöffnet, und Ben gesellte sich zu ihr. »Mir ist da noch ein gutes Mittel gegen Lampenfieber eingefallen«, murmelte er, während er es übernahm, das Duschgel weiter auf ihrem Körper zu verteilen.

Rieke schloss die Augen und ließ sich diese Form von Arbeitsteilung gern gefallen. Entspannt mindestens genausogut wie Inlinern, dachte sie zufrieden und schloss die Arme um Ben.

Andreas Neuhoff war seit einer gefühlten Ewigkeit bei der Polizei, und wenn er sich auf eines verlassen konnte, dann war das seine profunde Menschenkenntnis. Bereits im ersten Kontakt erfasste er fremde Menschen intuitiv, und in der Regel bestätigte sich sein Eindruck bei näherer Bekanntschaft. Nicht anders erging es ihm an diesem Morgen, als seine neue Kollegin aus Aurich das Büro betrat. Patent, lautete sein stummes Urteil, patent und bodenständig.

Ob er sie äußerlich attraktiv fand, vermochte er dagegen noch nicht zu entscheiden. Mit ihren knapp ein Meter achtzig Körpergröße und der weiblichen, üppigen Figur war sie in der Tat eine respektable Erscheinung, die so richtig in keine gewohnte optische Schublade passen wollte. Ein Blick in ihr offenes Gesicht mit dem hellen Teint dagegen genügte, um ihn innehalten zu lassen. Ihre Augen hatten die Farbe heller Aquamarine, und etwas schien darin zu flirren, was sich

bei genauerem Hinsehen als kleine, braune Sprenkel erwies, die in der Farbe an ostfriesischen Tee erinnerten. Ihr Haar war blond. Sie hatte es streng aus ihrem Gesicht gekämmt und im Nacken geknotet, was die Klarheit ihres Gesichts noch betonte.

Diese Augen, dachte Neuhoff fasziniert und gestattete sich einen kleinen, inneren Seufzer, während er aufstand, um sie zu begrüßen. »Schön, dass Sie da sind, Frau Senger.« Er schüttelte herzlich ihre Hand, und fast schien es ihm, als wäre sie aufgeregt.

»Danke.« Sie erwiderte seinen Händedruck auf eine Weise, die zu seinem ersten Bild von ihr passte.

Er zeigte auf einen Schreibtisch am Fenster. »Das wird ab heute Ihrer sein ... aber was rede ich denn; nun ziehen Sie doch erst mal Ihre Jacke aus und setzen sich.« Er deutete auf einen Stuhl, der an der schmalen Seite seines Schreibtisches stand. Rieke Senger, die etwas unschlüssig im Raum stand, ließ sich das nicht zweimal sagen. Sie hängte ihre Jacke über die Stuhllehne und nahm Platz. »Wie wär's mit einem Kaffee?«

Sie nickte dankbar, und Neuhoff machte sich auf den Weg. Seine Abwesenheit nutzte sie, um sich in dem Zimmer umzusehen. Ein typisches Büro erwartete sie, offenbar erst kürzlich renoviert und eingerichtet mit zweckmäßigen Möbeln, deren Zustand zeigte, dass sie zu unterschiedlichen Zeiten angeschafft worden waren. Die Fensterbänke zierten ein paar Pflanzen, um die sich keiner so richtig zu kümmern schien. In diesem etwas zusammengesuchten Ambiente sahen die PCs auf den beiden Schreibtischen irgendwie deplaziert aus.

Im Grunde hatte Rieke nichts anderes erwartet. Die Büros, die sie kannte, glichen sich alle, weil überall in den Behörden am Geld für Mobiliar gespart wurde. Letztendlich war es ihr auch nicht so wichtig; sie gehörte nicht zu den Menschen, die es am Arbeitsplatz so anheimelnd wie im Wohnzimmer haben mussten. Es mussten nur die notwendigen Sachen vorhanden sein, die sie zum Arbeiten brauchte.

Weiter kam sie nicht mit ihren Gedanken, da Neuhoff mit zwei Bechern dampfenden Kaffees zurückkehrte, die er, ohne etwas unterzulegen, auf seinem Schreibtisch abstellte. Aus seiner rechten Hosentasche fischte er ein paar Portionspackungen Kondensmilch, die er neben die Becher legte. »Falls Sie Zucker nehmen, müsste ich ein Stockwerk höher.«

Rieke lächelte entgegenkommend. »Nein danke, nicht nötig. Zucker nehme ich nicht, dafür um so mehr Milch.«

Neuhoff schob die Milchpackungen zu ihr hinüber. »Bedienen Sie sich, ich trinke ihn schwarz.«

Während Rieke sich ihren Kaffee zubereitete, klingelte das Telefon.

»Neuhoff.« Er hörte stumm dem Anrufer zu, und sein Gesicht verfinsterte sich, je länger das Telefonat dauerte. »In Ordnung, wir kommen … Wer wir ist? Meine neue Kollegin, Frau Senger. Sag mal, hast du's neuerdings auf den Ohren? Sänger, wie Gesang!«

Rieke korrigierte ihn leise: »Senger mit e, bitte.«

Er verbesserte sich. »Senger mit e, alles klar? Also, bis gleich.« Er legte auf und trank hastig einen Schluck Kaffee.

»Was ist passiert?«

»Geht gleich gut los heute. In Borgfeld, das ist am Rande von Bremen, haben sie die Leiche eines jungen Mannes im Schilf gefunden. Die Spurensicherung ist schon da, sie warten auf uns.«

Rieke hatte während seines Berichts bereits ihre Jacke angezogen und erhob sich nun zeitgleich mit ihrem neuen Chef. Abgesehen von der Tragik der Angelegenheit war sie froh, dass es gleich etwas zu tun gab. So würden ihr große Begrüßungsansprachen und -rituale erspart bleiben, da in der zu erwartenden Hektik niemand mehr Zeit dafür hätte. Gemeinsam mit Neuhoff verließ sie das Büro, um in ihren ersten Bremer Fall einzusteigen.

»Wo fahren wir eigentlich genau hin?« Neugierig betrachtete Rieke ihre Umgebung durch die Scheibe des Beifahrerfensters. In dem Moment, als sie das Gelände der ehemaligen Kaserne verlassen hatten, in der sich ihre Dienststelle befand, war es mit ihrer Orientierung vorbei gewesen.

»Der Stadtteil eben hieß Horn, und jetzt fahren wir auf einer Straße, die Horn, besser gesagt Horn-Lehe, mit dem Stadtteil Borgfeld verbindet und von den Bremern Langer Jammer genannt wird.«

»Langer Jammer?«

»Mhm.« Neuhoff nickte zustimmend und fügte erklärend hinzu: »Es handelt sich um eine scheinbar endlos lange, gerade Straße, zumindest ist sie den Menschen so vorgekommen, als sie noch zu Fuß oder mit Fuhrwerken unterwegs waren. Also nannten sie sie Langer Jammer, ein Name, der sich bis heute gehalten hat.« Er hielt einen Moment lang inne und ging dann auf ihre ursprüngliche Frage wieder ein. »Von dort aus kommen wir dann nach Borgfeld, wo die Wümme fließt. Und genau da, am Borgfelder Deich, ist auch unsere Leiche.«

»Eine Wasserleiche?«

»Weiß ich noch nicht. Am Telefon hieß es nur ein Toter. Wir sind aber gleich da.«

Rieke wandte sich wieder ihrem Fenster zu. Was sie sah, gefiel ihr. Es war deutlich zu merken, dass sie städtisches Gebiet verließen und in ländliche Gefilde kamen. Links der Straße lagen Felder und Wiesen, und die Landschaft gewann an Weite. »Schön hier«, bemerkte sie.

»Na ja, wie man's nimmt.« Neuhoff deutete mit dem Finger erst zur rechten, dann zur linken Seite der Straße. »Schon die Neubauten gesehen? Langsam ist es aus mit der ländlichen Idylle, und es wird eng hier.«

Die Häuser hatte Rieke noch gar nicht wahrgenommen, aber es stimmte. Offenbar war hier ein größeres Bauvorhaben umgesetzt

worden, was sie bedauerte, aber auch verstand. Wer würde nicht gerne hier wohnen?

Nach kurzer Zeit verlangsamte Neuhoff den Wagen, um nach links abzubiegen. Sie fuhren nun auf den Deich, dessen begehbarer Teil asphaltiert und von daher problemlos zu befahren war. Nach wenigen hundert Metern waren mehrere Pkw zu sehen, darunter ein Polizeiwagen sowie der Kombi eines Bestattungsunternehmens. Die Autos parkten wahllos links und rechts des Fahrstreifens, und Neuhoff stellte sich direkt hinter einen der letzten Wagen. Selbst von diesem Platz aus konnte man die Absperrung erkennen, die in aller Eile errichtet worden war, um ungestört die Umgebung des Fundortes untersuchen zu können.

Während sie sich den Kollegen näherten, die allesamt beschäftigt waren, löste sich einer von ihnen aus der Gruppe und kam auf sie zu. Wie die anderen steckte auch er in einem weißen Overall. Der Kopf und die Schuhe waren verhüllt, so dass lediglich sein Gesicht zu erkennen war, dessen unteres Drittel aus einem gepflegten Bart bestand. »Na, da seid ihr ja endlich!« Er zog sich einen hauchdünnen Handschuh von der rechten Hand, um sie zu begrüßen. Es war unübersehbar, dass sein Hauptinteresse dabei Rieke galt.

Neuhoff ergriff das Wort. »Darf ich bekanntmachen, Kurt, das ist Rieke Senger, meine neue Kollegin aus Aurich.« Und zu Rieke gewandt: »Frau Senger, das ist Kurt Michaelis, ein Kollege von der Spurensicherung.

»Wie war das doch gleich, Senger mit e?«, witzelte Kurt Michaelis, und Rieke ging gutmütig darauf ein, wobei sie sich im Stillen über ihre ständige Pedanterie hinsichtlich der korrekten Schreibweise ihres Namens ärgerte. »Na, da habe ich ja gleich einen bleibenden Eindruck hinterlassen«, entgegnete sie schlagfertig.

»Das dürfte Ihnen sicher häufiger passieren.« Auch Kurt Michaelis hatte offenbar beschlossen, eine Büchse Charme aufzumachen.

Weit kam er damit nicht, da Neuhoff ihm in die Parade fuhr. »Nun

komm mal wieder auf den Teppich, Kurt, statt Süßholz zu raspeln, solltest du uns lieber erzählen, was hier los ist.«

Kurt Michaelis ließ sich von dem kollegialen Rüffel nicht beeindrucken. Mühelos schwenkte er um und wurde dienstlich. Er deutete mit der Hand auf den Toten hinter sich, der gerade in einen Zinksarg gelegt wurde. »Es ist ein junger Mann, den wir da gefunden haben, so um die zwanzig Jahre alt. Wer er ist, wissen wir noch nicht, da er keine Papiere bei sich hatte.«

»Wisst ihr schon, wie's passiert ist?«

»Wir gehen davon aus, dass er mit dem Kopf so lange unter Wasser gedrückt wurde, bis er tot war. Sieht allerdings nicht nach einem Kampf aus.«

»Wann ist er gestorben?«

»Gestern abend, schätzungsweise.«

»Wer hat ihn gefunden?«

»Ein Mann, der hier immer joggt, Adresse habe ich notiert.«

»Gibt's sonstige Zeugen, Anwohner oder so?«

»Nein, an dieser Stelle vom Deich wohnt niemand. Hier gibt es lediglich ein paar Parzellen, die nur im Sommer bewohnt werden. Theoretisch hätte der hier lange im Wasser liegen können, so wenig wie hier momentan los ist.«

Neuhoff sah sich um und registrierte erst jetzt die Stille um sich herum, die ihm aufgrund der Geschäftigkeit seiner Kollegen bislang entgangen war. Von dieser Stelle aus hatte man einen beeindruckenden Blick über den Fluss, der sich wie eine braune Schlange durch sein modriges Bett schob und die angrenzenden Wiesen wie ein Reißverschluss trennte.

Sein Blick fiel auf Rieke, die sich wortlos zum Leichenwagen begeben hatte, um sich den Toten anzusehen. Er beschloss, ihr diesen Part für heute zu überlassen, froh darüber, dass ihm diese Aufgabe erspart blieb. Trotz seiner vielen Dienstjahre bestürzten ihn Leichenfunde jedesmal aufs Neue. Die erhoffte Abgeklärtheit wollte sich nicht

einstellen. Rieke dagegen war nicht anzumerken, ob es sie belastete oder nicht. Sie hob die Plane vom Gesicht des Toten, der in dem geöffneten Sarg lag, und studierte sein Gesicht.

Schade um ihn, dachte sie bekümmert, als sie das junge Gesicht sah, das von der Nacht im Wasser verquollen war. Die Haare waren noch nass von dem brackigen Wümmewasser, und trotz dieser ungünstigen Voraussetzungen war unverkennbar, dass es sich um einen hübschen jungen Mann gehandelt hatte. Sie hob die Plane etwas weiter an. Die Kleidung war an den Schultern nass, der Rest schien dagegen trocken zu sein. »War er nicht ganz im Wasser?«, rief sie den Kollegen zu.

Kurt Michaelis antwortete: »Nee, war er nicht. Er hat mit dem Kopf im Wasser gelegen, so etwa bis zu den Schultern. Der Rest hing im Schilf.«

»Warum habt ihr ihn überhaupt schon da weggenommen, bevor wir gekommen sind?«

»Der lag sowieso nicht mehr richtig, weil der Typ«, er deutete mit dem Kopf in die Richtung hinter sich, »der ihn gefunden hat, ihn schon aus dem Wasser gezogen hatte, als wir kamen.«

Rieke folgte der Richtung von Michaelis Kopfbewegung und bemerkte erst jetzt einen Mann in abgetragener Sportkleidung, der mit angezogenen Beinen oben auf der Böschung saß und einen zutiefst niedergeschlagenen Eindruck machte. Sie deckte den Toten behutsam zu und beschloss, als nächstes den Zeugen zu vernehmen. Als dieser sie auf sich zukommen sah, stand er auf und klopfte sich mit einer schnellen Bewegung Gras von der Hose. Rieke reichte ihm die Hand, und er erwiderte die Begrüßung mit einem kraftlosen Händedruck, der irgendwie zu seinem verunsicherten Gesichtsausdruck passte. »Senger.« Rieke hielt es für sinnvoll, das Gespräch so knapp wie möglich zu halten. »Sie sind …?«

»Schlüter, Erich Schlüter. Aber das haben Ihre Kollegen alles schon notiert, also auch die Adresse, meine ich …«

Er schwieg verunsichert, und Rieke bemühte sich, ihn zu ermutigen.

»Bitte seien Sie doch so nett und erzählen mir kurz, aber möglichst genau, wie Sie den Toten gefunden haben.«

Schlüter nickte und berichtete von seinem Lauftraining, das ihn mehrmals in der Woche über den Deich führte. Da er grundsätzlich langsam lief und dabei viel von seiner Umgebung wahrnahm, war es mehr oder weniger unumgänglich gewesen, dass er die Leiche entdeckte, zumal er die Landschaft hier mittlerweile fast auswendig kannte. Nachdem er den Toten aus dem Wasser gezogen hatte und klar ersichtlich war, dass er nichts mehr für ihn tun konnte, hatte er über sein Handy, das er in einer Tasche an seinem Gürtel mit sich führte, sofort die Polizei verständigt.

An dieser Stelle unterbrach Rieke ihn. »Danke, Herr Schlüter, das wäre es eigentlich schon. Eines würde ich aber gerne noch wissen, weil ich es ungewöhnlich finde. Warum haben Sie den Toten aus dem Wasser gezogen? Die meisten Menschen in dieser Situation würden davor zurückschrecken und stattdessen sofort Hilfe holen.«

Schlüter zögerte einen Moment, dann antwortete er, wobei er sehr leise sprach und den Blick senkte. »Mich hat auch mal jemand aus dem Wasser gefischt, nach einem Badeunfall. Hätte der Angst gehabt, wäre ich ertrunken. Glauben Sie mir, so etwas prägt! Ich habe gar nicht nachgedacht, als ich den Mann da liegen sah, mit dem Kopf im Wasser. Bin einfach hingerannt, habe ihn rausgezogen und umgedreht. Da war dann alles klar.« Er sah Rieke direkt an. »Kann ich jetzt gehen?«

Rieke nickte. »Natürlich. Ich werde Sie noch mal in die Dienststelle laden, für das Protokoll und sicher noch für die eine oder andere Frage. Und bitte melden Sie sich, sofern Ihnen noch irgendetwas einfällt, zum Beispiel, ob Sie eine Veränderung am Deich im Vergleich zu sonst bemerkt haben oder was auch immer. Wir sind dankbar für jeden Hinweis.«

Schlüter nickte, wandte sich ohne ein weiteres Wort ab und ging mit müden Schritten in die Richtung, wo er sein Auto geparkt hatte.

Rieke sah sich nach Neuhoff um. Dieser blickte nachdenklich auf

die Stelle im Wasser, wo Schlüter die Leiche gefunden hatte. »Kurt, können wir da mal runter?«

»Meinetwegen, wir sind da unten fertig.« Neuhoff deutete Rieke, mit ihm zu kommen, und beide stiegen in kleinen, vorsichtigen Schritten den Deich hinunter, wobei sie darauf achteten, keine der Markierungen zu beschädigen, mit denen das untersuchte Gelände gekennzeichnet worden war. An einigen Stellen war das Gras flachgedrückt, doch das sah nur, wer ein geübtes Auge dafür hatte. Ansonsten deutete nichts mehr auf das entsetzliche Geschehen der vergangenen Stunden hin.

Rieke war gespannt ihrem Chef gefolgt, der offensichtlich etwas gefunden hatte. Unwillkürlich verfiel sie ins Flüstern: »Gibt's was Wichtiges hier?«

Neuhoff flüsterte ebenfalls: »Ach was, überhaupt nichts, ich will nur Kurt etwas foppen, der spielt sich nämlich auch gerne auf.«

Rieke nahm ungefragt den Ball auf. Sie sagte laut: »In Ordnung, ich prüf das gleich, wenn wir im Büro sind.« Gemeinsam mit Neuhoff stieg sie den Deich hoch, bemüht, ein ernstes Gesicht zu machen.

Kurt erwartete sie bereits, und die Neugierde stand ihm ins Gesicht geschrieben. »Na, was habt ihr gefunden?«

Neuhoff schüttelte nachdenklich den Kopf. »Ist noch zu früh, um darüber zu reden«, brummte er und vermied es, Rieke anzusehen, die ihrerseits größte Mühe hatte, nicht zu lachen. Er fuhr fort: »Kurt, wir fahren zurück in die Stadt, mal sehen, ob der junge Mann nicht schon vermisst wird.«

Kurt Michaelis war anzusehen, dass ihm die mangelnde Bereitschaft seines Kollegen, ihn einzuweihen, missfiel. Dennoch bemühte er sich um einen freundlichen Abschied. »Nix für ungut, Andreas.« Er wandte sich Rieke zu, »Einen guten Einstieg, Frau Kollegin.«

Rieke strahlte ihn an und versetzte ihn augenblicklich in Entzücken. »Danke, Herr Michaelis.« Sie drehte sich um und folgte Neuhoff, der bereits in Richtung Auto unterwegs war. Nachdem sie beide wieder

im Wagen saßen, reichte Andreas Neuhoff seiner neuen Kollegin aus Aurich die Hand. »Andreas.« Das Angebot kam kurz und bündig.

»Rieke«, erwiderte sie ebenso knapp und schlug ein.

Patent, bilanzierte Neuhoff daraufhin im Stillen, während er den Zündschlüssel drehte. Patent und humorvoll. Er war sich sicher, dass es eine gute Zusammenarbeit werden würde. In dieser Hinsicht hatte er sich selten geirrt.

Ephraim Matuschinski hatte sich unter größten Anstrengungen aus dem Bett gequält, da ihn die ungewohnte Betriebsamkeit am Deich nicht zur Ruhe kommen ließ. Seit Tagen fieberte er, und ein quälender Husten riss ihn immer wieder aus dem unruhigen Schlaf. In dem kleinen Holzhäuschen war es klamm, und er fror, woran auch die eingeschaltete Heizspirale und das zusätzliche Zeitungspapier auf der Bettdecke nichts änderten. Nachdem er nun das beschlagene Fenster mit der Hand abgewischt hatte und durch das Tannendickicht ansatzweise erkennen konnte, was da draußen vor sich ging, zweifelte er ernsthaft an seinem Verstand. Verhüllte Menschen liefen dort herum, riefen sich Anweisungen zu und steckten kleine nummerierte Schildchen in die Erde. Vielleicht Außerirdische, dachte Matuschinski einen Moment lang, dann erblickte er jedoch die Autos, die zweifelsohne von dieser Welt waren.

»Hab ich Fieber, muss ich liegen«, murmelte er und ging auf wackeligen Beinen zurück in sein improvisiertes Krankenlager. Bevor er die Augen schloss, bat er den lieben Gott , er möge es wieder einmal gut mit ihm meinen und ihn gesund machen sowie die gewohnte Ruhe am Deich einkehren lassen. Das kleine Stoßgebet half, schließlich fiel er erneut in einen unruhigen, fiebrigen Schlaf.

Zweites Kapitel

Nur wenige Kilometer Luftlinie vom Borgfelder Deich entfernt, mitten in der Bremer Innenstadt, versuchte Carmen Schütte in diesem Moment die Aufregung eines ersten Arbeitstages zu kompensieren, indem sie sich im Büro ihres neuen Chefs umsah, während sie auf ihn wartete. Eine Möblierung mit viel Chrom, schwarzem Leder sowie ein nachträglich verlegter Parkettfußboden signalisierten Gediegenheit und Schnörkellosigkeit, so dass Carmen gespannt war, ob Rolf Schwarze, Geschäftsführer des Vereins Helfende Hände, diesem Eindruck tatsächlich entsprechen würde.

Endlich wurde die Tür geöffnet. Ein gutaussehender, ungefähr fünfzigjähriger Mann mit markanten Gesichtszügen betrat den Raum und kam mit ausgestreckter Hand auf sie zu. »Herzlich Willkommen, Frau Schütte!« Sein Lächeln, das die Begrüßung begleitete, vertiefte sich noch. »Ich hoffe, dass Sie sich bei uns wohlfühlen werden.«

Carmen lächelte ebenfalls, war dabei jedoch deutlich zurückhaltender, da sein Händedruck ihr eine Spur zu fest und sein Mund eine Spur zu breit waren. »Danke sehr, Herr Schwarze«, antwortete sie schlicht.

Wortlos deutete Rolf Schwarze auf eine lederne Sitzgarnitur, die sich in der hinteren Ecke des großen Büros befand. »Nehmen Sie doch bitte Platz. Möchten Sie einen Kaffee?« Carmen lehnte dankend ab, und Schwarze brachte das Gespräch umgehend auf den Punkt, der ihm offensichtlich am Herzen lag.

»Wissen Sie, Frau Schütte, wir sehen uns ja heute das erste Mal, und das ist eine wirkliche Ausnahme. Normalerweise lege ich größten Wert

darauf, neue Mitarbeiterinnen und Mitarbeiter persönlich einzustellen.« Er fügte hinzu: »Insbesondere die, die hier viel Verantwortung übernehmen.« Während er sprach, legte er die Finger beider Hände aneinander und gewann auf diese Weise etwas Pastorales. »In Ihrem Fall, Frau Schütte, war mir das leider nicht möglich, da ich in Kur war und die Besetzung der Stelle drängte. Ich muss jedoch zugeben, dass mein Stellvertreter, Herr Meierdirks, offenbar einen guten Griff getan hat.« Die Hände öffneten sich und griffen nach einer Mappe, die bereits auf dem Tisch lag. Er blätterte darin, und Carmen erkannte ihre Bewerbungsunterlagen. Rolf Schwarze fuhr fort, indem er auf ihre Bewerbung Bezug nahm, ohne diese dabei anzusehen. »Ihre Zeugnisse sind wirklich hervorragend, und überdies hat unser Psychologe, Herr Marquart, der schon lange mit unseren Klienten therapeutisch arbeitet, sich mächtig für Sie ins Zeug gelegt.«

Nun fühlte sich Carmen leicht unwohl. Was die Zeugnisse betraf, so entsprachen diese ihrer Selbsteinschätzung. Sie hielt sich selbst für eine fachlich versierte Frau, die gute Arbeit machte. Was dagegen die Empfehlung Thilo Marquarts anging, war sein Engagement eher ein Freundschaftsdienst, da er ein ehemaliger Kommilitone und guter Freund von Susanne, Carmens jüngster Schwester, war. Sie schluckte und bedankte sich artig für die Vorschusslorbeeren ihres neuen Chefs.

Dieser war mit seinen Ausführungen noch nicht am Ende. »Sie haben ja schon ein wenig Informationsmaterial von uns erhalten. Dennoch habe ich es mir zur Aufgabe gemacht, neuen Mitarbeitern etwas mehr über unseren Verein zu erzählen.« Da es unverkennbar war, dass Schwarze sich ausgesprochen gern reden hörte, machte Carmen es sich auf dem Sofa so bequem wie es der Situation angemessen schien. Einen Moment lang überlegte sie, ob sie nicht doch auf den angebotenen Kaffee zurückkommen sollte, verwarf den Gedanken aber wieder.

Rolf Schwarze hatte inzwischen seine Hände wieder aneinandergelegt und referierte in geübter Manier. »Unser Verein Helfende Hände

ist so etwas wie ein gewachsenes Unternehmen in Bremen. Seit seiner Gründung vor über zwanzig Jahren haben wir es in Bremen und umzu zu einer Reihe von Trägerschaften gebracht, unter anderem zweier Beratungsstellen und mehrerer Ausbildungsstätten und Qualifizierungsmaßnahmen für Jugendliche und ausländische Menschen …«

Carmen hakte nach. »Und um die jungen Menschen geht es bei meiner Arbeit, richtig?«

Schwarze nickte. »So ist es. Wir müssen uns den Qualitätsanforderungen unserer Geldgeber stellen, genau wie Betriebe in der Wirtschaft oder sonst wo. Insbesondere unsere drei Ausbildungsstätten für junge Menschen müssen systematisch und nachvollziehbar in ihrer inhaltlichen Arbeit beschrieben werden.«

»Herr Schwarze, ich habe es in dem ersten Gespräch hier mit Herrn Meierdirks so verstanden, dass in diesen Einrichtungen junge Menschen arbeiten und wohnen, die in anderen Ausbildungen oder Jobs bislang gescheitert sind, also geht es um Berufsausbildung und soziales Training, um es mal etwas salopp auszudrücken. Ist das richtig?«

»Genauso ist es. Wir möchten neben der Ausbildung auch soziale Fähigkeiten schulen, wo es nötig ist, zum Beispiel Pünktlichkeit im Betrieb, Verantwortungsbewusstsein und so etwas. In den drei Häusern, die es betrifft, gibt es natürlich Konzepte und Hausordnungen, so richtig gebündelt und in eine Form gebracht ist das Ganze aber nicht.«

»Und das wäre dann meine Aufgabe, nicht wahr?«

»Genau, Sie haben zunächst ein Jahr Zeit dafür.« Er lächelte etwas gönnerhaft.

Nun war es an Carmen, die Fragen zu stellen, die in ihrem ersten Gespräch mit Schwarzes Stellvertreter nicht abschließend geklärt worden waren, weil dieser sich in Abwesenheit seines Chefs in einigen Punkten nicht hatte festlegen wollen. »Wo arbeite ich, wenn ich nicht vor Ort bin?«

»Sie haben hier in der Geschäftsstelle ein Büro, direkt neben Frau Lünsmann, unserer Sekretärin.«

»Kann ich über meine Arbeitszeit frei verfügen?«

»Sollen Sie sogar. Sie werden mir jedoch Ihre Arbeitszeiten dokumentieren und mich regelmäßig über Ihre Arbeit informieren. Ansonsten ist es mir egal, wie Sie arbeiten, sofern Sie effektiv dabei sind.«

Angesichts ihrer kleinen Tochter war diese Autonomie hinsichtlich ihres zukünftigen Arbeitsplatzes Musik in Carmens Ohren. Doch sie war noch nicht am Ende mit ihren Fragen. »Wer arbeitet mich ein?«

»Frau Lünsmann hat einen Bogen mit den Namen und Telefonnummern der drei Einrichtungsleiter gemacht. Heute werde ich mit Ihnen alle besuchen.« Abrupt erhob er sich und ging zu seinem Schreibtisch, um einen kopierten Stadtplan zu holen. Er überreichte ihn Carmen, die ihn dankend annahm und aufmerksam seinen weiteren Erklärungen folgte. »Hier sehen Sie an den gelben Markierungen, wo die Häuser liegen.« Sein Zeigefinger fuhr zu den entsprechenden Stellen auf dem Stadtplan. »Wir fahren zunächst an die Ochtum, dann entgegengesetzt nach Oberneuland und schließlich nach Borgfeld. Kennen Sie sich in Bremen aus?«

»Eigentlich nur in der Innenstadt. Ich wohne zurzeit in Rotenburg an der Wümme, wie Sie aus meinen Unterlagen sicher wissen, und habe vorher nicht weit davon entfernt gearbeitet. Geboren wurde ich übrigens in Hamburg; vielleicht habe ich mich deswegen auch immer mehr dorthin als nach Bremen orientiert.«

»Na, dann kann ich ja die Autofahrt nutzen, um Ihnen ein wenig von Bremen zu erzählen.«

Carmen verstand diesen Satz als Beendigung des Gespräches, womit sie richtig lag. Rolf Schwarze ging zu einem Schrank neben seiner Bürotür, der sich als Garderobe erwies. Er entnahm ihm einen winterlich gefütterten Trenchcoat, den er sich über den Arm legte. Carmen erhob sich ebenfalls; ihre Jacke befand sich im Vorraum an einem Garderobenständer, der für Besucher vorgesehen war. Schwarze

schien noch etwas eingefallen zu sein. »Haben Sie eigentlich den Papierkram schon erledigt?«

Carmen nickte. »Herr Meierdirks hatte mich gebeten, etwas eher zu kommen, um die Personalsachen mit ihm durchzugehen.«

»Na, dann können wir ja los.« Auf dem Weg durch den Vorraum warf er noch einen kurzen Blick ins Sekretariat. »Tschüs, Ute, Frau Schütte und ich fahren jetzt!«

»Alles klar, tschüs!«

Carmen war etwas erstaunt über das Du im Kontakt zwischen den beiden, da es so gar nicht zu diesem etwas patriarchalisch wirkenden Mann passen wollte. Als sie kurz darüber nachdachte, fiel ihr auf, dass ihr erster Eindruck von Rolf Schwarze in mancherlei Hinsicht unstimmig war, doch dies war nur ein Gefühl und faktisch nicht zu belegen.

»Bitte schön.« Galant hielt Rolf Schwarze ihr die Tür auf und unterbrach sie in ihren Gedanken.

»Danke schön!« Sie lächelte ihn verhalten an und dachte dabei, wie sich das Verhältnis zwischen ihnen beiden auf Dauer wohl entwickeln würde. Von ihrer Seite aus bestand jedenfalls kein Bedürfnis, von dem formalen Sie in der Anrede auf ein vertrauliches Du überzugehen, da war sie sich schon jetzt ziemlich sicher. Entschlossen zog sie den Reißverschluss ihrer Jacke hoch bis unter das Kinn, als sie ins Freie kamen, froh über den Wind, der ihr ins Gesicht blies und die Fortsetzung ihrer Unterhaltung mit Rolf Schwarze fürs erste unmöglich machte.

Die Gesellschaft ihres neuen Chefs bescherte Carmen in den folgenden Stunden eine unterhaltsame Mischung aus Bremer Historie, Anekdoten und politischen Statements sowie weiteren Einzelheiten aus der Geschichte der Helfenden Hände.

Wie schon Rieke Senger an diesem Morgen nahm auch Carmen ihre Umgebung aufmerksam durch das Seitenfenster des Autos wahr und brachte ihre Eindrücke mit den Ausführungen Rolf Schwarzes in Einklang. Von der Bahnhofstraße – »Da vorne ist der Bahnhofsvorplatz, Frau Schütte, ein Dauerthema für die Bremer« – ging es durch

die Innenstadt zu den Weser-Brücken – »Hier unten an der Schlachte kann man schön flanieren, da brummt es abends« – und von da aus durch die Neustadt – »Uralter Bremer Witz: Kommt ein Mann in die Klapse; sagt ein Arzt zum anderen, was hat der denn da, sagt der Arzt, der kommt aus der Neustadt und hält sich für einen Bremer« –, bis sie in der Nähe der Ochtum das erste Haus der Helfenden Hände erreichten.

»Das Prinzip unseres Vereins ist immer dasselbe«, führte Rolf Schwarze aus, als sie einen ehemaligen großen Bauernhof ansteuerten. »Wir suchen Häuser in Einzellage, möglichst Resthöfe oder so etwas, setzen sie instand und bauen sie aus. Dann kommen Werkstätten rein, Zimmer für die Auszubildenden und was sonst so alles benötigt wird.«

Drei Stunden später fühlte sich Carmen von den vielen Eindrücken und Informationen, die sie an diesem Tag erhalten hatte, völlig erschlagen. Mittlerweile befanden sie sich kurz vor ihrem letzten Ziel, dem Wümmehaus in Borgfeld. Während sie an den Geschäften der Ortsmitte vorbeifuhren, musste Rolf Schwarze auch diesen Teil Bremens noch kommentieren. »War mal fast dörflich hier, hat aber seinen Charakter vollkommen verändert. Das bisschen, was noch frei ist, wird verbaut.« Dann waren sie endlich da.

Umsichtig lenkte Schwarze seinen großen Wagen durch einen Torbogen, der links und rechts von riesigen Findlingen eingerahmt war. Auf dem einen kauerte ein ganz in Schwarz gekleidetes junges Mädchen, das eine Zigarette rauchte und keine Notiz von ihnen zu nehmen schien. Der Wagen rollte langsam aus und blieb vor dem Haupthaus des Hofes stehen. Eigentlich war Carmen für heute mit dem Thema Besichtigungen durch, doch wie schon bei den vorausgegangenen Besuchen dieses Tages war sie auch hier wieder fasziniert, was aus dem ehemaligen Bauernhof geworden war.

Der Wohntrakt wie auch Ställe und Scheune waren stilgerecht umgebaut worden, und ein Anbau, der architektonisch den anderen Gebäuden angepasst war, hatte zusätzlichen Raum geschaffen. Dies

war das mit Abstand größte Haus des Vereins und vermutlich auch das schönste. Selbst die unebene Pflasterung und der Garten mit seinen Buchsbaumeinfassungen, blühenden Herbstastern und Fetthennen, schienen in perfekter stilistischer Abstimmung mit dem Gehöft angelegt worden zu sein.

Noch während Carmen ausstieg, öffnete sich die Tür des Haupthauses, und eine hochgewachsene Frau kam auf sie zu. Ihr Blick fiel kurz auf Rolf Schwarze und blieb dann an Carmen hängen. »Hallo Rolf ... und Sie, Sie müssen Frau Schütte sein!«

Carmen nickte und erwiderte den festen Händedruck der Frau, während Rolf Schwarze die Vorstellung übernahm. »Hallo, Ilse. Frau Schütte, das ist Ilse Becker. Sie ist hier die Leiterin

Ilse Becker lachte. »Leiterin ist gut. Mädchen für alles passt sicher besser.« Mittlerweile hatte wieder der Oktoberwind eingesetzt, der mit seinem kalten Atem seit zwei Tagen die Norddeutschen zum Frösteln brachte. Ilse Becker zog frierend die Schultern hoch. »Mein Gott, ist das kalt heute. Kommt bloß schnell rein, wir haben gerade Mittagspause.«

Sie führte die beiden Besucher in einen Flur, von dem rechts die große Diele abging, die zu einem gemütlichen Essraum umfunktioniert worden war. Direkt gegenüber vom Eingang lag das Büro, durch dessen weit geöffnete Tür sie jetzt gingen. Es erinnerte Carmen an ihr ehemaliges Büro in dem Heim, das sie bis zu Maries Geburt geleitet hatte. In der Ecke befand sich eine Stuhlgruppe um einen runden Tisch, zwei große Aktenschränke nahmen eine Wand in Anspruch, und neben dem Fenster standen zwei Schreibtische mit ihren Rückseiten aneinander. Gleich zwei Schreibtische schienen Carmen angesichts des kleinen Raumes etwas verschwenderisch, doch Ilse Becker gab dazu unaufgefordert eine Erklärung ab. »Ich habe hier eine Auszubildende, sprich Bürokauffrau.«

»Eine einzige?« Auch das schien Carmen aus Sicht des Personaleinsatzes wenig effizient.

»Zurzeit ja, wir hatten das Berufsbild bisher noch nicht. Dies ist sozusagen ein Versuchsballon, den wir auch nur starten konnten, weil ich vor meinem Pädagogikstudium eine kaufmännische Ausbildung gemacht habe. Ansonsten haben wir hier handwerkliche Berufe und Hauswirtschaftskräfte, die wir ausbilden.« Ilse Becker besann sich auf ihre Rolle als Gastgeberin. »Wie wär's mit einer Tasse Kaffee?«

Carmen lehnte dankend ab, da sie angesichts des vielen Kaffees, den sie im Laufe des Tages getrunken hatte, langsam Magenbeschwerden bekam. Rolf Schwarze schien dagegen diesbezüglich noch freie Kapazitäten zu haben, so dass kurz darauf vor ihm und Ilse Becker zwei gefüllte Keramikbecher standen.

Bevor er trank, kam Rolf Schwarze auf den Zweck ihres Besuches zu sprechen. »Ilse, du führst Frau Schütte gleich durch das Haus, ja?«

»Natürlich. Ich habe Ihnen auch schon ein paar Unterlagen über unser Haus zusammengestellt und einen Terminvorschlag für eine erste Besprechung dazugelegt.«

Carmen war beeindruckt von der Umsicht dieser Frau, aber auch von ihrer entgegenkommenden Art, wobei sie feststellen musste, dass man ihr in allen drei Häusern äußerst freundlich begegnet war. Frau Becker hob sich dennoch von den anderen ab; sie schien eine Frau nach Carmens Geschmack zu sein: verbindlich, zuvorkommend und vermutlich sehr kompetent, was wichtig für ihre zukünftige Zusammenarbeit war, da sie sich inhaltlich auf mancherlei Neuland begeben würden.

Ilse Becker wandte sich an Schwarze. »Rolf, ich muss dir noch was Wichtiges sagen, bevor wir losgehen.«

Carmen erhob sich umgehend. »Möchten Sie allein miteinander sprechen?«

»Nein danke, nicht nötig, bleiben Sie doch bitte sitzen. Hör zu, Rolf, ich habe heute Vormittag die Polizei benachrichtigt, da ein Auszubildender nicht nach Hause gekommen ist.«

»Wer war es denn?«

»Sven Hartmann, ein Auszubildender in der Tischlerei.«

»Wieso gleich die Polizei?«

»Er ist zwar ein Schlitzohr, aber das passt nicht zu ihm. Außerdem hat er eine Freundin hier, die genauso beunruhigt ist wie ich.« Sie seufzte. »Ich kann's nicht mal rational begründen, aber ich habe ein fürchterlich schlechtes Gefühl bei dieser Sache.«

»Dann wollen wir mal hoffen, dass du dich irrst.« Er lächelte Carmen an. »Ilse ist nämlich bekannt für ihre treffsichere Intuition, was uns schon oft genützt hat.« Er wurde wieder ernst. »Wollen wir trotzdem jetzt gehen?«

Ilse nickte. »Nur zu, die Warterei macht mich ohnehin verrückt.«

Alle drei erhoben sich, und jeder griff nach seinem Mantel oder seiner Jacke. In diesem Moment klingelte das Telefon. Ilse Becker war mit zwei Schritten am Schreibtisch und hatte schnell den Hörer in der Hand. »Wümmehaus, Becker, guten Tag?«

Es dauerte nur wenige Sekunden, und ihr Gesichtsausdruck verhieß nichts Gutes. Mit einem »Ja, ich komme sofort«, beendete sie knapp das Gespräch, dann blickte sie bestürzt in die Runde. »Das war die Polizei. Heute früh wurde am Borgfelder Deich ein junger Mann tot aufgefunden. Die Beschreibung passt auf Sven. Ich soll jetzt kommen und die Leiche identifizieren.« Sie griff in die Schreibtischschublade und holte eine Schachtel Zigaretten samt Feuerzeug und Aschenbecher heraus. »Entschuldigt bitte, aber ich muss erst mal eine rauchen. Wollt ihr auch eine?« Carmen und Rolf Schwarze verneinten. Seufzend steckte sie die Schachtel wieder weg, denn alleine wollte sie jetzt nicht nach draußen. Sie sank zurück auf ihrem Schreibtischstuhl.

Schwarze wirkte besorgt. »Sollen wir dich hinfahren?«

Sie schüttelte den Kopf. »Nein, ich fahre selbst. Ich muss ja hinterher hier wieder rauskommen, das ist mir mit dem Bus zu umständlich.« Entschieden griff sie erneut zum Telefon. »Heinz? Ich bin's. Ich muss dringend weg, ist wegen Sven. Ich stell den Apparat in die Werkstatt und mach einen Zettel an die Tür, in Ordnung?« Sie hörte kurz zu und entgegnete dann: »Ja, mach ich. Du hörst sofort von mir, wenn

ich wieder da bin. Bis nachher.« Sie legte den Hörer auf und nahm ihre Tasche, die über der Stuhllehne hing.

Schweigend verließen sie und ihre Gäste das Büro und gelangten über den kleinen Flur zurück auf den Innenhof. Ilse Beckers Auto stand direkt neben der Einfahrt. Während des Abschieds legte Schwarze vertraulich seine Hand auf ihre Schulter. »Ruf mich an, Ilse, ich bin bis sechs Uhr im Büro.«

»Geht klar. Auf Wiedersehen, Frau Schütte, trotz allem einen guten Start!«

»Danke, Frau Becker, die guten Wünsche gebe ich zurück, ich glaube, die brauchen Sie heute mehr als ich!«

Ilse Becker gönnte sich ein kleines, zaghaftes Lächeln, dann stieg sie in ihr Auto und fuhr los. Während Carmen ihren Platz in Rolf Schwarzes Wagen einnahm, war die überwiegend gute Stimmung, die den Tag begleitet hatte, dahin. Schwarze schien es ähnlich zu gehen; beide schwiegen den ganzen Weg über zurück in die Stadt. Carmen war dankbar, als ihr Chef sie ungefragt direkt am Hauptbahnhof absetzte und mit einem »Für heute reicht es, glaub ich« verabschiedete.

Während sie auf dem zugigen Bahnsteig auf den Zug nach Rotenburg wartete, freute sie sich unbändig auf ihr Zuhause, auf Marie und Horst und natürlich auf Elli, Maries sogenannter Adoptivoma, die an Carmens erstem Arbeitstag eingehütet hatte. Am größten war die Sehnsucht nach ihrem Kind, dessen Anwesenheit immer etwas ungemein Tröstendes und Beruhigendes hatte. Beides konnte sie jetzt nötig gebrauchen.

Der Zug fuhr endlich in die Halle ein, und Carmen ging in die Richtung des Wagens, dessen Position nachher beim Aussteigen den kürzesten Nachhauseweg mit sich brachte.

Janine Meisner saß wie jeden Mittag auf einem der großen Findlinge neben der Toreinfahrt vom Wümmehaus, als sie einen dunkelgrauen

Mercedes auf den Hof fahren sah. Den Fahrer kannte sie, der war das Obertier von dem Laden hier. Dagegen war die Frau neben ihm neu, vielleicht ja eine von der Behörde, solche schleppte das Obertier öfters hier an.

Was soll's, mir doch egal, dachte sie und versuchte noch kurz vor dem Pausenende, eine Zigarette durchzuziehen. Scheißkalt war das heute mal wieder, aber wie hätte an so einem Tag wie heute auch gutes Wetter sein können.

»Beschissenes Wetter, beschissener Tag«, murmelte sie und versuchte genervt, in dem Wind ihre Zigarette anzuzünden. Für heute hatte sie die Faxen ohnehin schon dicke. Sie war todmüde, weil sie die Nacht über stündlich in Svens Zimmer geschlichen war, um nachzusehen, ob er endlich da war. Von Schleichen konnte bei ihrem Elefantengang eigentlich nicht die Rede sein, konstatierte sie mit einem Anflug von Bitterkeit, aber mit ihrem einen Bein konnte sie ohnehin nicht mehr viel anfangen, und hässlich aussehen tat es ebenfalls.

»Beschissenes Wetter, beschissener Tag, beschissenes Bein«, vervollständigte sie ihre Trilogie aus der Reihe »Wir tun uns heut mal selber leid«. Nach einem kurzen Blick auf die Uhr beschloss sie, hineinzugehen und schmiss aus diesem Anlass die Zigarette auf die Erde, wo diese langsam verglühte. Vielleicht wusste Ilse ja inzwischen mehr von Sven, ging es ihr durch den Kopf, während sie sich in Richtung Eingangstür bewegte. Wenn ja, würde Ilse es ihr auch sagen, in solchen Sachen war sie echt cool.

In diesem Moment öffnete sich die Eingangstür, und Ilse trat gemeinsam mit ihren Besuchern aus dem Haus. Muss wohl Gedankenübertragung sein, dachte Janine und wollte sie gerade ansprechen, als sie deren Gesicht sah. Der ängstliche Ausdruck, der darin wie in einem offenen Buch zu lesen war, beunruhigte Janine mehr als jede fadenscheinige Ausrede oder Erklärung es getan hätte. Sie traute sich nun nicht mehr, Ilse anzusprechen, zumal diese, wie auch die beiden Besucher, Janine überhaupt nicht zu bemerken schien.

Sie sah noch zu, wie die beiden Autos vom Hof fuhren. Für heute war die Arbeit ja anscheinend gelaufen. Sie beschloss, in Svens Zimmer zu gehen und an seinem PC zu spielen; erlaubt hatte er es ihr schon vor geraumer Zeit. Wenn sie in seinem Zimmer war, konnte sie wenigstens ein bisschen Nähe zu ihm haben, auch wenn das natürlich Einbildung war.

»Beschissener Tag, beschissenes Bein, beschissene Angst«, schimpfte sie leise und humpelte beklommen in das Innere des Hauses.

»Ich kann es einfach nicht fassen, dass er tot ist.«

Ilse Becker hatte es die Sprache verschlagen, seitdem sie die Leiche von Sven Hartmann in der Pathologie identifiziert hatte. Der Schock hatte ihre ohnehin blasse Gesichtsfarbe in fahles Grau verwandelt. Die Strähnen, die sich aus den zusammengebundenen Haaren gelöst hatten und nun in ihr Gesicht fielen, verliehen ihr etwas Desolates. Sie befanden sich inzwischen in Neuhoffs Büro, und Rieke schob ihr wortlos eine Tasse Kaffee hinüber. »Danke.« Ilses Hand zitterte leicht, während sie trank. Kurz darauf kehrte ein wenig Farbe in ihr Gesicht zurück, so dass die beiden Kommissare behutsam mit der Befragung beginnen konnten.

Neuhoff ergriff das Wort. »Brauchen Sie noch Zeit, oder können wir anfangen?«

Ilse Becker schüttelte den Kopf: »Bringen wir es hinter uns, irgendwann muss es ja doch sein. Legen Sie los!«

»Seit wann kannten Sie Sven Hartmann?« Neuhoff schien von vorne anfangen zu wollen.

»Seit gut einem Jahr. Im August, also vor vierzehn Monaten, hat er bei uns seine Ausbildung angefangen.«

»Was hat er gelernt?«

»Tischler.«

»Und, war er gut?«

»Worauf wollen Sie hinaus?«

»Ich meine, ob er dafür geeignet war. Immerhin ist das doch ein Beruf, der handwerklich, aber auch theoretisch was erfordert, oder?«

Ilse brachte ein winziges Lächeln zustande. »Stimmt genau, Herr Neuhoff.« Das Lächeln verschwand wieder, stattdessen erschienen zwei traurige Linien unter den Mundwinkeln. »Im Prinzip hatte Sven solche Fähigkeiten. Er war geschickt, hatte Spaß an der Gestaltung und war wirklich intelligent. Auf der anderen Seite hatte er Mühe, die Dinge zu Ende zu bringen, suchte immer nach Wegen, so bequem wie möglich durch das Leben zu kommen und war dementsprechend unzuverlässig, was die Arbeit und andere Dinge betraf.«

»Wie kam er damit durch?« Rieke versuchte, sich so etwas an einem anderen Arbeitsplatz vorzustellen.

»Wissen Sie, deswegen war er ja bei uns. Von seiner Sorte haben wir mehrere. Wir versuchen es mit engen Absprachen und Grenzsetzungen, aber …«, sie zuckte ratlos mit den Schultern, »die jungen Leute tragen ihr Päckchen mit sich herum. Sven zum Beispiel hatte es faustdick hinter den Ohren. Bevor er zu uns kam, war er schon wegen kleinerer Delikte vor Gericht gewesen, war ständig unterwegs, ohne festen Wohnsitz, und ein paar Monate Strich am Hamburger Hauptbahnhof hatte er auch schon hinter sich.« Sie hielt kurz inne, dann sprach sie leise weiter. »In der Zeit bei uns hat er sich eigentlich gut entwickelt. Mir kam es manchmal so vor, als ob er es direkt genoss, einmal eine feste Anbindung zu haben.«

Rieke führte das Gespräch fort. »Wie sah es mit Freundschaften bei ihm aus?«

Ilse Becker trank noch einen Schluck von dem Kaffee, der längst kalt geworden war, und schob die Tasse dann von sich weg. »Also, es gab da einen anderen Auszubildenden, Dennis Ladewig, mit dem war er häufiger zusammen. Na ja, und dann natürlich Janine …« Sie zögerte. »Vielleicht sollten Sie lieber selbst mit Janine sprechen, die Beziehung der beiden lässt sich so schwer beschreiben …«

»Bitte versuchen Sie es doch«, bat Rieke.

Ilse nestelte etwas umständlich ein Taschentuch aus ihrer Tasche und schneuzte sich. »Janine. Wissen Sie, Janine ist, wenn ich es einmal so ausdrücken darf, ein harter Brocken.«

»Warum das?« Rieke wurde langsam neugierig auf das scheinbar Besondere an dieser jungen Frau.

»Sie hebt sich deutlich von den anderen Auszubildenden bei uns ab, und zwar intellektuell.« Ilse Becker suchte offenbar nach geeigneten Worten. »Janine ist hochintelligent, dabei aber absolut introvertiert und kompliziert.«

»Warum genau ist sie bei Ihnen?«

»Sie ist psychisch krank, genauer gesagt, sie ist phasenweise psychotisch, und dann hört sie Stimmen. Vor ein paar Jahren hat sie sich in solch einem Zustand aus dem Fenster gestürzt, etwas, wofür sie bitter bezahlt hat. Ein Bein ist nie wieder richtig in Ordnung gekommen durch die komplizierten Brüche, entsprechend schwer ist ihr Gang.«

Neuhoff kam auf den Toten zurück. »Und wie war es mit Sven und ihr?«

Wieder dachte Ilse Becker einen Moment lang nach, bevor sie antwortete. »Ich glaub, ich muss erst noch etwas zu Sven sagen, damit man das Ganze versteht. Also, Sven war ein Blender, sprich große Klappe, wenig dahinter. Er hatte aber auch Witz und Charme und kommt, ich meine, kam mit seinem Gequatsche bei den Mädchen gut an. Genauso wie er rücksichtslos war, konnte er auch sanft sein. Ich glaube, Janine hat etwas, das ihn rührte, aber auch faszinierte. Sie werden sehen, sie ist auf ihre Weise sehr anziehend. Irgendwie hatten die beiden Vertrauen zueinander.«

Riekes nüchterner Ton passte nicht zu dem Inhalt ihrer nächsten Frage. »Schliefen sie auch miteinander?«

»Keine Ahnung, auszuschließen ist das nicht. Sven hatte aber in dieser Hinsicht immer einiges laufen.« Ilse Becker knüllte ihr Taschentuch zusammen und steckte es zurück in die Tasche. Sie wirke

ratlos und erschöpft. »Bitte, können wir für heute Schluss machen?«

Rieke nickte. »Natürlich, danke, dass Sie überhaupt noch so lange durchgehalten haben, Frau Becker. Eine Frage noch: Wann haben Sie Sven Hartmann zuletzt gesehen?«

»Das habe ich auch schon überlegt. Also, das war gestern nach der Ausbildung. Er hat kurz ins Büro reingeguckt und ist dann gleich wieder los. Wohin, weiß ich allerdings nicht. Sagen Sie, wie geht es denn jetzt weiter?«

»Wir werden als nächstes die Auszubildenden befragen. Was ist mit seinen Angehörigen?«

»Vater unbekannt, Mutter am Alkohol gestorben. Frau Senger, was Sie da eben sagten mit den anderen Auszubildenden; hat das Zeit bis morgen? Ich möchte nämlich erst meinen Chef informieren und dann in Ruhe mit den Kollegen und besonders den Auszubildenden reden. Die werden damit schwer zu tun haben.«

Rieke und Neuhoff nickten sich fast unmerklich zu, dann wandte sich Rieke an Ilse Becker. »Wir kommen morgen früh, reicht das?«

Ilse Becker nickte dankbar, erhob sich und reichte Neuhoff und Rieke zum Abschied die Hand. »Bis morgen also.«

»Bis morgen, wir sind so gegen zehn bei Ihnen, und noch was: Bitte verschließen Sie sein Zimmer!« Ilse Becker nickte abermals und verließ das Büro.

Rieke ließ sich seufzend auf ihren Drehstuhl fallen, während Neuhoff auf seine Uhr sah. Er richtete das Wort an seine neue Kollegin und nahm zu deren Überraschung keinerlei Bezug auf das vorangegangene Gespräch. »Ich kann nicht vernünftig denken, wenn ich Hunger habe, und du?« Rieke merkte erst jetzt, wie flau ihr bereits war, und erhob sich umgehend.

»Wie wär's mit polnisch, junge Frau?«

»Kenn ich nicht, ess ich aber«, antwortete die Angesprochene und war neugierig auf das, was folgen würde.

»Na dann wird es ja Zeit, dass du Bremens erste Adresse, mein

Stammlokal, kennenlernst. Bei der Gelegenheit werde ich dir auch gleich unsere ehemalige Dienststelle zeigen.« Er hielt ihr galant die Tür auf, und sie huschte lächelnd an ihm vorbei.

»Das nennst du also in Bremens erster Adresse polnisch essen gehen?«

Rieke und Neuhoff standen auf dem Unser-Lieben-Frauenkirchhof in der Bremer Innenstadt vor dem Tresen eines Bratwurststandes, während die Bedienung ihnen zwei Krakauer auf ovalen Tellern hinstellte. Neuhoff legte einen Geldschein auf den Tresen. »Bitte zusammen.«

Rieke sah demonstrativ an ihm herunter. »Und deine Spendierhosen hast du heute auch an?«

»Das wirst du noch sehen, Rieke: Ich bin die Großzügigkeit in Person!«

Rieke lachte. »Na, dann kann ich ja froh sein, dass ich mich hierher hab versetzen lassen.«

Beide nahmen sich einen großen Klacks Senf und bissen mit großem Appetit in die Krakauer. Während Rieke sich kauend umsah, musste sie zugeben, dass das mit der ersten Adresse Bremens gar nicht so weit hergeholt war. Obwohl die Mittagszeit längst vorbei war, schienen etliche Menschen hier essen zu wollen, und die beiden Frauen hinter dem Tresen hatten jede Menge zu tun. Irgendwie hatte es auch was, hier draußen mit Blick auf die Geschäfte der Innenstadt zu stehen und sich eine Wurst zu gönnen, die zudem wirklich gut schmeckte.

»Isst du öfter hier, Andreas?«

Neuhoff antwortete nicht gleich, weil er gerade kaute. »Als ich mein Büro noch in der Nähe hatte, schon. Jetzt fehlt meistens die Zeit für ein Mittagessen, und abends mach ich mir auch nichts Warmes mehr.« Er räusperte sich. »Zumindest seit meine Frau weg ist.«

Rieke tastete sich langsam vor. »Geschieden?«

»Ja, seit ein paar Jahren. Und du, warum wolltest du hierher? Stress auf der alten Dienststelle?«

Rieke wischte sich den Mund mit der Papierserviette ab, dann antwortete sie. »Nein, ganz im Gegenteil, ich war sehr gerne in Aurich. Aber dann habe ich Ben über ein Fest vom Polizeisport kennengelernt, wo eine Kollegin mich hingeschleppt hat. Tja, und Ben ist Bremer, genau wie du. Nach einer Weile war's soweit mit uns, dass wir uns entscheiden mussten: Aurich oder Bremen. Du siehst ja, wie die Entscheidung ausgefallen ist.«

»Arbeitet Ben auch bei uns?«

»Er ist Polizist.«

Rieke knüllte demonstrativ ihre Serviette; für heute hatten sie genug voneinander erfahren. Beide klappten die Kragen ihrer Jacken hoch, um sich gegen den Herbstwind zu schützen, der auch die Bremer Innenstadt nicht mit seiner Kälte verschonte. Sie machten sich auf den Weg in Richtung Wallanlagen, wo sich das ehemalige Polizeigebäude befand und Neuhoff geparkt hatte. »Ich werd dich gleich noch ein bisschen herumführen, und dann machen wir für heute Schluss, in Ordnung?«

Rieke hatte Mühe, Neuhoff zu verstehen, da gerade eine Straßenbahn an ihnen vorbeifuhr und sich mit lautem Gebimmel den Weg freiklingelte.

»Erst führen, dann Feierabend? Klingt nicht übel.« Sie betrachtete ihren neuen Chef von der Seite. Sympathisch, dachte sie, und reell. Kein schlechter Einstieg, der erste Tag.

Zufrieden folgte sie ihm in die Seitenstraße, die zum Parkplatz führte, wobei sie sicher war, dass er während der Fahrt noch über den Fall mit ihr sprechen würde.

Janine hatte die ganze Zeit über irgendwie gewusst, dass etwas ganz Schlimmes passiert war. Als Ilse Becker am späten Nachmittag wieder im Wümmehaus eingetroffen war, hatte ihr verweintes Gesicht Janine düsterste Ahnungen bestätigt, ohne dass sie überhaupt wusste, was geschehen war. Ihr Anblick reichte, und etwas in Janines Innerem

zog sich zusammen, was sich nicht mehr lösen wollte. Als Ilse Becker eine Stunde später alle Bewohner des Wümmehauses in der ehemaligen Diele versammelt hatte und ihnen so behutsam wie möglich die schrecklichen Neuigkeiten zu erklären versuchte, hörte Janine schon gar nicht mehr richtig hin, sondern ging wie betäubt in ihr Zimmer, wo sie noch Ilses Stimme »am Wümmedeich gefunden« sagen hörte, bevor sie ihre Tür schloss.

Während sie auf ihrem Bett saß, fühlte sie den Knoten in sich größer und größer werden und befürchtete, dass er ihr in kürzester Zeit die Luft zum Atmen nehmen würde. Ohne länger darüber nachzudenken, begann sie, im Kleiderschrank nach einer Flasche Wodka zu suchen, die Sven vor längerer Zeit dort versteckt hatte, als er einmal wieder Ärger wegen seiner sporadischen Alkoholexzesse hatte. Schließlich fand sie die Flasche in ihrem Winterstiefel. Sie öffnete den Schraubverschluss und nahm mehrere kräftige Schlucke, obwohl sie das Zeug eigentlich anwiderte.

Die Wirkung war dagegen sofort spürbar. Der Schnaps schloss sich wie eine Hülle um ihren inneren Knoten und weichte die Angst ein wenig auf. Dafür vernahm sie etwas anderes, und das war mindestens genauso schlimm. Ganz leise, flüsternd, wisperte eine Stimme in ihrem Kopf, zunächst kaum hörbar, dann immer eindringlicher. Panik ergriff Janine, und sie versuchte ihr zu begegnen, indem sie sich den Kopfhörer ihres iPods aufsetzte. Die einsetzende Musik sprengte ihr fast die Trommelfelle, doch die Stimme im Kopf ließ sich nicht beirren, sie schaffte es, auch gegen solcherlei Widerstände noch in Janines Bewusstsein zu dringen. In kürzester Zeit war sie ihre Botschaft los, und Janine hatte verstanden. Sie ging zum Waschbecken und holte sich ihre Nagelschere von der Ablage unter dem Spiegel. Dann setzte sie sich auf ihr Bett, nahm noch einen kräftigen Schluck aus der Flasche und fing an, sich mit regungslosem Gesicht Svens Initialen und ein Kreuz tief mit der Schere in den Unterarm zu ritzen.

Drittes Kapitel

»Wo is Segelpferd?« Marie stand auf den Zehenspitzen, nur noch mit einem Hemd bekleidet, und warf Stück für Stück ihr Spielzeug, das sie aus einer kleinen Kiste holte, in die Badewanne.

»Wo dein Seepferdchen ist, weiß ich nicht, Marie«, antwortete Elli Brandt, die gerade mit der Hand fühlte, ob das Wasser die richtige Temperatur zum Baden hatte. »Ich seh mal eben in deinem Zimmer nach.« Sie stellte das Wasser ab und ging in Maries Zimmer, von wo aus sie in kürzester Zeit zurückkehrte. Mit einem triumphierenden Lächeln schwenkte sie in der rechten Hand ein knallrotes Plastikseepferd. »Hier, mein Schatz, ich hab's gefunden!«

Marie nahm es ihr ab und warf es postwendend in das Badewasser, wo bereits eine Ente, ein Plastikbecher, eine leere Shampooflasche und ein giftgrüner Seehund schwammen. Elli zog Marie das Hemd aus und stellte sie behutsam in das warme Wasser, wo sie umgehend hineinpinkelte. Fasziniert beobachtete sie, wie ihr Pipi die Beine hinunterlief und in dem Meer zu ihren Füßen auf Nimmerwiedersehen verschwand.

Elli seufzte. »Ach Marie, es wird wirklich Zeit, dass du zum Klo gehst.« Die Kleine strahlte sie an und nickte zustimmend, dann ließ sie sich mit vollendeter Grazie ins Wasser hinabgleiten. In diesem Moment wurde von außen die Wohnungstür aufgeschlossen.

»Wir sind hier im Badezimmer!«, rief Elli, die aus Gründen der Sicherheit das Bad nicht verlassen wollte.

Kurz darauf erschien Carmen in der Tür. »Hallo, ihr beiden! Nanu, jetzt schon in der Wanne?«

»Du hättest sie mal sehen sollen, Carmen. Auf dem Spielplatz ist eine Riesenpfütze, und Marie hat sich einfach reingelegt!«

Carmen lachte und gab ihrer Tochter einen Kuss auf die Haare, die an den Seiten voll von getrocknetem Dreck waren. »Na, du bist mir so eine.«

Marie würdigte ihre Mutter keines Blickes, da sie vollauf damit beschäftigt war, der Ente einen Bart aus Schaum zu verpassen.

Carmen wandte sich nun an Elli. »Ich zieh mich erstmal um. Ich bin vollkommen durchgefroren von der Warterei auf dem Bahnhof. Danach wollte ich Tee kochen. Möchtest du auch einen?«

»Gerne.« Elli hatte ihre ganze Aufmerksamkeit wieder auf Marie gerichtet, die sich mittlerweile selbst großzügig mit Schaum dekoriert hatte und kaum noch wiederzuerkennen war.

Carmen verschwand im Schlafzimmer und war nach wenigen Minuten umgezogen. Ihrer legeren Kleidung nach zu urteilen, standen die Zeichen eindeutig auf Entspannung. Es dauerte nicht lange, und in der Küche kochte das Teewasser. »Kräuter oder Pfefferminz?«, rief sie in Richtung Badezimmer.

»Kräuter!« kam es postwendend zurück.

Eine Viertelstunde später standen auf dem Esstisch im Wohnzimmer eine dampfende Kanne Tee auf einem Stövchen sowie zwei passende Gedecke. Carmen hatte noch einen Teller mit Keksen und für Marie eine Untertasse mit Apfelspalten dazugestellt. Zufrieden betrachtete sie ihr Kind, das gebadet und in einen molligen Jogginganzug gekleidet auf der Erde saß und mit Duplosteinen spielte. Mittlerweile saßen Elli und sie am Esstisch und genossen den Tee und ihre gegenseitige Gesellschaft.

Elli war neugierig. »Nun, Carmen, erzähl doch mal, wie war der erste Tag?«

Carmen ließ sich nicht lange bitten; sie berichtete ausführlich von ihrem ersten Kontakt mit Rolf Schwarze, ihrer Fahrt durch Bremen und den Besuchen in den Einrichtungen der Helfenden Hände.

»Erinnert mich ein bisschen an deine frühere Arbeit«, meinte Elli und spielte damit auf Carmens Tätigkeit in einem Übergangswohnheim für junge Frauen an, das sie bis zu Maries Geburt geleitet hatte.

»Nein, nein, das ist schon was anderes. Die Leute hier sind jünger, es sind Männer wie Frauen, und es geht in erster Linie darum, dass sie ihre Ausbildung packen, während die Frauen bei meiner alten Stelle in der Regel ja noch nicht einmal einen Schulabschluss hatten, geschweige denn einen Arbeitsplatz.« Sie nippte vorsichtig an ihrem immer noch zu heißen Tee. »Sicher hilft mir meine Berufserfahrung besonders bei den Auszubildenden, die in ihren Verhaltensweisen problematisch sind. Aber glücklicherweise muss ich mich ja nicht mehr mit diesen Problemen befassen, sondern mit den inhaltlichen Angelegenheiten der Häuser.« Sie streckte sich »Wunderbar! Das habe ich mir wirklich gewünscht.« Dann wurde sie wieder ernst. »Das wirklich Beeindruckende an diesen Einrichtungen ist, dass sie so geplant sind, dass sie sich in weiten Teilen gegenseitig versorgen können.«

»Wie das denn?« Elli verstand nicht ganz, und Carmen nahm Maries Apfelspalten, um ihre Ausführungen zu veranschaulichen.

»Du musst dir das so vorstellen, Elli.« Sie baute die Apfelstücke in einer gewissen Anordnung zueinander auf. »Dies sind die drei Einrichtungen des Vereins Helfende Hände. Ein Haus liegt an der Ochtum, das ist ein kleiner Fluss, wenn ich nicht irre, im südlichen Bremen. Hier ist eine Bäckerei, eine Schlachterei und Landwirtschaft. Hier ist«, sie nahm eine der Apfelspalten und hielt sie in die Höhe, »das Haus in Oberneuland. Das ist eine gediegene Gegend im Bremer Osten, wo die Helfenden Hände einen der letzten Höfe ergattert haben. Hier gibt es Landschaftsgartenbau und ein Handwerk. Welches weiß ich nicht mehr.« Sie setzte die Apfelspalte zurück an ihren ursprünglichen Platz. »Tja, und das letzte Haus, das ich gesehen habe, ist in Borgfeld, auch ein schöner, grüner Stadtteil direkt an der Wümme, der an Oberneuland grenzt. Hier arbeiten Tischler und Metallbauer, was früher mal

Schlosser hieß. Und Raumausstatter. Finde ich natürlich besonders interessant, weil Rita ja bei einem arbeitet.«

Rita war Carmens jüngere Schwester, die mittlere von insgesamt dreien. Rita hatte ihr handwerkliches Geschick beruflich genutzt und arbeitete bei einem Raumausstatter im Verkauf wie auch im kaufmännischen Bereich des Geschäfts. Carmen konnte sich unter diesem Beruf von allen, die sie heute gesehen hatte, am meisten vorstellen. »Insgesamt wirklich eine tolle Idee, Elli. Die Häuser versorgen sich, so gut sie können, selbst. Die Borgfelder zum Beispiel fertigen zurzeit in der Tischlerei Schränke für die Oberneulander, das Haus an der Ochtum liefert Brot und anderes, die Gärtner aus Oberneuland versorgen alle Anlagen der Helfenden Hände und so weiter.«

Elli schien eine Vorstellung von dem bekommen zu haben, was sie da gehört hatte. »Klingt sinnvoll. Vor allen Dingen arbeiten die jungen Menschen nicht für die Katz, das ist doch wichtig!«

Carmen lächelte. »Elli, du bist nicht nur die geborene Adoptivoma, du bist mindestens auch die geborene Pädagogin!«

Elli strahlte. »Tatsächlich? Zu meiner Zeit gab's das ja noch nicht, außer Lehrern natürlich. Wer weiß, was sonst noch alles aus mir geworden wäre.«

Carmen lachte, und Elli fügte hinzu: »Bin ich froh, dass es dir so gut ergangen ist. Als du vorhin nach Hause kamst, habe ich einen Moment lang gedacht, es wäre etwas passiert, so betroffen sahst du aus.«

Carmens gute Laune war schlagartig vorbei. Sie berichtete Elli von der unglücklichen Wendung, die ihr erster Arbeitstag durch das Verschwinden eines Auszubildenden und die Aufforderung der Polizei an Ilse Becker, eine Leiche zu identifizieren, genommen hatte.

Mit Ellis Fröhlichkeit war es angesichts dieser Entwicklung ebenfalls vorbei. Sie verspürte dennoch das Bedürfnis, dem Ganzen ein wenig die Tragik zu nehmen, indem sie sich um Sachlichkeit bemühte. »Und, wie geht es denn nun mit deiner Arbeit weiter?«

Carmen nahm den Faden dankbar auf. »Morgen früh fahre ich erst

einmal in die Stadt und richte ein wenig mein Büro ein. Weißt du, ich will nicht gleich nach Borgfeld, das wirkt doch irgendwie aufdringlich. Ich habe mir gedacht, dass ich am späten Vormittag dann dorthin fahre und mal die Lage peile. Oder was meinst du?«

»Ich finde das richtig. Du bist ja schließlich ganz neu dort. Falls wirklich der junge Mann der Tote ist, brauchen die anderen sicher ein bisschen Zeit für sich.«

Dass Elli ihre Ansichten teilte, bestärkte Carmen. Schon wesentlich beruhigter schenkte sie Tee nach. Ihr Wohlbefinden vervollständigte sich, als Marie auf ihren Schoß krabbelte und wie zum Trost ihre kleinen Arme um den Hals ihrer Mutter legte. »Mami musen.«

Carmen vergrub ihre Nase in den frischgewaschenen Haaren der Kleinen und murmelte: »So ist's recht, Süße. Schmusen, einfach nur schmusen.«

Rieke Senger hätte an diesem Abend ebenfalls eine Menge dafür gegeben, wenn jemand zu Hause auf sie gewartet hätte. Ben war im Dienst, und die unvollständig eingerichteten Zimmer ihrer gemeinsamen Wohnung schienen Rieke förmlich anzugähnen und verstärkten auf diese Weise noch ihr Bedürfnis nach Kommunikation. Einen Moment lang überlegte sie, ihre Freundin Insa in Aurich anzurufen. Ein Blick auf die Uhr zeigte dagegen, dass dies der falsche Moment war. Um diese Zeit befand sich Insa mit ihren beiden kleinen Kindern im familiären Hochleistungsprogramm und war nicht in der Lage, auch nur einen Satz ungestört zu Ende zu bringen. Vielleicht sollte sie stattdessen die restlichen Umzugskartons auspacken. Unschlüssig ging Rieke zu dem Erker in dem kleinen Zimmer neben der Küche, das Ben und sie als Esszimmer nutzen wollten, und sah durch das Fenster auf die Hollerallee. Sie würde nie verstehen, warum diese Straße Allee hieß, denn alles, was sie sah, waren Autos, die dicht an dicht lautstark über den Asphalt donnerten.

Wenn sie sich streckte, konnte sie am Ende der Straße die hochgewachsenen Bäume des Bürgerparks, Bremens sogenannter grüner Lunge, sehen. Diese Nähe zum Park wie auch die zentrale Lage der Wohnung hatten Rieke und Ben für die Altbauwohnung eingenommen. Über den Lärm hatten sie geflissentlich hinweggesehen und sich darauf verlassen, dass die Doppelverglasung der Fenster schon einiges an Geräuschen dämmen würde. Im Großen und Ganzen stimmte das auch, um diese Zeit jedoch, wenn der Feierabendverkehr auf Hochtouren lief, war an das Öffnen der Fenster aufgrund des Lärms und des Gestanks nicht zu denken.

Immer noch unentschieden, betrat Rieke die Küche und öffnete den Kühlschrank. Zufrieden registrierte sie, dass Ben sich beim Einkaufen nicht hatte lumpen lassen, die einzelnen Fächer waren gefüllt mit guten Sachen, und in der Kühlschranktür hatte er eine Flasche Wein kaltgestellt. Na bitte, dachte sie und legte in Gedanken ihr Abendprogramm fest. Zunächst würde sie ausgiebig baden und dann ihr Abendbrot auf einem Tablett mit ins Bett nehmen. Mit Glück kam was Spannendes im Fernsehen; außerdem würde sie im Laufe des Abends doch noch Insa anrufen.

Als Rieke eine gute Stunde später ihre Bettdecke zurückschlug, lag auf ihrem Kopfkissen eine rote Rose, die mittlerweile etwas angewelkt war. Daneben befand sich ein Zettel: »Bis nachher, in Liebe, Ben.« Riekes Herz machte einen kleinen Hüpfer, und Bens unerwartete Aufmerksamkeit versöhnte sie ein wenig mit der Einsamkeit dieses Abends. Sie beschloss, noch vor dem Einschlafen ihren Flanellanzug gegen ein schwarzes Seidenhemd zu tauschen und sich schon einmal auf Bens Seite zu legen. Wenn er schlau war, zog er daraus die richtigen Schlüsse. Und bislang hatte sie glücklicherweise noch nie Grund gehabt, an seiner Intelligenz zu zweifeln.

Wenn überhaupt jemand vollends zufrieden war an diesem kalten Oktoberabend, dann war es Elli Brandt. Nachdem sie Carmen am späten Nachmittag verlassen hatte, war sie noch eine Weile durch Rotenburgs einladende Einkaufsmeile in der Innenstadt geschlendert und anschließend an der Stadtkirche vorbei in ihre Zwei-Zimmer-Wohnung in einer sogenannten Service-Anlage gegangen.

Manchmal konnte sie kaum glauben, dass sie erst ein Jahr hier wohnte, so gut hatte sie sich eingelebt. Ihre enge Freundschaft zu den Schüttes war das Resultat einer ehemals guten Nachbarschaft zwischen Carmen und ihr und hatte schließlich dazu geführt, dass sie allesamt nach Rotenburg gezogen waren, wo Carmens Mann ein Restaurant direkt am Fluss übernommen hatte. Elli war auf diese Weise zu einem Geschenk gekommen, auf das sie nicht mehr gefasst gewesen war: Sie gehörte zu einer Familie.

Sie, die ewige Witwe, die zu ihrem größten Bedauern kinderlos geblieben war, konnte nun Fotos von Marie und ihren Eltern zeigen und sagen, seht mal, sind sie nicht reizend, meine drei! Soviel Glück hatte man nicht oft im Leben, und schon gar nicht im Alter. Elli schien es mehr recht als billig, hin und wieder einen kleinen Dank in Richtung Himmel zu schicken, wobei sie die örtliche Nähe ihrer Wohnung zu einer Kirche als überaus sinnvoll empfand. Solcherlei Fügungen konnte selbst ein pragmatischer Mensch wie sie wohl kaum anders als himmlisch bezeichnen!

Zufrieden zog Elli sich ihr Baumwollnachthemd über den Kopf und schlüpfte unter ihre Daunendecke. Sie öffnete die Nachttischschublade und entnahm ihr einen CD-Player. Auf ihrem Nachttisch lag ein kleiner Stapel CDs; bedächtig suchte sie eine aus und legte sie in das Gerät ein. Sie löschte das Licht, nachdem sie den Kopfhörer aufgesetzt und auf die Starttaste gedrückt hatte. Eine tiefe Männerstimme erklang. »Es war einmal zu einer Zeit, als das Wünschen noch geholfen hat.«

Elli seufzte. In ihrem Alter noch Märchen! »Doch was soll's«, murmelte sie, »eine Oma, die keine Märchen kennt, ist keine rich-

tige Oma.« Der Gedanke an ihr Enkelkind ließ sie aufmerksam zuhören.

Es war eben zehn Uhr vorbei, als im Büro des Wümmehauses die erste Lagebesprechung gehalten wurde. An dem kleinen, runden Tisch saßen Ilse Becker, Rolf Schwarze, Rieke Senger und Andreas Neuhoff einträchtig nebeneinander. Soeben hatte Ilse Becker begonnen, über den Verlauf der Hausbesprechung am Vorabend zu berichten. Alle hörten aufmerksam zu, während sie nach und nach zum Ende ihrer Ausführungen kam. »Also betroffen sind sie alle, insbesondere Dennis, der ja öfter mit Sven zusammen war. Was Janine betrifft, um die mache ich mir richtig Sorgen. Mir kommt es vor, als wenn da mehr als nur Trauer ist.«

Weiter kam sie nicht, da es Rolf Schwarze offenbar ein Bedürfnis war, die ganze Angelegenheit möglichst sachlich zu betrachten. Er wandte sich an die beiden Kriminalbeamten. »Sagen Sie, wie geht es denn nun eigentlich weiter?«

Neuhoff antwortete ihm. »Meine Kollegin und ich möchten als Erstes eine gemeinsame Runde mit allen machen, die hier wohnen und arbeiten. Danach werden wir uns aufteilen und in Einzelvernehmungen übergehen. Zurzeit sind außerdem zwei Kollegen von uns dabei, das Zimmer von Sven Hartmann zu durchsuchen.«

Unwillkürlich sah er Ilse Becker an, die seinen Blick verstand und ihm entgegnete: »Ich habe es gestern gleich abgeschlossen, als ich wieder hier war. Bis dahin hat sich allerdings Janine darin aufgehalten.« Sie signalisierte mit einem kleinen Schulterzucken, dass es ihr zwar leidtat, dass man dies aber nun nicht mehr ändern konnte.

Neuhoff ging nicht weiter darauf ein, sondern fuhr fort: »Ich werde Dennis und Frau Senger Janine Meisner vernehmen. Bitte sagen Sie doch den beiden schon einmal Bescheid, dass wir nach der versammelten Runde noch mit ihnen alleine sprechen möchten.«

Die Angesprochene nickte wortlos, um sich Rieke dann direkt zuzuwenden. »Frau Senger, bitte seien Sie vorsichtig mit Janine. Man kann nicht einschätzen, in welcher Welt sie sich gerade befindet, aber gut geht es ihr auf keinen Fall. Gestern abend habe ich ihr den Arm verbunden; sie hat sich Svens Initialen und ein Kreuz in den Arm geritzt. Wir müssen heute noch zum Arzt damit, weil ich nicht will, dass sich das entzündet. Außerdem habe ich Janines Therapeuten, Herrn Marquart, angerufen. Er kommt heute auch noch, möglicherweise muss sie zu ihrem eigenen Schutz in die Klinik.«

Rieke war sich offenbar des Ernstes der geplanten Befragung bewusst. »Ich kann Ihre Sorge nach allem, was Sie erzählt haben, verstehen. Leider kommen wir um dieses Gespräch aber nicht herum. Dazu war sie zu dicht an Sven Hartmann dran.« Sie lächelte Ilse Becker ermunternd an. »Haben Sie keine Sorge, dies ist nicht mein erster kniffliger Fall. Falls es zu brenzlig wird, schließe ich mich mit Ihnen kurz, in Ordnung?«

Nun lächelte Ilse, und es war deutlich zu sehen, dass sie dieser jungen Kommissarin vertraute.

Rolf Schwarze räusperte sich, um anzukündigen, dass er etwas sagen wollte. »Ich würde vorschlagen, Sie beginnen jetzt mit Ihrer Arbeit, damit wir das Ganze hinter uns bringen. Schlimm genug, dass so etwas hier passiert ist; wir müssen aufpassen, dass es unserem Verein nicht schadet.«

»Meine Güte, Rolf, du hast vielleicht Sorgen! Ein junger Mensch stirbt, und du denkst nur an die Einrichtung!« Es war Ilse Becker anzusehen, dass sie über ihre spontane Äußerung erschrocken war. Sie versuchte, ihre Direktheit dem Chef gegenüber zu mildern. »Entschuldige bitte, aber ich bin mit den Nerven zu Fuß.«

Rolf ging nicht weiter auf sie ein, sondern stand stattdessen auf. »Lassen Sie uns anfangen.« Er schritt zur Tür.

Uns ist gut, dachte Rieke und sah Neuhoff an, dass er dasselbe gedacht hatte. Beide erhoben sich zeitgleich. Rieke wandte sich an Ilse Becker.

»Sind schon alle versammelt?«

»Es ist alles vorbereitet.«

»Danke«, antwortete Rieke schlicht und sammelte damit einen weiteren Pluspunkt auf der Sympathieskala der Leiterin des Wümmehauses.

Die Vollversammlung mit den Auszubildenden und Mitarbeitern des Wümmehauses war von Neuhoff und Rieke hauptsächlich dazu genutzt worden, sich den Anwesenden ins Bewusstsein zu bringen. In diesem Zusammenhang hatten sie ihre Ermittlungsarbeit beschrieben und um Hinweise gebeten, mochten diese auch noch so unwichtig erscheinen. Um die Kontaktaufnahme zu ihnen zu erleichtern, würde ab sofort ihre Adresse und Telefonnummer am Mitteilungsbrett im Flur des Hauses hängen. Anschließend begannen sie mit den einzelnen Befragungen, die sich, soweit es Janine Meisner betraf, als äußerst schwierig erwiesen. Hätte es so etwas wie eine Gesellenprüfung für Rieke in ihrem Beruf gegeben, wären die Anforderungen an dieses Gespräch bereits die Meisterklasse gewesen.

Schon der Auftakt verlief anders als geplant. Rieke hätte das Gespräch gern in Janines Zimmer geführt; diese bestand dagegen darauf, draußen auf dem Findling zu sitzen. So ergab sich ein Bild der Gegensätze, wie es deutlicher kaum hätte sein können. Auf der einen Seite Janine Meisner, deren neunzehn Lebensjahre im Widerspruch zu ihrer zusammengekauerten, mageren, in theatralisches Schwarz gekleideten Erscheinung stand. Als weibliches Kontrastprogramm – ihr gegenüber stehend – Rieke Senger, die mit ihren neunundzwanzig Lebensjahren zehn Jahre älter und dennoch die eigentlich junge von beiden, zumindest der Erscheinung nach, war. Beide Frauen schienen etwas von diesem Ungleichgewicht zu spüren, und Rieke beschloss, ihre Position zu nutzen. »Möchten Sie während unseres Gespräches wirklich hier draußen sitzen, Frau Meisner?«

Statt einer Antwort war lediglich das Rauschen der Kastanie auf dem Innenhof zu hören, durch deren Krone gerade der Wind fuhr. »Na gut, aber dann rücken Sie bitte ein Stück.«

Überrascht blickte Janine nach oben und schien Rieke Senger das erste Mal überhaupt wahrzunehmen. »Okay.«

Sie rückte tatsächlich. Gleich darauf saßen beide Frauen dicht an dicht auf dem Stein, so dass zwangsläufig eine Nähe zwischen ihnen entstand, von der Rieke sicher war, dass sie Janine unbehaglich war. Sie beschloss, zügig vorzugehen. »Sie waren in der Vollversammlung, und das heißt für mich, dass ich mich nicht mehr vorstellen oder etwas über den Ermittlungsstand sagen muss. Ich glaube auch nicht, dass es einer Erklärung bedarf, warum ich gerade mit Ihnen reden möchte.«

Janine zog an ihrer Zigarette und schwieg, was Rieke als Aufforderung interpretierte, fortzufahren. »Sie und Sven Hartmann waren befreundet, stimmt das?«

Janine nickte, den Blick starr nach vorne gerichtet.

»Was heißt das genau?«

Janine schien die Frage unangenehm zu sein, sie wurde patzig. »Wollen Sie wissen, ob ich mit ihm gepennt habe, oder was?«

Rieke ließ sich davon nicht aus der Ruhe bringen. »Wenn Sie's mir erzählen wollen, meinetwegen. Obgleich es mich viel mehr interessieren würde, ob sie sich so nahe waren, dass Sven Hartmann Ihnen Dinge anvertraut hat, die uns einen Hinweis auf das Motiv des Mordes, oder noch besser, den Mörder geben könnten.«

Janines Gesicht war bei Riekes letzten Worten noch blasser geworden, als es ohnehin schon war. Trotzig schnippte sie den Zigarettenstummel vor ihre Füße und blickte mit ihren dunklen Augen, deren schwermütiger Ausdruck noch mit schwarzen Kajalstrichen hervorgehoben wurde, Rieke an. Als sie antwortete, klang ihre Stimme bitter und viel zu alt, gemessen an ihren Lebensjahren. »Ich glaube nicht, dass einer von euch schnallen würde, was mit Sven und mir war.« Sie trat unvermittelt auf ihren Zigarettenrest, um ihm den letzten Funken Glut auszuhauchen.

Rieke fühlte sich in ihrer Vorgehensweise bestätigt. »Dann liege ich ja mit meiner Annahme goldrichtig, dass Sie uns in Bezug auf ihn helfen können.«

Auf einmal funkelten die dunklen Augen ihr gegenüber wütend, und jegliche Theatralik war daraus verschwunden. »Das können Sie vergessen, Frau Sager, er hat mir nichts erzählt, und ich habe auch überhaupt keine Ahnung, wer ihn umgebracht haben könnte!«

»Senger, bitte.«

»Was?«

»Senger. Ich heiße Senger, mit e übrigens.«

»Ist doch scheißegal!«

»Mir nicht«, antwortete Rieke schlicht, nicht bereit, sich noch länger auf dieser Gesprächsebene zu bewegen. Sie erhob sich. »Frau Meisner, wenn Ihnen noch etwas einfällt, melden Sie sich bitte bei mir. Es ist mir wirklich ernst. Bitte denken Sie daran, dass alles, was Sven Hartmann weitergegeben hat, im schlimmsten Fall denjenigen, der es weiß, nun in Gefahr bringen kann.« Sie reichte Janine Meisner die Hand und überraschte die junge Frau damit ein weiteres Mal im Laufe dieses Gespräches. Mehr aus Reflex als aus Wohlwollen erwiderte diese den Händedruck. »Sie erreichen mich unter der Nummer, die am Mitteilungsbrett steht. Auf Wiedersehen, Frau Meisner. Ich würde mich wirklich freuen, wenn Sie mich anrufen.«

Rieke wandte sich um und stiefelte genervt in Richtung Eingang. Für heute reichte es ihr. Dieser Umgang mit jungen Frauen, die schwarzgekleidet wie kleine Witwen, frierend und abgemagert auf Findlingen hockten, statt es sich in der Wärme eines Hauses gutgehen zu lassen, schaffte sie. Vielleicht war sie auch zu wenig distanziert. Sie hoffte nur, dass sie sich bei dieser Kälte auf dem Stein nicht auch noch erkältet hatte; das wäre das Letzte, was sie jetzt gebrauchen könnte!

Verstimmt erreichte sie die Tür und bemerkte erst jetzt, dass diese bereits geöffnet war. Im Türrahmen stand ein junger Mann, den sie auf Anfang zwanzig schätzte. Er überragte sie um eine Kopflänge, was sie

nicht davon abhielt, sich unwirsch an ihm vorbeizuschieben. »Und«, fuhr sie ihn an, »haben Sie mir etwas zu sagen, oder warum stehen Sie hier und sehen mir bei der Arbeit zu?«

Erschrocken hob er die Hände zu einer abwehrenden Bewegung und verschwand, ohne zu antworten, ins Innere des Hauses. Rieke folgte ihm und wurde umgehend durch die anheimelnde Atmosphäre dort milder gestimmt. Im Flur traf sie auf Neuhoff. Sie fragte sich, ob er wohl auch eine so harte Nuss wie sie selbst zu knacken gehabt hatte, und beschloss, ihn direkt danach zu fragen. »Na, Andreas, wie ist es bei dir gelaufen? Bist du schon mit allen durch, die vorgesehen waren?«

Andreas Neuhoff nickte zufrieden. »Bin ich. Zuerst habe ich mit dem Ausbilder gesprochen. Ihm ist nix aufgefallen an Sven Hartmann. Bei diesem Dennis Ladewig bin ich mir dagegen nicht so sicher, zumindest rein gefühlsmäßig. Er machte im Hinblick auf Hartmann so Andeutungen von wegen ›euphorisch‹ und ›gut drauf die Tage vorm Mord‹, wollte aber nicht so richtig raus mit der Sprache. Den werde ich mir auf jeden Fall noch mal vornehmen. Und du, bist du weitergekommen?«

Rieke berichtete von ihrem Gespräch mit Janine Meisner. »Mir ging es ähnlich wie dir. Ich denke, ich muss später noch mal mit ihr reden, sie weiß mehr, als sie sagt. Aber da war noch etwas. Etwas, was ich überhaupt noch nicht faktisch begründen kann.« Rieke zögerte, weil sie in Bezug auf dienstliche Äußerungen eher eine Freundin von Tatsachen als von Gefühlen war.

Neuhoff hingegen war anzusehen, dass er mit solcherlei Einschätzungen aus dem Bauch heraus keine Probleme hatte. »Und, was war das?« Er war offensichtlich neugierig, was die Intuitionen seiner neuen Kollegin betraf.

»Wenn du mich fragst, Andreas, hat sie Angst. Wovor auch immer, ich weiß es nicht. Aber unter ihrem ganzen coolen Getue ist sie eingeschüchtert und ängstlich wie ein kleines Mädchen.«

»Irgendeine Vermutung?«

»Nein, habe ich nicht.« Sie korrigierte sich. »Habe ich noch nicht.«

Obwohl Janine fror, blieb sie noch eine Weile auf dem Stein sitzen, nachdem Rieke Senger ins Haus zurückgegangen war.

Strafe muss sein, dachte sie und schaltete ihr Inneres auf die gewohnt masochistische Gangart. Sie hatte sich fest vorgenommen, dieser Kommissarin gegenüber kein Sterbenswörtchen verlauten zu lassen, und nun ärgerte sie sich maßlos, dass sie sich doch zu einigen Bemerkungen hatte hinreißen lassen. Doch so war es mit ihr, und sie wusste es: Auf sie war eben kein Verlass, das hatte schon ihre Mutter gesagt. Sie konnte außerdem das Maul nicht halten, das hatte ihr Vater gesagt.

Zitternd zog sie sich ihren schwarzen Satinblouson um die Schultern. Vielleicht würde sie ja todkrank und sterben – wie Sven. Bei dem Gedanken an ihn erstarrte sie. Sie hätte gerne geweint, aber die Stimme hatte es ihr verboten. Sie tastete unter ihren Ärmel nach dem Verband. Es war ein leichtes, ihn abzubekommen. Sie erhob sich schwerfällig, weil ihre Glieder schon ganz steif waren und schlurfte in Richtung Haustür. Es war klar, was zu tun war, Strafe musste sein.

Neuhoff und Rieke hatten gerade das Wümmehaus verlassen und gingen auf ihr Auto zu, als auf dem Hof ein schwarzer Golf geparkt wurde, dem eine Frau entstieg. Während sie die Fahrertür verschloss, nickte sie den beiden Beamten kurz zu, wobei ihr Blick überrascht an Neuhoff hängenblieb. Diesem schien es ähnlich zu ergehen: Nach einem kurzen verdutzten Moment erhellte sich sein Gesicht, und er ging direkt auf die Frau zu.

»Frau Schütte, das gibt's doch nicht! Sie hier?«

Carmen Schütte erwiderte sichtlich erfreut die herzliche Begrüßung. »Na, Herr Neuhoff, ich muss sagen, Sie hätte ich hier nicht erwartet.« Ihr Gesicht nahm einen betrübten Ausdruck an. »Obwohl es klar ist, dass die Mordkommission hier ist … Sie sind doch noch da, oder?«

»Das kann man wohl sagen.« Er wechselte das Thema. »Sie wissen also schon, was passiert ist?«

Carmen nickte. »Ich habe bereits gestern gehört, dass ein Auszubildender nicht nach Hause gekommen war. Na ja, und eben war ich in der Geschäftsstelle des Vereins, und da gab es kein anderes Thema als den Mord. Wirklich tragisch.«

Neuhoff nickte und lenkte das Gespräch auf Privaten. »Was hat Sie denn hierher verschlagen, wenn ich fragen darf? Zuletzt haben Sie doch in diesem Heim für Frauen gearbeitet.«

»Ach, Herr Neuhoff, das ist ja schon eine Weile her. Mittlerweile ist so viel passiert. Ich habe eine kleine Tochter, bin verheiratet, lebe mit Mann und Kind in Rotenburg an der Wümme, wo wir ein Restaurant haben. Tja, und nun versuche ich gerade, mich beruflich neu zu orientieren, auf Teilzeitbasis sozusagen.« Sie deutete auf das Wümmehaus. »Der Verein Helfende Hände hat mich als Fachfrau für Pädagogik und Qualitätsfragen befristet eingestellt.«

Neuhoff nickte. »Das letzte sagt mir was. Dieser Qualitätskram geht ja an den Behörden auch nicht vorbei.«

Carmen lachte. »Ist aber nicht so schlimm, wie's sich anhört, finde ich.«

»Ihr Wort in Gottes Ohr, Frau Schütte! Auf alle Fälle viel Erfolg, trotz dieser Geschichte hier.«

Sie gaben sich die Hand, und Neuhoff wandte sich zum Gehen. Auf einmal schien ihm etwas einzufallen, und er kam noch mal zurück. »Frau Schütte, Sie haben uns schon einmal sehr geholfen. Wenn Ihnen hier etwas auffällt, bitte melden Sie sich.« Er deutete auf Rieke, die sich inzwischen in den Dienstwagen gesetzt hatte. »Sie können auch Frau Senger Bescheid sagen. Hier ist meine Karte, unter dieser Nummer erreichen Sie einen von uns.«

Carmen nickte beklommen, wobei sie am liebsten geantwortet hätte, er solle sie mit solchen Dingen in Ruhe lassen. Stattdessen antwortete sie mechanisch: »Mach ich.«

Neuhoff zwinkerte ihr aufmunternd zu, dann wandte er sich erneut um und schritt zügig zu seinem Wagen.

»Auch das noch«, murmelte Carmen. Sie straffte die Schultern, wie um sich selbst ein wenig Halt zu geben, und öffnete die Tür zum Haupthaus.

»Ist 'ne ehemalige Zeugin, die ich in Zusammenhang mit einem Mord vor ein paar Jahren kennengelernt habe.« Neuhoff fühlte sich bemüssigt, Rieke über das unverhoffte Wiedersehen aufzuklären. Während er sprach, lenkte er das Auto aufmerksam durch den zunehmenden Verkehr in Richtung Innenstadt. Er schüttelte den Kopf. »Nicht zu fassen, dass ich sie heute hier treffe. So klein ist die Welt. Übrigens habe ich sie gebeten, Augen und Ohren offenzuhalten, wo sie jetzt hier arbeitet.«

In seiner Stimme schwang Zufriedenheit, Rieke holte ihn jedoch schnell wieder auf den Teppich. »Und ich habe mich schon gewundert, warum sie auf einmal so verstört aussah, wo sie sich doch die ganze Zeit offenbar gefreut hat, dich zu sehen!«

»Sah sie verstört aus? Ist mir gar nicht aufgefallen!« Nun war es Neuhoff, der verstört aussah.

Rieke lächelte. »Ich sag jetzt auch nicht ›typisch Mann‹, ich will's mir ja nicht mit dir verderben. Mal im Ernst: Vielleicht habe ich übertrieben, als ich sagte, sie sei verstört gewesen, aber erschrocken war sie sicherlich. Ist doch auch gar nicht weiter verwunderlich, denn wer wünscht sich schon, in einen Mordfall verwickelt zu werden? Erst recht, wenn man es schon einmal war, und sei es nur als Zeugin.«

Ihre Argumentation leuchtete Neuhoff ein. »Schon möglich. Dennoch: Sie ist eine kluge Frau mit feinen Antennen für alles um sie herum. Wer weiß, was sie noch alles rausbekommt!«

Riekes Lächeln wurde noch eine Spur breiter. »Ist schon in Ordnung, Andreas. Wir tappen ja auch wirklich im Dunkeln.« Sie sah sich zur

Abwechslung ihre Umgebung an »Ist wirklich hübsch hier«, kommentierte sie den Anblick des Allmersparks, an dem sie gerade vorbeifuhren.

»Das stimmt. Es heißt immer, wir Bremer wären Chauvinisten. Das ist alles Quatsch. Wir finden nur, dass es keine nettere Stadt und keine netteren Menschen gibt als hier.« Mit diesen Worten beschloss er ihren Ausflug, indem er das Auto über die Bürgermeister-Spitta-Allee in die Richtung der ehemaligen Kaserne lenkte.

Neuhoff sollte nicht das einzige bekannte Gesicht sein, dem Carmen Schütte an diesem Vormittag begegnete. Nachdem sie das Wümmehaus betreten hatte, traf sie zu ihrer Freude auf Thilo Marquart. Ilse Becker wollte gerade mit der Vorstellung beginnen, als er lachend abwinkte. »Lass gut sein, Ilse, Carmen und ich sind alte Bekannte.«

Carmen fügte erklärend hinzu: »Thilo ist ein enger Freund meiner jüngeren Schwester, sie ist auch Psychologin.«

Unter anderen Voraussetzungen wären die beiden erst einmal ins Plaudern gekommen, doch Marquart hatte es eilig. Bedauernd blickte er in Carmens Richtung. »Schade, ich muss leider los. Ich fahre direkt zu einer Tagung nach Hamburg. Ilse, falls es was ganz Dringendes gibt, kannst du mich unter meiner Handynummer erreichen. Sollte es sich mit Janine zuspitzen, ruf den Sozialpsychiatrischen Dienst an. Ansonsten bin ich übermorgen wieder hier und dann auch mit ihr verabredet.«

Für Ilse Becker war die Sache damit klar. »Mach ich, Thilo. Und danke, dass du so schnell gekommen bist!«

»Ist doch selbstverständlich. Also, macht's gut, ihr beiden. Carmen, falls die Tagung pünktlich zu Ende ist und ich nicht irgendwo im Stau stehe, würde ich gerne auf der Rückfahrt morgen Abend auf einen Sprung bei euch reinschauen, wär dir das recht?«

»Gerne, Thilo. Ich bin wegen der Kleinen ohnehin zu Hause. Also komm, wann du möchtest.«

Marquart nickte, dann war es Zeit, sich zu verabschieden. »Bis dann, ich hoffe, es bleibt ruhig hier, Ilse.« Zu Carmen gewandt: »Dann bis morgen Abend.« Schon war er aus der Tür und hinterließ in dem kleinen Büro eine wohldosierte Wolke dezenten After-Shaves, die von den Frauen wohlwollend zur Kenntnis genommen wurde.

Er hat was, dachte Ilse Becker und spürte ein leises Bedauern darüber, dass sie sicher nicht Marquarts Typ war.

Ich kann Susanne verstehen, dachte Carmen, die davon ausging, dass ihre Schwester sich hin und wieder mit diesem Mann sexuell vergnügte, wobei beide scheinbar an einer engeren Bindung kein Interesse hatten. Die Frauen sahen sich an, und jede schien die Gedanken der jeweils anderen lesen zu können. Auf einmal prusteten sie los.

»Ich dachte, aus dem Alter wäre ich heraus«, brachte Ilse Becker schließlich hervor, während sie sich eine Träne aus dem Auge wischte.

Auch Carmen schien Mühe zu haben, wieder ernst zu werden. »Ach, da müssten Sie mich mal mit meiner Freundin Anne sehen, wir benehmen uns manchmal wie die schlimmsten Pubertätsrülpser!«

Ilse Becker schien ein Gedanke gekommen zu sein. »Übrigens, angesichts der Tatsache, dass wir eine ganze Weile zusammen arbeiten werden, wie wär's, wenn wir uns duzen?«

Carmen nickte erfreut. »Hallo, Ilse!«

»Hallo, Carmen!«

Die beiden Frauen reichten sich lächelnd die Hand. Ein Blick auf die Uhr an der Wand ließ sie dagegen schnell wieder dienstlich werden. »Komm, setz dich«, bat Ilse Becker. »Es gibt eine Menge zu berichten.«

Viertes Kapitel

Es war nicht zu übersehen, dass sich Bremen auf seine sogenannte fünfte Jahreszeit, den Freimarkt, vorbereitete. Die Wagen der Schausteller rollten schon seit Tagen aus allen Himmelsrichtungen auf die Bremer Bürgerweide hinter dem Hauptbahnhof, und in der Innenstadt, direkt vor dem Rathaus, wurden Fahrgeschäfte und Buden errichtet.

Das Wetter schien sich an den Befindlichkeiten der Bremer orientieren zu wollen. Der kalte Wind ließ allmählich nach und wurde von einem sonnigen, blauen Herbsthimmel abgelöst. Rieke konnte kaum noch zählen, wie oft sie schon den zufriedenen Blick Richtung Himmel in Verbindung mit dem Ausspruch »Richtiges Freimarktwetter!« bei ihren Kollegen im Präsidium erlebt hatte. Von Neuhoff erhielt sie postwendend die Erklärung dazu: »Es kann ruhig kalt sein, darf aber nicht dauernd regnen. Am besten ist es so wie jetzt. Richtiges Freimarktwetter!«

»Was ist denn Freimarkt?«

Neuhoff sah sie erstaunt an, dann dämmerte ihm, dass seiner zugereisten Kollegin offenbar fundamentales Wissen im Hinblick auf die Bremer Highlights fehlte. Er versuchte zu erklären: »Das ist ein Markt, der aus einer Bremer Tradition hervorgegangen ist. Er ist immer Ende Oktober, Anfang November und dauert rund zweieinhalb Wochen. Ist richtig groß, man kann gut zwei Stunden laufen, wenn man in Ruhe alle Karussells und Buden angucken will.«

»Es ist also ein Rummel, eine Kirmes oder so?« Rieke versuchte immer noch zu erfassen, was die Bremer daran so aus dem Häuschen brachte.

»Ja und nein, ist eben unser Freimarkt. Am Montag gehen wir mit den Kollegen hin. Komm mit, und du wirst sehen, was ich meine.«

»Muss ja ganz was Tolles sein«, brummte Rieke, die Neuhoffs Ausführungen wenig ergiebig fand.

Nun grinste Neuhoff. »Ist es auch, wart's ab.« Sein Lächeln wurde spitzbübisch. »Wenn es nicht so wichtig wäre, würde ja wohl kaum dem Roland, diesem steinernen Ritter vorm Rathaus, ein großes Lebkuchenherz umgehängt und an die Straßenbahnen Fähnchen montiert.« In diesem Moment ergriff er Riekes Arm und brachte sie zum Stehen, da sie mal wieder ohne zu gucken über die Straße marschierte und trotz der Hupe einen herannahenden Wagen nicht zur Kenntnis genommen hatte.

»Bin eben aus der Provinz«, versuchte sie ihr eigenes Erschrecken ins Lächerliche zu ziehen. Neuhoff schüttelte den Kopf, doch bevor er etwas sagen konnte, fuhr Rieke schnell fort: »Sag mal, wo essen wir denn heute?«

Weiter kam sie nicht, da ihr Kollege bereits eine bekannte Lokalität ansteuerte. »Oh nein«, stöhnte sie, »gestern polnisch, heute amerikanisch. Ich hätte es wissen müssen! Meine Geschmacksnerven werden nach meiner ersten Dienstwoche den Bach runter und meine Figur dafür in die Breite gegangen sein.« Sie knuffte ihren Kollegen. »He, Neuhoff, habe ich dir erzählt, dass ich gerne gut esse und noch besser koche?«

»Ist nicht wahr!«

»Kannst ja mal probieren, wie wär's am Freitag um acht?«

»Gerne, soll ich was mitbringen?«

»Nee, lass man.«

»Was gibt's denn?«

Rieke setzte ein arrogantes Gesicht auf. »Na, ostfriesisch natürlich!« Und mit gespielter Todesverachtung öffnete sie die Glastür zu dem Restaurant mit dem großen M.

Im Nachhinein war Rieke über sich selbst überrascht, was ihre Einladung Neuhoffs zum Essen betraf. Normalerweise achtete sie

strikt darauf, Dienst und Privatleben zu trennen, aber irgendwie war ihr danach gewesen, ihren neuen Kollegen einzuladen. Als sie am Abend Ben davon erzählte, bestärkte er sie in dieser Entscheidung. Sein Kommentar »ist doch schön, dass er mal hierherkommt«, nahm ihr den letzten Rest Unsicherheit bezüglich ihrer Spontaneität, und kurz darauf beratschlagten beide, was es zu essen und zu trinken geben würde.

Sichtbar frustriert sah Rieke Senger auf die Laborbefunde »ihrer« Leiche, die mittlerweile eingetroffen waren. »Solche Fälle liebe ich!«, schimpfte sie, während sie noch am Lesen war. »Man kriegt Befunde und Ergebnisse und ist trotzdem keinen Deut weiter!«

Neuhoff ging nicht weiter darauf ein, da er viel zu sehr damit beschäftigt war, sich nicht den Mund zu verbrennen. Außerdem war er nicht gewillt, sich den ersten Kaffee an diesem Morgen von seiner schlechtgelaunten Kollegin vermiesen zu lassen.

Diese war ohnehin nicht zu bremsen. »Da reißen sich alle den Hintern auf, um ja schnell zu irgendwelchen Analysen zu kommen, und wir können nichts damit anfangen!«

Neuhoff reichte das Gezeter. »Nun mal langsam, Rieke. Immerhin wissen wir nun, dass Sven Hartmann einen Schlag auf den Hinterkopf erhalten hat, bevor jemand seinen Kopf so lange unter Wasser gedrückt hat, bis er starb.«

Seine beschwichtigenden Worte brachten die neue Kollegin nur noch mehr in Rage: »Na klasse, und was bringt uns das? Nur gut, dass es keine Fingerabdrücke gibt oder Gewebespuren oder sonst was, wir hätten ja nicht mal einen Verdächtigen, auf den wir diese Daten beziehen könnten!«

Neuhoff stöhnte. »Mensch, Rieke, du machst einem vielleicht Mut! Was ist denn heute los mit dir?«

Rieke strich sich eine flachsblonde Strähne aus dem Gesicht, die sich einen Weg aus dem engen Reif gebahnt hatte, der ihre aalglatten

Haare so festhalten sollte, dass sie ihr nicht ständig die Sicht nahmen. Sie schien sich zu besinnen. »Tut mir leid, Andreas. Ich bin unausgeschlafen und genervt. Ich habe das Gefühl, wir schwimmen total, was den Fall angeht.«

Neuhoff war anzusehen, dass er so gut wie versöhnt war. »Ist schon in Ordnung. Ich wünschte ja auch, wir wären weiter. Ich habe die Berichte eben nur überflogen, stand da auch was über den PC in Sven Hartmanns Zimmer?«

Rieke nickte. »Nichts Besonderes drauf – nicht auf der Festplatte und auch nicht auf den externen Speichermedien, die wir gefunden haben.« Sie blickte Neuhoff direkt ins Gesicht, und die Teeflecken in ihren Augen schienen zu funkeln, was, wie Neuhoff noch öfter feststellen sollte, ein Zeichen von Unmut bei ihr war.

Er beschloss, die Situation zu entschärfen. »Lass uns mal in Ruhe sortieren, was wir bis jetzt definitiv wissen. Also, gestorben ist Sven Hartmann zwischen zweiundzwanzig abends und zwei Uhr morgens. Bevor jemand sein Gesicht in die Wümme gedrückt hat, wurde er am Ufer bewusstlos geschlagen.«

»Am Ufer?«

»Vermutlich ja, es wurden keine längeren Schleifspuren gefunden. Die Beule an seinem Hinterkopf stammt von einem runden Gegenstand.«

»Vielleicht eine Taschenlampe?«

»Habe ich auch schon gedacht. Ach ja, getrunken hatte der junge Mann vorher, immerhin kam er auf 1,5 Promille im Blut. Einen Kampf scheint es nicht gegeben zu haben, zumindest deutet nichts darauf hin.«

»Bei der Promillezahl brauchte man auch nicht mehr zu kämpfen, den hätte ich auch so umgepustet«, entfuhr es Rieke.

Neuhoff sah sie mit gespieltem Tadel an. »Also, fassen wir zusammen.«

Rieke unterbrach ihn. »Wenn du mich fragst, hat ihn jemand irgendwie den Deich runtergelotst, der keinen Kampf wollte,

vielleicht, weil er ihn sowieso nicht gewonnen hätte. Das Ganze wirkt auf mich kalkuliert und kaltblütig und nicht wie ein im Affekt entstandener Kampf, der dann tödlich ausging.«

»Gut möglich. Ich glaube, wir müssen uns ohnehin viel mehr an das Motiv halten, wenn wir weiterkommen wollen. Mit den Spuren wird das nix, zumindest zum jetzigen Zeitpunkt.« Neuhoff trank mit einem zügigen Schluck seinen Rest Kaffee, der mittlerweile kalt war. Ihm schien etwas durch den Kopf zu gehen. »Sag mal, Rieke, was ist mit dieser jungen Frau, bei der du so ein merkwürdiges Gefühl hattest?«

»Janine Meisner?«

»Genau die. Die wolltest du dir doch nochmal vornehmen.«

Rieke nickte zustimmend. »Und du wolltest Dennis Ladewig befragen, stimmt's?«

»Genau. Wollen wir rausfahren?«

Riekes Gesicht nahm einen harten Ausdruck an, der Neuhoff fremd war. »Nein, Andreas, nicht wir fahren hinaus. Die beiden kommen hierher.« Sie lächelte. »Keine Gespräche mehr auf kalten Steinen.«

Neuhoff schien dem nichts entgegensetzen zu wollen. Statt zu antworten, griff er zum Telefonhörer und wählte die Nummer des Wümmehauses.

Die Vernehmung der beiden Auszubildenden im Präsidium brachte die beiden Beamten einen kleinen Schritt weiter. Nach längerem Zögern hatte Dennis Ladewig zugegeben, dass Sven Hartmann in irgendeine größere Sache verwickelt gewesen war, von der er sich eine Menge Geld versprochen hatte. Zumindest hatte er sich dementsprechend gebrüstet: »Eh, Alter, bald kommt die ganz dicke Kohle« – und Dennis sollte ebenfalls etwas abbekommen: »Und du, alter Schwede, kriegst auch 'nen Taler« –, musste sich aber zu absolutem

Stillschweigen verpflichten. Mehr vermochte Dennis Ladewig nicht zu sagen. Glaubhaft versicherte er, dass Sven ihn in keine Details eingeweiht hatte. Neuhoff fühlte sich in gewisser Weise bestätigt, da er schon öfter daran gedacht hatte, dass irgendwelche kleinkriminellen Geschäfte hinter diesem Mord steckten.

Die Vernehmung von Janine Meisner verlief dagegen ein weiteres Mal ergebnislos. Die junge Frau schien durch das weitläufige Polizeigebäude genausowenig zu beeindrucken zu sein wie durch die polizeiliche Präsenz von gleich zwei Beamten. Sie wiederholte lediglich, wie schon beim ersten Mal, dass sie überhaupt nichts wüßte, und trotz aller rhetorischer Tricks gelang es nicht, mehr von ihr zu erfahren. Rieke beschlich zunehmend das Gefühl, an die Sache falsch heranzugehen. Wenn sie ehrlich war, fühlte sie sich mit dieser entrückten, tendenziell depressiven Frau überfordert, deren Befindlichkeit sie aufs Neue befremdete. Rieke kannte sich aus mit Menschen, die logen, die meisterlich ihre schwere Kindheit darlegen konnten oder die einfach nur gewieft waren. Junge, psychisch desolate Menschen dagegen wie diese Janine waren ihr in der Ermittlung eines Mordes bislang weniger begegnet, da fühlte sie sich ungeübt, und Janine schien genau das zu spüren.

Rieke brach mit dieser Erkenntnis das Verhör ab. Ihr war klar, dass sie selbst erst einmal Informationen brauchte. Sie beschloss, Ilse Becker oder Thilo Marquart, den Therapeuten, zu befragen, dann würde man weitersehen.

Einen Tag, nachdem Carmen und er sich zufällig im Wümmehaus getroffen hatten, machte Thilo Marquart seine Ankündigung wahr, die Schüttes zu besuchen und stand am frühen Abend vor deren Wohnungstür in Rotenburg. Carmen saß gerade mit Marie beim Abendbrot, als es klingelte.

»Das ist sicher Thilo«, sagte sie zu ihrer Tochter, während sie sich die Hände abwischte und aufstand, um die Tür zu öffnen. Marie krabbelte unaufgefordert von ihrem erhöhten Stuhl, um ihrer Mutter zu folgen und den Besuch in Augenschein zu nehmen.

Statt einer Begrüßung hob Marquart die Hände in die Höhe. »Nicht mal ein paar Blumen habe ich dabei.« Er lächelte gewinnend, und Carmen war sicher, dass er damit für gewöhnlich die Frauen auf seine Seite brachte.

Sie erwiderte sein Lächeln. »Nun red mal keinen Quatsch«, entgegnete sie, »komm lieber rein. Ich freu mich ja, dass du uns einmal besuchst.« Sie bugsierte ihren Gast durch den schmalen Flur in die Küche. »Wir sind gerade beim Abendbrot, möchtest du auch etwas essen?«

Marquart winkte ab. »Nein danke, ich habe keinen Hunger.«

»Etwas trinken?« Carmen deutete auf eine Flasche Wasser und fügte hinzu: »Ich hätte auch ein Bier!«

Marquarts Gesicht entspannte sich. »Oh fein, so eine Autofahrerportion, das wäre schön.«

Er setzte sich auf einen der beiden freien Stühle, wobei jede seiner Bewegungen von Marie genauestens registriert wurde, die ebenfalls wieder ihren Platz eingenommen hatte. Unvermittelt richtete sie ihren kleinen Zeigefinger auf Marquart. »Is das ein Papa?«, ließ sie ihre hohe Kleinmädchenstimme vernehmen.

Der angebliche Vater lächelte. »Nein, ich bin kein Papa, ich bin Thilo. Und du bist Marie, stimmt's?«

Marie schien offensichtlich nicht gewillt, auf so eine banale Frage einzugehen, da sie wortlos von ihrem Stuhl stieg und in ihr Zimmer lief. Marquart nutzte die Situation, um sich weiter mit Carmen zu unterhalten. »Schön habt ihr das hier.« Sein Blick fiel auf das große Fenster, von dem aus man auf den Fluss und die angrenzenden Feuchtwiesen blicken konnte.

Carmen nickte. »Stimmt. Aufgrund der Lage wollte Horst auch unbedingt hierher, obwohl er sich eigentlich für ein anderes Lokal entschieden hatte.«

»Ist er schon unten im Restaurant?«

»Ja, seit einer Stunde. Sag mal, wollen wir uns nicht ins Wohnzimmer setzen? Dort ist es bequemer.«

Statt einer Antwort ergriff Marquart sein Glas und die Flasche und folgte Carmen in das gegenüberliegende Zimmer, wo er sich mit einem behaglichen Seufzer auf dem Sofa niederließ und seine langen Beine von sich streckte. In diesem Augenblick kündigte ein lautes Quietschen Maries Rückkehr an, die, auf einem Trecker mit Hänger sitzend, gerade die Schwelle zum Wohnzimmer passierte. Vor dem Tisch hielt sie an, stieg ab und begann, den Hänger auszuladen, der eine Fracht aus Plüschtieren, einer Babypuppe und verschiedenen Bilderbüchern transportierte. Ohne länger nachzudenken, griff sie nach einem der Bücher, dessen abgegriffener Zustand darauf schließen ließ, dass sie es schon häufiger betrachtet hatte. Mit einer koketten Bewegung schob sie es über den Tisch in Marquarts Richtung, der prompt darauf einging. »Na, was haben wir denn da? Der Hase mit der roten Nase. Klingt aufregend.«

Faszinierend beobachtete Carmen in den nächsten fünf Minuten die Interaktion, die zwischen ihrer Tochter und ihrem Besucher entstand. Marie hörte gespannt zu, wie Marquart vorlas, und näherte sich ihm dabei Stück für Stück. Als er am Ende der Geschichte angelangt war, stand sie direkt vor seinen Knien, konzentriert auf seine Worte achtend. Schließlich klappte er das Buch zusammen, das sie ihm schnell aus der Hand nahm, um es gegen ein neues auszutauschen.

Carmen ging dazwischen. »Nun ist aber Schluss, Marie. Jetzt wollen wir uns unterhalten, du kannst bis zum Schlafen noch hier mit deinen Duplos spielen.«

Marie sah Marquart an, als aber aus dieser Richtung keine Unterstützung kam, verließ sie – zur Überraschung ihrer Mutter, die auf

ein längeres Geplänkel eingestellt war – das Zimmer. Gleich darauf war zu hören, wie im Kinderzimmer lautstark ein Duploeimer ausgekippt wurde.

»Na, die ist aber folgsam«, entfuhr es Marquart.

»Dein Kind, das unbekannte Wesen«, erwiderte Carmen, immer noch verblüfft über Maries widerspruchsloses Verhalten. Doch dann entschied sie, diesen Moment der Ungestörtheit zu nutzen. »Ich habe so viele Fragen zu meiner neuen Arbeit, besser gesagt dem Verein, und zwar Fragen informeller Art.«

Marquart schenkte den Rest Bier in sein Glas. »Dann schieß mal los!«

Carmen berichtete kurz die Eindrücke der ersten Tage, um dann zu der Frage zu kommen, die sie im Wesentlichen interessierte: »Bitte erzähl mir etwas über Rolf Schwarze.«

Marquart schien überrascht. »Warum gerade über ihn?«

»Weil ich einfach nicht schlau aus ihm werde. Einerseits wirkt er freundlich und verbindlich, gleichzeitig aber ausgesprochen patriarchalisch. Und dann duzt er seine Sekretärin Ilse Becker und ich weiß nicht wen.«

»Also gut.« Marquart stellte entschlossen sein leeres Glas auf den Tisch und winkte ab, als Carmen ihm signalisierte, er könne noch mehr zu trinken haben. »Also gut«, wiederholte er sich, während er offenbar nach einem passenden Einstieg in seinen Bericht suchte. »Hör zu, Carmen, alles, was ich dir erzählen kann, weiß ich aus zweiter Hand. Manches erfährt man halt so, wenn man länger bei jemanden arbeitet, manches weiß ich von einer Freundin, die beim Bremer Senat arbeitet.«

»Bremer Senat?«

»Genau. Da kommt Rolf Schwarze eigentlich her, genauer gesagt vom damaligen Ressort für Arbeit. Bevor er vor etlichen Jahren die Geschäftsführung der Helfenden Hände übernahm, war er in der Behörde zuständig für die Bearbeitung arbeitsmarktpolitischer

Fragen. Eigentlich ist er nämlich Sozialwissenschaftler.«

Carmen schien ehrlich verblüfft. »Sozialwissenschaftler! Das hätte ich nie gedacht.«

Ihr Erstaunen brachte Marquart zum Lachen. »Ich weiß ja nicht, was du für ein Bild von Soziologen hast.«

Nun lachte auch Carmen. »Vermutlich nicht das von Rolf Schwarze«, entgegnete sie schlagfertig.

»Wenn du mich fragst, Carmen, war das auch eine Notlösung. Er hat's wohl erst mit Jura probiert, das war aber zu lernintensiv, also ist er umgestiegen.«

»Na, dann scheint er ja gut vorangekommen zu sein.«

Marquart schien es, als wenn eine Spur Eifersucht in Carmens Äußerung mitschwang. »Wie man's nimmt. Ehrgeizig war er sicher immer, aber seinen Aufstieg verdankt er auch der Tatsache, als Gröpelinger Arbeiterkind eine hanseatische Kaufmannstochter geheiratet zu haben, die ihm karrieremäßig Tür und Tor geöffnet hat. Mal ganz abgesehen von dem richtigen Parteibuch, was er sich rechtzeitig zugelegt hat und was in Bremen für Karrieren maßgeblich ist.«

»Und, arbeitet seine Frau auch bei ihm?« Carmen ließ eine kleine Spitze los, auf die Marquart zu ihrer Verwunderung ernsthaft einging.

»Nein, sie nicht, aber dafür andere Familienangehörige. Und damit wäre auch deine Frage nach dem Duzen der Mitarbeiterinnen beantwortet.«

Carmen war einen Moment lang sprachlos. »So etwas gibt's noch, dass einer seine ganze Familie mit Posten versorgt?«

»Nun, ganz so dumm stellt Schwarze sich dabei nicht an. Es sind keine engen Verwandten, sondern mal eine Cousine, mal die Schwägerin einer Verwandten. Und formal bringen sie alles mit, sind sogar oft gute Kräfte.«

»Aber warum, Thilo, warum macht er das so?«

Nun wurde Marquart sehr ernst. »Weil er unfähig ist, Carmen, ganz einfach. Der Mann ist die personifizierte Mogelpackung, und

seine familiären Angestellten sichern ihm die Fachlichkeit und die Verbundenheit, die er braucht, um zu bestehen. Meint er zumindest. Aber verkaufen kann er sich, der Mann, und deswegen war seinerzeit die Mischung aus Soziologie und Bremer Arbeitsmarktpolitik, also viel Blubblub, auch wie gemacht für ihn. Aber selbst der Bremer Behörde reichte sein Gequatsche irgendwann nicht mehr, und das will was heißen! Also hat man ihn dort weggelobt, als die Helfenden Hände gegründet wurden. Und dort hat er mit seinem einnehmenden Wesen schon eine Menge beschickt, wie er dir ja sicher auch schon erzählt hat. Sag mal, hast du doch noch ein Bier?«

Carmen nickte. »Wir haben übrigens auch ein kleines Zimmer für Gäste, also wenn du möchtest?«

Marquart erschien die Idee gar nicht so abwegig. »Mal sehen. Auf alle Fälle schmeckt das Bier so natürlich um so besser.«

Carmen hatte sich inzwischen ebenfalls ein Bier geholt, brachte aber erst Marie ins Bett, die auf dem Fußboden vor ihren Duplosteinen eingeschlafen war, was bei ihrer Mutter prompt ein schlechtes Gewissen hervorrief.

Schließlich saßen Carmen und Marquart den ganzen Abend zusammen, und Carmen ließ sich zunächst weitere Vereinsinterna erzählen, die ihr Gast bereitwillig von sich gab. Irgendwie kam das Gespräch dann auf Marquarts Arbeit als Therapeut und Carmens Rolle als Mutter und mündete in der Führung eines Restaurants, als Horst Schütte sich gegen Mitternacht nach seinem Feierabend zu ihnen gesellte. Etwas beschwipst und leicht euphorisiert von der Unterhaltung gingen die drei spät in der Nacht zu Bett, geflissentlich ignorierend, dass der wenige Schlaf sich am nächsten Tag rächen würde.

Unter dem Strich betrachtet, fand Rieke Senger ihre erste Arbeitswoche bei der Bremer Kripo gar nicht so übel. Nun gut, was den

Fall Sven Hartmann betraf, so schleppte er sich dahin. Nach wie vor gab es kaum Anhaltspunkte, und die Überprüfung von Hartmanns ehemaligem sozialen Umfeld im Hamburger Stricher-Milieu hatte auch zu nichts geführt. Er war einfach schon zu lange von dort weg, und die wenigen Kontakte aus dieser Zeit waren viel zu oberflächlich gewesen, um seine Abwesenheit zu überdauern.

Wenigstens hatte Rieke es geschafft, gleich zu Beginn der nächsten Woche einen Termin bei Thilo Marquart zu bekommen, was gar nicht so einfach gewesen war. Schlimmer als eine Audienz beim Papst, dachte sie leicht amüsiert, während sie über den Marktplatz in Richtung Innenstadt schlenderte. Neuhoff hatte sie heute zeitig nach Hause geschickt, damit er, wie er sagte, auch ein anständiges Essen vorgesetzt bekäme. Rieke nutzte den freien Nachmittag, um noch ein paar Sachen für die neue Wohnung zu besorgen.

Es war Freitag, und in wenigen Stunden würde der Freimarkt eröffnet werden, wie Neuhoff ihr erzählt hatte. Überrascht nahm Rieke zur Kenntnis, wie das bevorstehende Volksfest Bremens »Gute Stube«, den historisch anmutenden Platz vor dem Rathaus, verändert hatte. Überall standen kleine Buden mit heruntergelassenen Planen wie wetterfeste Mützen, und mittendrin erhob sich ein nostalgisches Riesenrad, das längst von der technischen Entwicklung überholt worden war und die Bezeichnung riesig eigentlich nicht mehr verdiente. Das Ganze hier war jedoch nur eine Miniaturausgabe des großen Freimarktes, der sich auf der Bürgerweide hinter dem Hauptbahnhof befand. Rieke hatte sich fest vorgenommen, sich von Ben bei nächster Gelegenheit dort alles zeigen zu lassen. Außerdem hatte sie Neuhoff zugesagt, am Montagabend mit ihm und ein paar anderen Kollegen über den Markt zu bummeln.

Ach ja, die neuen Kollegen. Riekes Gedanken schweiften wieder zu ihrer Arbeit zurück, nachdem ihre Aufmerksamkeit kurz der neuen Schuhmode im Schaufenster eines Kaufhauses in der Obernstraße gegolten hatte. Sie stand immer noch davor und war innerlich

doch ganz woanders, da sie an ihren neuen Kollegen dachte. Als sie Ben kürzlich gegenüber versucht hatte, Neuhoff zu beschreiben, war ihr spontan das Adjektiv knuffig eingefallen. Bens hochgezogene Augenbrauen hatten sie veranlasst, ihre Aussage zu präzisieren: »Mit knuffig meine ich kumpelig, humorig. Er hat aber auch Autorität und ist, so wie ich ihn einschätze, ganz schön ausgebufft.« Dass Neuhoff ihr auf eine gewisse Weise ein wenig einsam vorkam, sagte sie lieber nicht, das schien ihr einfach zu vorschnell zu sein. Ben hatte aber auch so verstanden, und sie freute sich einmal mehr auf ihr gemeinsames Abendessen.

Was die anderen Kollegen betraf, so mochte sich Rieke hinsichtlich ihrer Einschätzung noch nicht festlegen. Alle waren ihr freundlich entgegengekommen, lediglich bei diesem Kerl von der Spurensicherung war sie auf der Hut. So einen Kollegen hatte sie mal in Aurich gehabt, und der hatte ihr mit seinen penetranten Annäherungsversuchen zunehmend die Arbeitsfreude verdorben. Zum Glück hatte eine der jüngeren Polizistinnen ein Auge auf ihn geworfen und es geschafft, sein Interesse zu wecken, so dass Rieke ihn schließlich los war. Dass er auf diese Weise sein Gesicht hatte wahren können, ersparte ihr eine Menge übler Nachrede, da er zu den Männern gehörte, die sich für Zurückweisungen mit entwürdigenden Bemerkungen im Kollegenkreis revanchierten.

Erfreulicherweise gehörte diese Erfahrung zu den Ausnahmen, seitdem sie im Beruf war. In der Regel war sie immer gut mit ihren Kollegen ausgekommen, hatte insgesamt wenig Mühe gehabt, sich klar zu positionieren und Grenzen zu setzen, wenn es ihr etwas zu viel wurde. Im Stillen zog sie hinsichtlich der Kollegen einen Vergleich zu ihren Büromöbeln. Da gab es moderne, innovative Typen, die flexibel waren, dann die gewöhnungsbedürftigen, eigenartigen, deren Qualitäten einem erst nach und nach bewusst wurden und schließlich die verstaubten, muffigen, die manchmal auch nur durch die vielen anstrengenden Jahre bei der Polizei verschlissen waren.

Dass sie überwiegend mit Männern arbeitete, störte Rieke nicht. Als jüngstes von vier Kindern und dabei einzigem Mädchen war sie durch die harte Schule des Zusammenlebens mit drei älteren Brüdern gegangen, die sie zwar hin und wieder hätschelten, überwiegend jedoch alles dafür taten, sie vor dem Schicksal einer Zicke, wie sie es nannten, zu bewahren. Der Gedanke an die drei entlockte ihr ein Lächeln, während ihr Blick an einem Paar feuerroter Regenschuhe hängenblieb: Stiefeletten, die hinten mit einem schwarzen Reißverschluss versehen waren. Da Rieke einen Großteil ihres Lebens an der ostfriesischen Küste verbracht hatte, übte besonders gelungene wetterfeste Kleidung immer einen großen Reiz auf sie aus. Sie beschloss, die Schuhe anzuprobieren. Ein Blick auf die Uhr genügte, um sich diese Programmänderung zu gestatten. Ihre weiteren Einkäufe würde sie dagegen verschieben und lieber die Bremer Innenstadt noch etwas erkunden. Wenn sie in Richtung Hauptbahnhof ging, überlegte sie, wäre schon einmal die Richtung nach Hause eingeschlagen, von dort aus könnte sie dann mit der Straßenbahn in kürzester Zeit bei ihrer Wohnung sein. Zufrieden mit dieser Planung öffnete sie die Tür des Schuhgeschäftes und betrat mit einem herzlichen, vernehmlichen »Moin« den Laden.

Die alten Schuhe wogen nicht schwer, zumal sie auf den sperrigen Karton verzichtet hatte. Beschwingt verließ Rieke den Laden mit den neuen Schuhen an den Füßen und schlug den Weg in Richtung Schüsselkorb ein. Bis zum Bahnhof rechnete sie eine halbe Stunde, was angesichts ihrer ausholenden Schritte großzügig bemessen war und ihr noch ein paar Minuten Verschnaufpause auf einer der Bänke in den Wallanlagen ermöglichen würde. Als sie jedoch an der großen Kreuzung stand, die die Innenstadt von den Wallanlagen trennte, disponierte sie angesichts der Auto- und Menschenmassen um sich herum ein weiteres Mal um. Nun schien es ihr sinnvoller zu sein, schnell nach Hause zu kommen, als in diesem Automief und dieser Hektik ein paar geruhsame Momente zu suchen. Entschlossen marschierte sie zur

Bahnhofstraße und wunderte sich, dass sie ernsthaft geglaubt hatte, es länger als zwei Stunden in der Innenstadt auszuhalten.

Bremen war für ein Landei wie Rieke das äußerste aller Gefühle, welches sie sich im Leben zumuten konnte und wollte. Sie stammte aus der ostfriesischen Krummhörn, einem Landstrich, der so flach war, dass seine Bewohner behaupteten, sie könnten bereits am Morgen sehen, wer nachmittags zum Tee käme. Die Gegend hatte sich dennoch inzwischen zu einem touristischen Kleinod entwickelt. Allein Rysum, der Ort, in dessen Nähe Riekes Eltern einen Ferienhof betrieben, zog als klassisches Rundwarfendorf mit seinen ringförmig angelegten Straßen so manchen Besucher an, der nach Spuren der »Spökenkiekerei« (Wahrsagerei und allerlei Spuk) in dem einst dafür bekannten Dorf suchte.

Rieke liebte die ostfriesische Küste mit den vielen verhangenen Tagen und dem Wind, der einem ständig ins Gesicht blies. Sie dankte dem Himmel dafür, dass sie sich nicht in einen Mann aus München verliebt hatte – eine Stadt dieser Größenordnung hätte sie nicht verkraftet. Dagegen war ihr Bremen mit der eigenen Mischung aus Großstadt und Provinz ganz lieb. Sie war sicher, sich hier auf Dauer gut einzuleben, wenn sie unter anderem erst einmal verschiedene Strecken zum Inlinern ausgemacht hätte. Ben als gebürtiger Bremer war genauso heimatverbunden wie sie. Beiden war es aus diesem Grund vollkommen normal erschienen, um ihren zukünftigen Lebensort zu würfeln, nachdem jeder vergeblich versucht hatte, den anderen von den Vorzügen seiner Stadt zu überzeugen. Rieke hatte bei diesem Spiel verloren, wobei letztendlich entscheidend war, dass die Bremer durch den Wechsel eines Kollegen nach Niedersachsen gerade eine Stelle vakant hatten, auf die sie passte.

Rieke hatte sich für ihre Verhältnisse erstaunlich schnell auf den Ortswechsel einlassen können, was nicht nur an ihrer Beziehung zu Ben lag. Sie fand die neue Stadt schlichtweg nett, und die Bremer mit ihrer eher zurückhaltenden Natur entsprachen ihrem eigenen

Temperament, das von Fremden mitunter als etwas spröde empfunden wurde. Was ihr nun noch fehlte, waren Freunde. In Aurich hatte sie Insa, ihre beste Freundin seit ewigen Zeiten, gehabt. Und obwohl Insa mit zwei Kleinkindern und einem dominierenden Mann ziemlich unter Druck stand, war es ihnen immer noch irgendwie gelungen, einen Cappuccino im Eiscafé am Auricher Marktplatz zu trinken und dabei ihren Alltagsmüll gegenseitig zu entsorgen. Doch nun war Insa weit weg, und das Telefonieren war nur ein kümmerlicher Ersatz für ihre Treffen. Insa fehlte Rieke, und wenn sie ehrlich war, vermisste sie die persönliche Nähe auch deswegen, weil sie sich um Insa sorgte. Die Kinder und der herrische Mann hatten aus ihrer lebenslustigen und temperamentvollen Freundin eine übermüdete, überforderte Frau gemacht, deren devotes Verhalten Rieke zur Weißglut brachte. In Aurich hatte Rieke wenigstens hin und wieder das Gefühl gehabt, Insa unterstützen zu können. Nun befürchtete sie, ihre Freundin könnte sich vollkommen verlieren und ihr damit immer fremder werden.

Rieke war so in Gedanken, dass sie nur am Rande wahrgenommen hatte, dass sie längst in der Bahnhofstraße war. Aufgrund ihrer Unaufmerksamkeit war es nicht weiter verwunderlich, dass sie mit einer Frau zusammenstieß, die gerade die schwere Tür eines Hauses öffnete, dessen zahlreiche Emaille- und Messingschilder neben dem Eingang darauf hinwiesen, dass sich hier Praxen und Büros befanden. Noch ehe Rieke eine Entschuldigung hervorbringen konnte, ergriff die andere Frau das Wort. »Wir kennen uns doch irgendwoher, oder?«

Nun dämmerte es Rieke: »Warten Sie, gleich habe ich es. Frau Schulze, Schulte, meine Güte, wie war das denn noch gleich?«

Die Frau ihr gegenüber lachte. »Schütte, Carmen Schütte ist mein Name. Und Sie sind die Kollegin von Herrn Neuhoff, die neulich mit ihm in Borgfeld war, richtig?«

»Genau.« Nun lächelte auch Rieke.

»Senger ist mein Name, Rieke Senger.« Sie streckte die Hand aus und war wenig erstaunt, dass ihr Gegenüber genauso fest zugriff, wie sie es von sich selbst kannte.

Es entstand eine kurze Pause, die schließlich von Carmen unterbrochen wurde. »Ich arbeite hier.« Sie deutete auf das Haus, vor dem sie standen. »Hier oben befindet sich die Geschäftsstelle der Helfenden Hände, und mein Büro ist auch hier.«

Rieke sah an der Fassade hoch. »Wo ist das denn genau?«

»Ganz oben. Ich wollte gerade hoch, noch ein paar Unterlagen hinbringen.« Carmen zögerte einen Moment, bevor sie weitersprach. »Wenn Sie mögen … also ich meine, wenn es Sie interessiert, kommen Sie doch mit rauf.«

Rieke brauchte man so etwas nicht zweimal zu sagen. Alles, was mit dem Mord in Verbindung stand, sei es nun direkt oder indirekt, war für sie von Interesse. Außerdem war sie neugierig auf diese Carmen Schütte, von der Neuhoff ja schwer beeindruckt zu sein schien. Sie nickte erfreut, und Carmen bat sie in den schlecht beleuchteten Hausflur, wo sich in unmittelbarer Nähe zur Eingangstür der Fahrstuhl befand. Es dauerte keine zwei Minuten, und sie standen vor einer schlichten Tür mit einem grauen Firmenschild »Helfende Hände e.V. Hauptgeschäftsstelle«.

Carmen hatte bereits im Fahrstuhl ihren Schlüssel herausgesucht, den sie nun mit einer schnellen Bewegung in das Schloss steckte. In diesem Moment wurde die Tür von innen geöffnet, und ein Mann trat heraus, sichtlich bemüht, sich nicht den Kopf am Türrahmen zu stoßen. Rieke musste nur kurz überlegen, bis ihr einfiel, wo sie ihn schon einmal gesehen hatte. Bevor sie ihn jedoch ansprechen konnte, war er bereits mit einem flüchtigen Gruß an ihnen vorbeigeeilt, um noch den Fahrstuhl zu erreichen, dessen Tür sich bereits langsam wieder schloss. Rieke nahm sich vor, später nach seiner Person zu fragen und folgte Carmen Schütte in die Geschäftsräume der Helfenden Hände.

Überrascht blieb sie stehen. Nach ihrem bisherigen Eindruck bezüglich des Hauses war sie auf PVC-Böden und Neonlampen gefasst gewesen. Stattdessen erwartete sie eine Umgebung mit gediegener Eleganz, die im absoluten Kontrast zu dem nüchternen Treppenhaus stand. Gleich gegenüber der Tür befand sich eine Nische, die mit Hilfe einer Querstange zur Garderobe umfunktioniert worden war und deren verchromte Bügel leise klirrten, als sie durch den Luftzug der geöffneten Tür in winzige Schwingungen versetzt worden waren. Der ganze Vorraum, von dem offenbar die Büros abgingen, war mit Parkett ausgelegt, und in einer Ecke des fast quadratischen Flures standen bequeme Stühle für Besucher bereit.

»Sagen Sie, sind die hier erst neu eingezogen?« Rieke war angesichts der Sterilität und des Geruches, die von ihrer Umgebung ausgingen, ein wenig verunsichert.

»Nein.« Carmen schüttelte den Kopf. »Habe ich aber bei meinem ersten Besuch hier auch gedacht. Alles wirkt irgendwie neu und riecht auch so, nicht wahr?«

Rieke nickte.

Carmen fuhr fort, während sie die erste Tür öffnete, die vom Flur abging und offensichtlich in ihr Büro führte. »Ich weiß aber auch gar nicht, ob hier soviel Publikumsverkehr ist. Immer, wenn ich bislang hier war, ist außer denen, die hier arbeiten, kein anderer da.« Sie wies mit der Hand auf einen Stuhl an der Wand. »Nehmen Sie doch Platz. Leider ist es hier noch ziemlich ungemütlich, aber ein bisschen wird sich das noch ändern.«

»Ach, Frau Schütte, da bin ich nicht so empfindlich. Büro ist Büro, oder?« Rieke ließ sich dankbar auf den angebotenen Stuhl fallen, da ihr die neuen Schuhe bereits Druckstellen an den Fersen eingebracht hatten.

»Wie wär's mit Kaffee oder Tee?«

»Tee wäre schön.«

»Auch wenn's nur ein Beutel ist?«

Rieke lachte. »Normalerweise bin ich als Ostfriesin in dieser Hinsicht eigen. Aber in Bremen wohnen ja die Kaffeenasen, da muss man, was das Teetrinken angeht, Abstriche machen.«

»Oh, ich kenne das gut. Mein Mann war vor unserer Heirat im Außendienst einer Lebensmittelfirma und hatte viel in Ostfriesland zu tun. Bei uns gibt es seitdem nur schwarzen ostfriesischen Tee in entsprechenden Tassen mit Kluntjes, einem Dröppje Milch, warmgehalten auf einem Stövchen.«

»Was macht Ihr Mann denn jetzt?« Rieke konnte nicht umhin, diese Frage zu stellen, so gewohnt war sie es, stets nach den persönlichen Verhältnissen der Menschen zu fragen, die sie über den Beruf kennenlernte.

Carmen schien das nicht zu stören. »Er ist Koch und hat nun ein Restaurant in Rotenburg an der Wümme. Dort leben wir auch. Und bevor Sie mich das fragen: Mit wir meine ich ihn, unsere Tochter und mich.« Sie erhob sich. »Bevor wir uns hier festreden, kümmere ich mich mal eben um den Tee, ja?«

In diesem Moment klopfte es.

Carmen schien ein wenig überrascht, was sich jedoch sofort änderte, als die Tür geöffnet wurde und ein Mann um die fünfzig den Raum betrat. Carmen reichte ihm zur Begrüßung die Hand. »Hallo, Herr Meierdirks. Ich habe gar nicht gewusst, dass Sie noch da sind, sonst hätte ich mich mal eben gemeldet.«

Der Angesprochene machte eine abwehrende Bewegung mit der Hand. »Schad nix, Frau Schütte, ich habe nur Stimmen gehört und dachte, ich seh mal nach.«

Sein Blick fiel auf Rieke, so dass Carmen sich bemüssigt fühlte, sie vorzustellen. »Das ist Frau Senger von der Kripo. Sie bearbeitet den Mord an Sven Hartmann.«

Nun reichte Henry Meierdirks Rieke die Hand. »Angenehm, Frau Senger. Wenn Sie Fragen haben, die diese scheußliche Sache betreffen und bei denen wir Ihnen weiterhelfen können, kommen Sie auf mich

zu.« Er lächelte und entblößte dabei zwei Reihen nikotinverfärbter Zähne. Seine graue Gesichtsfarbe und die feuchten Hände hatten Rieke schon vorher annehmen lassen, dass er ein starker Raucher war, der zudem viel zu wenig frische Luft bekam.

Sie bemühte sich, sein freundliches Lächeln zu erwidern, wirkte jedoch etwas förmlich. »Danke, Herr Meierdirks, darauf komme ich bei Bedarf gerne zurück, wir freuen uns über jeden Hinweis.« Ihr fiel etwas ein. »Da wäre tatsächlich etwas, was ich wissen müsste: Vorhin kam mir an der Eingangstür ein junger Mann entgegen, den ich bereits im Wümmehaus gesehen habe.«

Henry Meierdirks wartete das Ende ihrer Frage gar nicht erst ab. »Meinen Sie so einen großen?« Er machte eine entsprechende Bewegung mit der Hand über seinem Kopf. »So Anfang zwanzig?«

»Genau, mit dunklen Haaren.«

»Das kann sich eigentlich nur um Marc Buske handeln, unseren Bufdi, ich meine Bundesfreiwilligendienstler.«

»Was macht der hier bei Ihnen so, was hat er für Aufgaben?«

»Beispielsweise Fahrdienste zwischen unseren Einrichtungen, oder er beteiligt er sich in den Ausbildungsstätten an den Freizeitaktivitäten. Kommt übrigens gut an bei den jungen Leuten, besonders bei den Damen.« Meierdirks versuchte ein anzügliches Lächeln, was aufgrund seiner ungepflegten Zähne eher abstoßend wirkte. Dann wurde er wieder ernst. »Dass Sie ihn in Borgfeld gesehen haben, erklärt sich aus seinen Aufgaben hier. Marc hat doch nicht etwa mit dem Mord zu tun, oder warum fragen Sie nach ihm?«

»Nein, sicher nicht«, beeilte Rieke sich zu antworten, »er ist mir einfach nur aufgefallen, mehr nicht.«

»Na Gott sei Dank.« Das Gespräch schien für ihn beendet. Erleichtert nickte er den beiden Frauen zu und verschwand so schnell wie er gekommen war.

Carmen hatte das Gefühl, seinen Auftritt erklären zu müssen. »Das ist der Stellvertreter von meinem Chef, Herrn Schwarze.«

Rieke nickte. »Das habe ich mir schon gedacht.« Sie korrigierte sich. »Ach was, das habe ich in den Unterlagen gelesen, also der Name war mir schon ein Begriff. Wie ist der denn so?« Bei dieser Frage dachte sie an Neuhoffs Aussage bezüglich der Antennen dieser Frau Schütte und war gespannt auf deren Antwort.

»Soll ich nicht erst mal den Tee machen?«

»Meinetwegen nicht. Ich finde ehrlich gesagt viel interessanter, was Sie mir zu den einzelnen Personen erzählen können, die bei den Helfenden Händen arbeiten.«

Carmen, die bis zu diesem Zeitpunkt immer noch gestanden hatte, nahm Platz. Sie dachte einen kurzen Moment nach, bevor sie antwortete. »Wissen Sie, ich tue mich etwas schwer mit Einschätzungen zu den Leuten, ich habe ja gerade erst angefangen, hier zu arbeiten. Ich komme mir vor wie eine alte Klatschtante, wenn ich unter solchen Voraussetzungen schon Urteile über andere abgebe.«

Rieke verstand und war bemüht, eine Vertrauensbasis zu schaffen, die Carmen Schütte ihre Vorbehalte nahm. »Okay, das verstehe ich. Aber ich brauche Informationen, und die muss ich mir zurzeit wie ein Mosaik zusammensuchen. Außerdem«, lächelte sie spitzbübisch, »müssten Sie mal meinen Kollegen hören, wenn er über Sie spricht. Er schwört auf Ihre Intuitionen.«

Carmens Gesichtsausdruck zeigte, dass Riekes Worte ihre Wirkung nicht verfehlt hatten. Sie lächelte. »Er ist ein Schlitzohr.«

Rieke nickte zustimmend und ergänzte: »Aber ein liebes Schlitzohr«, woraufhin wiederum Carmen lächeln musste.

Sie hob abwehrend die Hände. »Also gut, bitte keine Komplimente und Appelle mehr an meine Intuition, ich rede ja … Wie war das, Frau Senger, Sie wollten wissen, was ich von Rolf Schwarze halte? Also gut, ich will Ihnen meine ehrliche Meinung sagen. In meinen Augen ist er ein Blender, einer von der Sorte, die sich gerne vor anderen profiliert.«

Nun, das war auch Riekes Eindruck, da gingen sie also konform. Carmen dachte einen Moment lang nach, bevor sie fortfuhr. »Vielleicht

sollte ich Ihnen noch von Thilo Marquarts Besuch bei uns zu Hause erzählen, seitdem weiß ich nämlich einige Interna, die Sie möglicherweise auch interessieren.«

Die folgenden fünfzehn Minuten berichtete Carmen der interessierten Kommissarin alles, was sie bisher über die Helfenden Hände in Erfahrung gebracht hatte. Sie näherte sich mit ihren Ausführungen dem Ende. »Und Meierdirks? Den haben Sie ja eben kennengelernt. Thilo meint, dass er der eigentliche Macher der Helfenden Hände ist.«

»Wie das?«

»Na ja, während sich Schwarzes Aktivitäten eher auf die Außendarstellung des Vereins beschränken, macht Meierdirks die gesamte interne Arbeit, sprich die Finanzen und so weiter.«

Rieke runzelte die Stirn, was ihrem Gesicht einen etwas ungläubigen Ausdruck verlieh. »Wenn man ihn so sieht, wirkt er eher unscheinbar.«

»War auch mein erster Eindruck. Dennoch ist er derjenige, der ohne Ende arbeitet und hier offenbar einiges aufrechterhält. Sein miserables Aussehen verdankt er übrigens der Kettenraucherei. In sein Büro sollten Sie erst gar nicht gehen, da ist Ihnen die Rauchvergiftung garantiert. Er ist der einzige, der hier überhaupt noch rauchen darf.«

Rieke erinnerte das an ihren Vater, der bis zu seinem Herzinfarkt ebenfalls viel geraucht hatte. Sie selbst machte sich nichts aus Zigaretten, und das war auch gut so. Es war schon quälend genug, nach allem greifen zu müssen, was sich wie Schokolade anfühlte, roch und auch noch so schmeckte. »Danke, dass Sie so offen waren, Frau Schütte.«

Etwas verlegen murmelte Carmen ein kaum verständliches »Schon gut« vor sich hin.

Rieke fuhr unbeirrt fort: »Ich meine, dass Sie mir so freimütig von Thilo Marquarts Besuch erzählt haben, war schon hilfreich.« Sie zog eine Karte aus ihrer Jackentasche. »Hier ist Neuhoffs Nummer, und darunter steht meine. Meine eigenen Karten sind noch nicht fertig.

Frau Schütte, noch was«, sie zögerte einen Moment, sprach dann aber weiter. »Ich habe Ihnen ja erzählt, dass mein Kollege eine Menge auf Ihre Intuitionen gibt. Ich kann das übrigens gut verstehen. Als er mir erzählt hat, dass er Sie indirekt um Mithilfe gebeten hat, habe ich ihn wegen mangelnder Sensibilität noch angemacht. Jetzt geht es mir wie Neuhoff. Ich wäre froh, wenn Sie Augen und Ohren offenhalten und uns alles mitteilen, was Ihnen auffällt.« Sie erhob sich und griff nach ihrer Jacke, die sie achtlos über die Stuhllehne gehängt hatte.

Carmen erhob sich ebenfalls, während sie sprach. »Aus Ihrer Sicht ist das verständlich, Frau Senger, ich dagegen habe schon geschluckt, als Ihr Kollege mich in dieser Sache angesprochen hat. Als ich erfuhr, dass hier ein Auszubildender umgebracht wurde, habe ich einen Moment lang gedacht, ob es nicht besser wäre, alles hinzuschmeißen, so bedrückt mich das.«

Einen Moment lang sprach keine der beiden Frauen. Dann sagte Rieke ruhig: »Verstehen könnte ich es.«

Carmen sah die junge, große Kommissarin überrascht an und blickte dann verlegen auf ihren Schreibtisch.

»Hören Sie«, Rieke war anzusehen, dass sie es ernst meinte mit dem, was sie sagte, »wenn Sie nicht möchten, ist das in Ordnung, ich …«

Weiter kam sie nicht, da Carmen ihr das Wort abschnitt. »Ich halte Augen und Ohren offen, okay?« Die Frauen sahen sich ernst und mit verhaltener Sympathie an.

»Okay.« Rieke zog sich die Jacke an und ging zur Tür. Bevor sie hinausging, drehte sie sich noch einmal um. »Ich rauche zwar nicht, esse aber gerne. Wo, sagten Sie, ist Ihr Restaurant?«

Carmen lächelte. »Ich schreib es Ihnen auf.«

Am frühen Abend war das Gefühl der Ohnmacht hinsichtlich des Falles Hartmann bei Rieke das erste Mal seit Tagen gewichen und hatte einer winzigen Spur Optimismus Platz gemacht. Warum das

so war, wusste sie selbst nicht so genau, aber sie hatte auch keine Lust, es zu hinterfragen. Lieber ließ sie sich von Bens guter Laune und den appetitlichen Gerüchen aus ihrer Küche in Gastgeberlaune versetzen.

Sie hatten sich für ein italienisches Essen entschieden, und in der Wohnung machte sich nach und nach der Duft von frischen Kräutern, gepresstem Knoblauch und geschmorten Schalotten breit. Als Rieke zu Hause eintraf, hatte Ben bereits die Getränke kaltgestellt und den größten Teil der Antipasti vorbereitet. Die Zubereitung des Hauptganges, einer Lachslasagne, überließ er dagegen Rieke, die mit diesem Essen schon häufiger den uneingeschränkten Beifall ihrer Gäste eingeheimst hatte. Um das Dessert brauchten sie sich nicht mehr zu kümmern. Rieke hatte sich für Tiramisu entschieden und es am Vortag gemacht. Als sie es nun aus dem Kühlschrank nahm und vorsichtig die Frischhaltefolie von der flachen Keramikform zog, gesellte sich zu den Wohlgerüchen in der Küche noch ein intensiver Duft von Bittermandeln, so dass Ben die Nase kräuselte. »Gib's zu: Wieviel Amaretto hast du für die Biskuits genommen?«

Rieke reagierte mit gespielter Gleichgültigkeit. »Nun ja, das eine oder andere Gläschen.« Sie betrachtete zufrieden das Dessert, wobei sie an sich halten musste, um nicht den Finger zum Probieren hineinzustecken. Schnell stellte sie es auf den Küchentisch, wo es Zimmertemperatur erreichen sollte. Den Tisch deckten sie gemeinsam, und Rieke nutzte die verbleibende Zeit, um sich in Ruhe umzuziehen.

Als sie anschließend das Wohnzimmer betrat und sich vor Ben in Positur stellte, stockte ihm einen Moment lang der Atem. Wie sie dort stand, die Haare hochgesteckt mit einer langen, blonden Strähne im Gesicht, bekleidet mit einem türkisfarbenen, asiatisch anmutenden Seidenkleid, war der Raum erfüllt von ihrer Präsenz.

Ben benötigte nur einen kurzen Blick auf seine Uhr, um festzustellen, dass sie bis zu Neuhoffs Eintreffen noch ausreichend Zeit für das hatten, was Riekes Augen ihm zu signalisieren schienen. Dass er

sich nicht geirrt hatte, wurde ihm klar, als er sie auf das Sofa zog und bemerkte, dass sie unter dem Kleid nichts anhatte. Einmal mehr von der Subtilität von Frauen überrascht, die den Männern immer dann die Führung abnahmen, wenn diese glaubten, sie innezuhaben, gestattete er sich einen Moment lang sein Erstaunen. Dann überließ er sich dieser Frau, die ihn ohnehin so gefangenhielt, wie er es bislang noch nicht gekannt hatte.

Als wenig später Neuhoff Rieke zur Begrüßung einen Blumenstrauß überreichte, erging es ihm angesichts ihrer Erscheinung kaum anders als Ben. Schlagartig wurde ihm bewusst, dass es der Einklang mit sich selbst war, der die Attraktivität dieser Frau ausmachte.

»Donnerwetter, Rieke«, entfuhr es ihm, womit er sie umgehend zum Lachen brachte. Sie nahm seinen Arm und lotste ihn ins Esszimmer, wo Ben gerade den Wein öffnete.

»Ben, das ist Andreas Neuhoff – und das, Andreas, ist Ben.«

Die beiden Männer begrüßten sich etwas steif, und Neuhoffs erster Gedanke war, dass dieser hochgewachsene, junge Mann mit den dunklen Haaren und Augen, die ihm etwas Südländisches verliehen, vermutlich auch schon das eine oder andere Frauenherz erobert hatte. Trotz seines guten Aussehens wirkte er jedoch angenehm uneitel und hatte etwas vollkommen Offenes. »Rieke hat schon viel von Ihnen erzählt.«

Neuhoff lachte. »Da kann es sich nur um unsere ausgiebigen Restaurantbesuche gehandelt haben, oder?«

Rieke grinste. »So ist es. Durch Andreas habe ich schon einige von Bremens Spitzenrestaurants kennengelernt.«

»Und heute kommt das beste Lokal hinzu«, ergänzte Ben und zeigte auf den festlich gedeckten Tisch. »Wie wär's mit einem Aperitif?«

»Gerne«, antwortete Neuhoff.

Rieke schob ihn sanft zu seinem Platz. »Nun setz dich doch, Andreas.«

Sie wählte den Stuhl ihm gegenüber und setzte sich hin. Ben war derweil in der Küche verschwunden, und den Geräuschen nach zu urteilen öffnete er eine Sektflasche. Kurz darauf kam er zurück ins Esszimmer. In der rechten Hand hielt er die Gläser umgedreht am Stiel und in der linken die geöffnete Flasche Prosecco. Rieke stand auf, um ihm die Gläser abzunehmen, die sie in einer Reihe auf den Tisch stellte. »Bist du mit dem Auto da?« fragte sie, während Ben einschenkte.

Neuhoff machte eine abwehrende Handbewegung. »Um Himmels willen, nein! Ich bin mit der Straßenbahn gekommen.«

»Na wunderbar!« Rieke erhob ihr Glas. »Dann trinken wir auf den Abend und deinen Besuch hier!«

Feierlich stießen sie und Ben mit dem ersten Gast in ihrer neuen Wohnung an.

Zufrieden ließ Rieke sich weit nach Mitternacht in ihr Bett fallen. Der Abend war rundum gelungen. Neuhoff und Ben waren schnell vertraut miteinander geworden und hatten sich eine Menge zu erzählen gehabt. Das Essen hatte allen gleichermaßen gut geschmeckt. Selbst das kurze Gespräch über den Stand der Ermittlungen in Riekes erstem Bremer Fall hatte der guten Stimmung keinen Abbruch getan. Abschließend hatte Neuhoff Rieke noch angeraten, das bevorstehende Wochenende in Ostfriesland zu genießen. Rieke war ungemein erleichtert, dass ihr Besuch bei ihren Eltern aus dienstlichen Gründen nicht verhindert wurde; schließlich war es der siebzigste Geburtstag ihres Vaters, und sie wäre zutiefst betrübt gewesen, wenn sie nicht daran hätte teilnehmen können.

Neuhoff machte es ihr wirklich leicht, mit gutem Gewissen dorthin zu fahren. Er hatte jedoch felsenfest versprechen müssen, sie zu benachrichtigen, wenn ihre Anwesenheit in Bremen erforderlich sein sollte. Echt nett, dachte sie, als sie die Lampe an ihrem Bett ausknipste.

Sie küsste Ben, der bereits tief und fest schlief, vorsichtig auf den Nacken und drehte sich auf die andere Seite. Es dauerte keine fünf

Minuten, und im Zimmer herrschte außer den Atemgeräuschen der beiden Menschen absolute Stille.

Auch Carmen war diese Nacht erst spät zur Ruhe gekommen. Zunächst hatte Marie sie wachgehalten, die leicht fieberte und dementsprechend unruhig war. Als die Kleine endlich eingeschlafen war, lag Carmen mit hinter dem Kopf verschränkten Armen im Bett und grübelte. Es war der Besuch dieser Kommissarin, dessen Verlauf sie beschäftigte. Sie fühlte sich wegen ihrer Äußerungen bezüglich ihres neuen Chefs illoyal, obwohl sie inhaltlich dazu stand. Auch fragte sie sich, ob sie nicht insgesamt zu vertrauensseelig gewesen war. Durch ihr Gerede hatte sie sich automatisch in diesen Fall verwickelt, und das war das letzte, was sie wollte. Sie seufzte leise, um ihren Mann nicht zu stören, der nach acht Stunden Hochbetrieb in der Küche bereits schlief.

Sie musste ganz einfach auf diese Kommissarin bauen. Die Frau strahlte eine gewisse Sensibilität aus, die Carmen hoffentlich vor allzuviel Eingebundenheit schützen würde. Sie seufzte erneut und schloss die Augen.

Fünftes Kapitel

»Scheiße, Scheiße und noch mal Scheiße!«

Bens morgendliche Rasur wurde von seinen stakkatoartigen Flüchen unterbrochen und zog sich aus diesem Grund immer mehr in die Länge. Grimmig starrte er sein müdes Gesicht im Spiegel an und nahm mit gedämpfter Stimme seine Schimpftirade wieder auf. Als Rieke ihn zum Frühstück holen wollte, hörte sie gerade noch »am liebsten alles hinschmeißen«, dann hatte sie ihn mit einer Umarmung zum Schweigen gebracht.

»Lässt sich doch nicht ändern, Ben«, murmelte sie etwas hilflos angesichts soviel verzweifelter Wut in seine Armbeuge hinein, wobei sie bei dem Duft seiner frischgeduschten Haut Mühe hatte, nicht auf ganz andere, der Situation gänzlich unangebrachte Ideen zu kommen.

Statt zu antworten löste sich Ben von ihr und wusch sich mit einer ungehaltenen Bewegung den Rasierschaum vom Gesicht. Nachdem er seine Wangen und den Hals mit einem After-Shave eingerieben hatte, zog er sich ein T-Shirt über den Kopf und folgte Rieke in die Küche, wo er sich an seinem Platz niederließ. Immer noch sichtlich verärgert, schenkte er sich Kaffee ein und griff nach dem Korb mit den frischen Brötchen. Das Exemplar, das ihm zwischen die Finger geriet, musste offenbar als Blitzableiter für seine Laune herhalten; mit einer wütenden, zackigen Bewegung wurde es aufgeschlitzt.

Rieke hatte langsam die Nase voll von der schlechten Stimmung, die Ben verbreitete. »Nun mach mal halblang, Ben!« Ihre Stimme klang versöhnlich. »Ich finde es ja auch schade, dass du nicht mitkommen

kannst, aber wir können es doch nicht ändern. In unserem Job ist das nun einmal so. Du weißt doch, ›Keinen Gedanken verschwende an das Unabänderbare‹! Soll übrigens von Brecht stammen, dieser kluge Satz.«

Ben sah sie erstaunt an, und Rieke war bewusst, dass er diesen literarischen Exkurs vermutlich nicht besonders hilfreich fand. Dennoch, sie selbst hatte dieses Zitat in vielen Lebenslagen auf sich beziehen können und sich schon häufiger gewünscht, dass politische Autoren öfter so knapp und bündig die Dinge auf den Punkt bringen würden.

Ben stand sein Ärger nach wie vor ins Gesicht geschrieben, und Rieke war sich ziemlich sicher, mit ihrem Beschwichtigungsversuch das Ganze nur noch schlimmer gemacht zu haben. Eine Weile sprach keiner von ihnen ein Wort, dann entspannte sich Bens Gesicht merklich, nahm aber einen niedergeschlagenen Ausdruck an. Als er endlich redete, klang seine Stimme so resigniert, dass Rieke erschrak. »Ich habe langsam die Schnauze voll, verstehst du, Rieke? Sicher ist das in unserem Job so, dass man einspringen muss und das Private hinten ansteht, das weiß ich auch. Mittlerweile hat diese ständige Bereitschaft aber Methode, es wird gespart ohne Ende und zwar da, wo das meiste Personal gebraucht wird.« Er unterbrach, jedoch nur, um einen Schluck Kaffee zu trinken. »Kannst du dich an Karl-Heinz erinnern, meinen Kollegen, der mit mir öfter die Schicht geschoben hat? Das ist so einer von der alten Schule, seit ewigen Zeiten dabei, der nur fehlt, wenn es gar nicht mehr anders geht. So, und nun geht es nicht mehr, er ist fertig, hat Probleme mit dem Herzen, und seine Frau ist auch weg, weil sie die ewige Sorge um ihn nicht mehr aushalten konnte. Mal ganz abgesehen von unseren beschissenen Arbeitsbedingungen.« Abrupt erhob er sich und brachte dabei den Küchenstuhl gefährlich ins Wanken. Ehe sich Rieke versah, stand er vor ihr und nahm ihr Gesicht in seine Hände. Als er weitersprach, klang seine Stimme so zärtlich und traurig, dass sie Rieke zutiefst anrührte. »Es läuft so gut an mit uns beiden, und der Gedanke, es könnte an Bedingungen scheitern, die wir nicht in der

Hand haben, macht mich fertig.« Er stockte, während Rieke sich erhob und ihn schweigend umarmte. Die Stille dieses Moments wurde von dem eindringlichen Klingeln des Telefons unterbrochen. Rieke löste sich nur widerwillig von Ben, um den Anruf entgegenzunehmen.

»Senger … Ach Insa, du bist das!«

Ben seufzte und beschloss, sein Frühstück fortzusetzen. Gegen Riekes beste Freundin kam er nicht an, was aber ohne Bedeutung war, da es ihm ohnehin schon wesentlich besser ging als zu Beginn des Tages. Außerdem war er grundsätzlich nicht daran interessiert, zu Riekes Freundin in Konkurrenz zu treten. Er schätzte es, dass es für seine Partnerin noch ein Leben außerhalb ihrer Beziehung gab. In dieser Hinsicht waren Rieke und er sich einig: Sich zu lieben und gemeinsam zu leben sollte nicht bedeuten, auf jegliche Autonomie zu verzichten. Schon erheblich ruhiger griff er nach der Zeitung und biss gleichzeitig in sein Brötchen.

Rieke traf derweil ihre Verabredungen für den Tag. »Also, pass auf, Insa, wir frühstücken hier noch, danach dusche ich und fahr dann los … Wieso allein? Weil Ben arbeiten muss, sein Kollege ist krank, und er übernimmt den Wochenenddienst. Wenn es für dich ok ist, komme ich bei dir vorbei … Lieber im Eiscafé am Markt? Soll mir nur recht sein, ich ruf dich an, wenn ich da bin.«

Während Rieke sich von Insa verabschiedete, fiel ihr Blick auf Ben, der tief versunken in die Zeitung am Küchentisch saß. Auch ohne direkten Kontakt zu ihm konnte sie den Geruch seiner Haut und das Gefühl, das seine Hände auf ihrer Haut auslösten, assoziieren. Sie beglückwünschte sich insgeheim dafür, keine Uhrzeit für ihr Treffen vereinbart zu haben. Bis zu Bens Dienstbeginn und ihrer Abfahrt blieb mindestens noch ein Stündchen Zeit, um sich gebührend Lebewohl zu sagen.

Bens Bedürfnislage schien ähnlich wie ihre zu sein: Als Rieke die Küche betrat, landete die Zeitung auf dem Fußboden, und als kurz

darauf ihr Bademantel daneben lag, wussten beide, dass dies ein äußerst befriedigender Abschied werden würde.

Verschlafen blinzelte Neuhoff auf seinen Funkwecker. Acht Uhr, und er war schon wach, obwohl es am Abend zuvor reichlich spät geworden war. Angesichts der Menge Wein, die er bei Rieke und Ben zu sich genommen hatte, war sein Befinden erstaunlich gut, was er auf die Kombination aus hervorragendem Essen, angeregten Gesprächen und viel Gelächter zurückführte.

Er streckte sich und lächelte, während er an den vorangegangenen Abend dachte. War schon schön gewesen, mit jungen Leuten die Zeit zu verbringen, anstatt sich wie gewohnt vorm Fernseher durch die Programme zu quälen, immer darauf bedacht, nicht einzuschlafen. Er verschränkte die Arme hinter dem Kopf und starrte die weißgestrichene Decke an, ohne sie wirklich wahrzunehmen. Er dachte an Irmgard, die Frau seines Bruders. Vielleicht hatte sie doch nicht so Unrecht, wenn sie feststellte, dass er sich seit der Scheidung von Edith immer mehr von seiner Umgebung abkapselte. Aber, dachte er mit einem Anflug von Bitterkeit, aber was wusste eine Irmgard, die immer ungeschoren durch das Leben gekommen war, schon von seinen Gefühlen! Niemand ahnte etwas von seiner Wut und der maßlosen Enttäuschung, als Edith damals verkündet hatte, sie könne ihn, seinen verdammten Job und seine Verschlossenheit nicht mehr ertragen, und die Koffer gepackt hatte. In den Monaten danach hatte ihn die Anstrengung, halbwegs aufrecht durchs Leben zu gehen, fast um den Verstand gebracht. Das Schlimmste, was er sich irgendwann eingestehen musste, war jedoch, dass Edith Recht gehabt hatte. Sein Beruf und die damit verbundenen Bedingungen waren für sie oftmals eine Zumutung gewesen, und es stimmte, dass er verschlossen war wie eine Auster. Genau diese Unfähigkeit, sich anderen mitteilen zu können,

erwies sich dann auch als sein Hauptproblem, die gescheiterte Ehe zu verarbeiten.

Paradoxerweise war es schließlich gerade sein stressbehafteter Beruf, der ihm nicht lange die Möglichkeit ließ, sich selbst zu bemitleiden und ihn in den Alltag zurückholte. Irgendwann in dieser Zeit, eines Abends, nach ein paar Gläsern Bier, war er endlich soweit, mit seinem Bruder über seine Ehe und die Scheidung sprechen zu können, so dass er nach und nach mit diesem Kapitel seines Lebens abschloss.

Geblieben war jedoch die Einsamkeit, die er weitestgehend mit der Arbeit kompensierte und in der Regel auch gar nicht wahrnahm. So ein Abend wie bei Rieke und Ben erinnerte ihn jedoch daran, dass das Leben noch aus anderen Dingen bestand als Arbeit, und der Gedanke an seine attraktive Kollegin und deren offensichtliche Verliebtheit mit ihrem Freund brachte ihn auf die Frage, wann er eigentlich das letzte Mal mit einer Frau geschlafen hatte.

Es reicht, Andreas. Steh auf und geh duschen, wer weiß, was dir sonst noch alles einfällt, befahl er sich und gehorchte prompt. Wie war Riekes Lieblingszitat noch: keinen Gedanken an etwas verschwenden, was man nicht ändern konnte oder so ähnlich. Während er mit dem Fuß nach seinem Hausschuh tastete, der aus irgendwelchen Gründen weit unter dem Bett gelandet war, beschloss er, sie gleich Montag nach dem genauen Wortlaut des Spruchs zu fragen. War schon eine kluge Frau, diese Rieke Senger, resümierte er auf dem Weg ins Badezimmer und stieg laut pfeifend in die Dusche.

Neuhoffs Morgentoilette hatte eine halbe Stunde in Anspruch genommen. Nun saß er, immer noch erfüllt von einem guten Gefühl, auf seinem Fahrrad und radelte durch die Neue Vahr in Richtung Dienststelle.

Die Kurt-Schumacher-Allee war samstags um diese Zeit deutlich weniger befahren als sonst, und Neuhoff genoss es, die Betriebsamkeit

zu beobachten, die sich nach und nach an diesem schönen Oktobermorgen im Stadtteil breitmachte. Im Einkaufszentrum an der Berliner Freiheit war schon eine Menge los gewesen, als er dort angehalten und sich wie jeden Tag mit belegten Brötchen versorgt hatte. Die kastenartigen Wohnblöcke, an denen sein Weg ihn nun vorbeiführte, waren mittlerweile alle saniert und in den Jahren seit ihrer Entstehung üppig begrünt worden. Sie wirkten mit den vielfach noch zugezogenen Vorhängen so verschlafen, wie man es an einem Samstagmorgen erwarten konnte.

Seit seiner Scheidung wohnte Neuhoff hier und hatte sich bewusst für eine Wohnung in diesem Stadtteil entschieden, der mit seinen uniformen Gebäuden unter städtebaulichen Gesichtspunkten von vielen Bremern als etwas langweilig und von der Mieterstruktur tendenziell überaltert eingeschätzt wurde. Neuhoff dagegen hatte sich von Anfang an heimisch gefühlt. Seine Wohnung lag in einer ruhigen Nebenstraße im zweiten Stock eines mehrgeschossigen Hauses und verfügte unter anderem über einen kleinen, nach Süden gelegenen Balkon, von dem man einen unverbauten Blick auf eine Reihe hochgewachsener Pappeln hatte. Die Mieter des Hauses grüßten sich höflich, gingen aber ansonsten geflissentlich ihrer eigenen Wege, so dass Neuhoff die Abgeschiedenheit fand, die er in seiner knapp bemessenen Freizeit dringend benötigte. Dass er im nahegelegenen Einkaufszentrum praktisch alles bekam, was er zum Leben brauchte, und sich die Wohnung in der Nähe seines Büros befand, hatte maßgeblich zu seiner Entscheidung beigetragen, sich hier einzumieten. Zu keinem Zeitpunkt hatte er diesen Schritt bereut.

Ein weiterer Gewinn an Lebensqualität bestand zudem darin, an Tagen wie diesen mit dem Fahrrad ins Büro fahren zu können. Im Gegensatz zu vielen anderen Menschen arbeitete Neuhoff gerne an Samstagen. Seine Dienststelle bot ihm dann die nötige Ruhe, um seinen Schriftkram aufzuarbeiten, dessen Erledigung er während der Woche oft vor sich herschob. Was diese Dinge anging, bezeichnete

er sich als Praktiker und nicht als Schreibtischonkel, wie sie seiner Meinung nach durch zunehmende Dokumentationszwänge immer mehr gefragt waren. Für heute standen jedenfalls zwei Protokolle an, die längst überfällig waren. Während er auf den Parkplatz der ehemaligen Kaserne fuhr, setzte er außerdem die Durchsicht aller Berichte seines neuen Falles auf seine persönliche Tagesordnung.

In dem Augenblick, als er sein Fahrrad abschloss, änderte er in Gedanken die Reihenfolge seiner heutigen Aufgaben. Nach einem gemächlichen Frühstück würde er zunächst einen Blick auf die Berichte werfen – die Protokolle hatten schon so lange warten müssen, da kam es auf ein Stündchen mehr oder weniger auch nicht mehr an. Zufrieden mit dieser Entscheidung ging er durch die langen, menschenleeren Gänge zu seinem Büro.

Gedankenverloren rührte Rieke in ihrem Cappuccino, um ihn auf die gewünschte Trinktemperatur zu bringen.

Von ihrem Platz am Fenster konnte sie direkt auf den Auricher Marktplatz sehen. Das vertraute Bild löste Heimatgefühle in ihr aus.

Sie befand sich bereits seit einer guten Stunde in der Stadt und hatte aus lauter Freude, wieder einmal hier zu sein, zunächst einen Einkaufsbummel gemacht. Im Grunde brauchte sie gar nichts; da sie es jedoch so schön fand, mit den Verkäuferinnen in den Geschäften plattdeutsch sprechen zu können, war sie schließlich um zwei Handtücher und zwei Teetassen reicher im Eiscafé am Markt eingetroffen.

Von Insa war derweil noch nichts zu sehen, was Rieke auch gar nicht anders erwartet hatte: Mit zwei kleinen Kindern gelang es nun mal nicht immer, auf die Minute pünktlich zu sein. Rieke nutzte die Zeit, um sich umzusehen.

Am Nebentisch saß ein älterer Herr und zeichnete. Als er Riekes Blick bemerkte, nickte er ihr freundlich zu und vertiefte sich dann wieder in seine Arbeit. Rieke kannte ihn, er war ein pensionierter

Bauingenieur, der seine Zeit damit verbrachte, auf dem Zeichenblock Aurichs historische Häuser maßstabsgerecht zu rekonstruieren. Wenn sich nichts geändert hatte, würde gleich seine Gattin, eine kleine, modisch gekleidete Frau mit einem humorvollen Gesicht, das Café betreten, um ihren Mann abzuholen.

Riekes Blick schweifte weiter in Richtung Marktplatz. Sie konstatierte zufrieden, dass die Fassaden der etwas tristen Markthallen mit farbigen Darstellungen der Marktprodukte richtig aufgepeppt aussahen. Die Idee, direkt an den Hallen ein Restaurant in einen Schiffsbug zu integrieren, auf dessen Planken man im Sommer draußen sitzen und essen konnte, schien ihr für eine Stadt in Meeresnähe ebenfalls gelungen. Schließlich blieb ihr Blick an dem Turm des Architekten Sous hängen. Was hatte diese Konstruktion für Diskussionen in der Bevölkerung ausgelöst, als sie vor vielen Jahren auf dem Marktplatz installiert wurde! Rieke war eine der wenigen, der dieser Turm immer gefallen hatte. Mit seiner skurrilen, kirchenturmähnlichen Form und dem Materialmix aus Metall und Holz – Riekes Mutter nannte es »Reste von 'ner Waschmaschine« – passte er aus ihrer Sicht zu den Ostfriesen, deren Eigensinn und grundsätzliche Zuneigung zu allem, was nicht ganz stromlinienförmig war, hier seinen künstlerischen Niederschlag gefunden hatte.

Sie trank einen Schluck Cappucino, der inzwischen nur noch lauwarm war. Mittlerweile war auch die Frau des Bauingenieurs eingetroffen. Offenbar wollte sie sich nicht setzen, sondern lediglich ihren Mann auslösen, der wie immer kein Geld bei sich hatte. Sie hatte bereits dem Kellner signalisiert, dass sie bezahlen wollte.

Rieke sah auf die Uhr. Insa war mittlerweile zwanzig Minuten über die verabredete Zeit. Sie beschloss, Neuhoff anzurufen. Wenn Insa nach dem Telefonat immer noch nicht da sein sollte, würde sie ihr kurzerhand entgegengehen. Sie zog ihr Handy aus der Tasche und wählte die Nummer ihrer Dienststelle, ohne weiter darüber nachzudenken, dass heute Samstag war. Prompt meldete sich ihr Kollege.

»Neuhoff.«

»Senger hier.«

»Oh, Senger mit e?«

Rieke lachte. »Du lernst wirklich schnell. Hallo, erst mal! Wie sieht es aus, bist du gestern gut nach Hause gekommen?« Es entstand eine Pause, die Rieke schließlich unterbrach. »Sitzt du gerade an unserem Fall?«

»Mhm.«

»Und, noch irgendwas gefunden?«

»Mhm.«

»Mensch, Andreas, bitte sprich doch mal vernünftig mit mir!«

Neuhoff ließ sich durch den Rüffel nicht aus der Ruhe bringen. »Ich hab nichts Neues gefunden, Rieke. Aber ein Scheißgefühl habe ich, weil ich schon jetzt glaube, dass wir etwas übersehen.«

Rieke kannte das. Über kurz oder lang stellte sich diese Frage bei jedem Fall, den man bearbeitete. Meistens jedoch nicht so früh. »Und, was willst du tun?«

»Ich fahre heute noch mal ins Wümmehaus, einfach nur so, mal etwas Atmosphäre schnuppern.«

»Gute Idee, vielleicht kommen wir ja wieder etwas weiter. Andreas …«, Riekes Stimme nahm einen bittenden Ton an, »… es bleibt dabei, du rufst mich an, wenn etwas ist, ja?«

Auch Neuhoffs Stimme veränderte sich, sie wurde sanft. »Versprochen, Rieke, du kannst dich auf mich verlassen. Mach's gut, und viel Spaß!«

»Danke. Bis bald!« Ein Knopfdruck, und das Gespräch war beendet.

Rieke steckte das Handy zurück in ihre Tasche. Na schön, dachte sie mit einem kleinen Anflug von Ärger auf ihre beste Freundin, während sie das Geld abzählte und auf die Untertasse legte. Wenn der Prophet nicht zum Berg kommt, kommt der Berg eben zum Propheten. Entschlossen nahm sie ihre Jacke und verließ das Café.

Die Wohnung, in der Insa mit Mann und Kindern lebte, befand sich nur einen Katzensprung vom Marktplatz entfernt. Als auf ihr Klingeln hin die Tür geöffnet wurde, wusste Rieke, dass sie bis zum Sanktnimmerleinstag im Café auf ihre Freundin hätte warten können: Insa war noch nicht einmal für ihre Verabredung angezogen. Sie steckte in einem abgetragenen, fleckigen Jogginganzug und hielt ein schreiendes Baby auf dem Arm, während sich Robert, ihr zweijähriger Sohn, schüchtern an ihrem Hosenbein festhielt. Rieke, die sich bereits eine Begrüßung zurechtgelegt hatte, in der sie scherzhaft ihren Unmut zum Ausdruck bringen wollte, biss sich angesichts des elenden Aussehens ihrer Freundin auf die Lippen und nahm sie kurzerhand in den Arm.

Nachdem Insa das Baby auf eine Krabbeldecke gelegt und den Kleinen mit Spielzeug versorgt hatte, setzten sich die beiden Frauen an den Küchentisch. Dort versuchten sie sich trotz des Lärms, den der Junge mit seinen Autos produzierte, zu unterhalten. Rieke fiel es angesichts des Chaos um sich herum schwer, in einen zwanglosen Plauderton zu verfallen, und sie beantwortete die vielen Fragen, die Insa an sie stellte, so knapp wie möglich. Schließlich konnte sie nicht länger an sich halten.

»Sag mal, Insa, was ist eigentlich los? Du siehst gar nicht gut aus.« Vom Zustand der ursprünglich wunderschönen Altbauwohnung, dessen Parkettböden kaum noch zu sehen waren, da überall Spielzeug, schmutzige Wäsche, alte Zeitungen und sonstwas herumlag, wagte sie erst gar nicht zu sprechen.

Wie auf Knopfdruck füllten sich Insas dunkelbraune Augen mit Tränen. Nur mit Mühe konnte sie sprechen. »Ich kann nicht mehr, Rieke, ich bin so erschöpft wie noch nie in meinem Leben«, brachte sie stockend hervor. Die Tränen liefen nun die Wangen hinunter und hinterließen auf ihrem Weg schmale, feuchte Spuren.

Rieke sah sich um. »Kann dir denn niemand helfen? Wo steckt denn Ullrich? Im Krankenhaus?«

Insa machte eine wegwerfende Handbewegung. »Ach was. Der hat heute frei und ist raus zu unserem Boot gefahren.«

Rieke war fassungslos. »Wie, und da geht er dir vorher nicht mal ein bisschen zur Hand?«

Insa schüttelte den Kopf. »Wo denkst du hin! Das hier ist mein Job, er verdient das Geld, und ich habe das hier zu wuppen. Und wie du siehst, kann ich nicht einmal das.« Sie schluchzte laut auf.

Rieke streichelte ihren Arm. »Kannst du dir denn nicht stundenweise Hilfe für den Haushalt holen, ich meine …«

Weiter kam sie nicht, da Insa ihr scharf das Wort abschnitt. »Eine Putzfrau meinst du? Dafür schuftet mein Gatte doch nicht! Schließlich schaffen das andere Frauen doch auch, warum also nicht ich?«

Rieke griff das Argument auf, auch auf die Gefahr hin, ihre Freundin mit der Frage zu verletzen. »Okay, Insa, dann verrate mir doch mal, warum du nicht schaffst, was offenbar alle anderen können?«

Vor Verblüffung hörte Insa auf zu weinen. Als sie schließlich antwortete, klang sie unendlich erschöpft. »Ich bin so müde, Rieke. Ich weiß gar nicht, wann ich zuletzt einmal mehr als drei, vier Stunden am Stück geschlafen habe. Immer ist etwas mit den Kindern. Wenn Robert nachts schläft, hat Leo Hunger, oder die Zähne, die durchkommen, machen ihm zu schaffen. Er schläft dann vorzugsweise tagsüber, und zwar zu Zeiten, wo Robert mich braucht. Wenn wirklich einmal eine freie Minute für mich drinliegt, ist der Haushalt dran, und du siehst, das klappt schon gar nicht. Hinzu kommt, dass ich mich von Leos Geburt vor vier Monaten nicht richtig erholt habe. Aber ich schaffe es nicht einmal zum Arzt, um mich untersuchen zu lassen.«

»Da könnte sich dein Mann doch mal nützlich machen. Schließlich ist er doch Arzt!«

Insa lachte bitter. »Ich glaube, ich bin so ziemlich das letzte, was Ullrich momentan interessiert. Er ist froh, wenn er von zu Hause wegkommt. Und wenn ich mich so ansehe und mich hier umgucke, kann ich ihn fast verstehen.«

Rieke hatte genug gehört. »Ich finde nicht, dass dein Mann sich zurzeit mit Ruhm bekleckert, Insa. Doch das nützt dir jetzt auch nichts. Weißt du was? Du packst dich jetzt hin, und ich passe derweil auf deine Kinder auf.« Sie sah kurz auf ihre Armbanduhr. »Zwei Stunden habe ich Zeit, bis ich zu meinen Eltern muss.« Insa wollte etwas einwenden, doch Rieke ließ sie nicht zu Wort kommen. »Nun lass mal, Insa. Ich freue mich doch, wenn ich etwas für dich tun kann.« Auch wenn es nur ein Tropfen auf den heißen Stein ist, fügte sie im Stillen hinzu.

Wortlos stand Insa auf, beugte sich zu Rieke hinunter und drückte sie. Dann verschwand sie im Schlafzimmer.

Als Rieke zwei Stunden später die Wohnung verließ, liefen Geschirrpüler und Waschmaschine auf Hochtouren, und die Wohnung befand sich in einem so ordentlichen Zustand wie schon lange nicht mehr. Die Kinder hatten den Wechsel ihrer Bezugsperson mühelos weggesteckt und, ihrer guten Laune nach zu urteilen, eher spannend gefunden. Nachdem sich Rieke mit ihnen beschäftigt hatte, waren sie schließlich nacheinander eingeschlafen, so dass bis auf das monotone Brummen der Haushaltsgeräte in der Wohnung absolute Stille herrschte. Rieke hatte nach einem Blick auf ihre tief schlafende Freundin beschlossen, diese nicht zu wecken und lediglich die Schlafzimmertür weit geöffnet, damit Insa ihre Kinder hören konnte, wenn sie wach wurden. Leise verließ sie die Wohnung und zog sanft die Tür hinter sich zu, damit nichts die Ruhe störte, die zur Abwechslung einmal eingekehrt war.

Rieke gehörte zu den wenigen Menschen, die man bereits in jungen Jahren innerlich als geerdet bezeichnen konnte. Möglicherweise war das auf ihr liebevolles Zuhause zurückzuführen, in dem ihr von jeher die Freude über die langersehnte Tochter und Schwester vermittelt worden war. Sicher hatte auch die ländliche Umgebung ihren Teil dazu beigetragen, aus dem bewegungsfreudigen, neugierigen Kind, das sie einst gewesen war, eine sportliche, selbstbewusste Frau zu machen.

Vermutlich war es einfach die Summe aus vielen günstigen Voraussetzungen, die in Rieke schon früh das Gefühl hatten entstehen lassen, so wie sie war, richtig zu sein. Diese tief in ihr verankerte Selbstsicherheit, gepaart mit einem hohen Maß an Sensibilität, war es auch, die sie bis jetzt vor allzu schweren Enttäuschungen und Fehleinschätzungen bewahrt hatte.

Hierin unterschied sie sich von ihrer Freundin Insa. Wer die beiden zusammen sah, konnte jedoch genau das Gegenteil meinen. Innerhalb dieses nicht nur äußerlich sehr ungleichen Gespanns war es die zierliche, dunkelhaarige Insa, die aufgrund ihres Temperamentes und selbstbewussten Auftretens umgehend die Menschen für sich einnahm. Rieke wirkte dagegen immer ein wenig wie im Schatten ihrer Freundin stehend, was ihr jedoch nichts auszumachen schien. Tatsächlich machte Rieke die Erfahrung, dass die Menschen, für die sie sich interessierte, auch mit ihr in Kontakt kommen wollten; auf diesem Hintergrund fühlte sie sich nicht benachteiligt. Im Gegensatz dazu flatterte Insa wie ein hübscher, unruhiger Schmetterling von Beziehung zu Beziehung, ohne sich wirklich einmal niederzulassen. Das änderte sich mit Ullrich.

Die Geschichte mit Insa und Ullrich las sich wie ein schlechter Roman ohne Happy-End. Sie, die lebenslustige, attraktive Krankenschwester, und er, der umschwärmte Arzt im Auricher Krankenhaus, hatten eine unverbindliche Affäre gehabt, aus der in kurzer Zeit durch Insas ungeplante Schwangerschaft der Ernstfall geworden war. Da beide das Leben eher auf die leichte Schulter nahmen, beschlossen sie kurzerhand, aus dieser Situation das Beste zu machen und eine Familie zu gründen. Dieser ehrenhafte Entschluss schien zunächst aufzugehen. Insa kündigte, bekam einen Sohn und war nicht lange danach wieder schwanger. In dieser Zeit, die naturgemäß schon für sehr stabile Partnerschaften eine echte Herausforderung darstellt, erwies sich das Fundament ihrer Ehe als nicht tragfähig für eine ganze Familie. Da beide nicht gewohnt waren, für den Erhalt einer Beziehung etwas tun

zu müssen, ging ihre Begeisterung füreinander langsam aber sicher dem Ende zu. Insa fühlte sich überfordert und ungeliebt, während Ullrich zunehmend bedauerte, seine Unabhängigkeit aufgegeben zu haben und sich infolgedessen immer mehr entzog.

Rieke war der ganzen Sache gegenüber von vornherein skeptisch gewesen, hatte ihrer Freundin aber immer zur Seite gestanden, wenn es erforderlich war. Dabei war sie selbst konsequent ihren Weg gegangen, hatte nach der Ausbildung zur Kommissarin beruflich Fuß gefasst und mit ihrer Entscheidung für Ben ihr persönliches Glück vervollständigt.

Das äußere Bild der Kräfteverhältnisse innerhalb dieser schon so lange bestehenden Freundschaft hatte sich in dieser Zeit verändert, und nachdem Rieke Aurich verlassen hatte, zeigte sich, wie sehr Insa von der Stabilität ihrer Freundin profitiert hatte. Als Rieke weg war, verließ Insa jeglicher Antrieb, und sie ließ sich gehen.

Während der Fahrt in die Krummhörn musste Rieke unablässig an ihre Freundin denken. Am heutigen Tag war ihr schlagartig klargeworden, wie sehr sich ihrer beider Lebensweisen mittlerweile unterschieden, und dass es Zeit wurde, ihre Beziehung neu zu definieren, wenn sie Bestand haben sollte. Das Gespann Insa und Rieke, das blind solidarisch durch dick und dünn ging, gehörte in die Zeit der Kindheit und Pubertät, wo es auch hinpasste. Nun war eine erwachsene Variante angesagt, von der Rieke noch nicht genau wusste, wie sie aussehen würde. Doch das würde sich herausfinden lassen. Viel schwieriger erschien ihr der Weg dorthin, da Insa und sie sich ja kaum noch sahen und ungestörte Gespräche sich auch nicht ohne Weiteres führen ließen. Rieke seufzte. Was also tun? Anscheinend blieb ihr gar nichts anderes übrig, als zunächst abzuwarten und die Dinge so zu nehmen, wie sie waren. »Keinen Gedanken verschwende an das Unabänderbare«, murmelte sie und freute sich, als am Horizont hinter den für diesen Landstrich so typischen sturmgebeugten Baumkronen der Giebel ihres Elternhauses sichtbar wurde.

Am Sonntagmorgen spiegelte sich ein strahlend blauer Himmel in der vom Wind aufgewühlten Nordsee und verlieh ihr einen metallischen Glanz. Er widersprach damit den Wettervorhersagen, die ein Tief mit viel Regen und milderen Temperaturen vorhergesagt hatten.

Obwohl es am Vorabend spät geworden war, hielt Rieke nach dem Aufwachen nichts mehr im Bett. Gut gelaunt schwang sie sich aus den Federn. In der großen Küche traf sie auf Focko, ihren erklärten Lieblingsbruder. Der Rest der Familie schlief als Folge der vorangegangenen Feier noch.

Harm Senger war siebzig Jahre alt geworden und hatte seinen Geburtstag im engsten Familienkreis begangen. Gefeiert wurde im Witthus in Greetsiel, einem hübschen, für seine Zwillingsmühlen bekannten Fischerort. Wie immer, wenn alle Sengers aufeinandertrafen, war viel gelacht und getrunken worden, und dem Geburtstagskind war anzumerken, wie stolz es auf seine gelungene Brut war. Die Familie war erst gegen Mitternacht nach Hause gekommen, und es war das erste Mal seit langem, dass alle Kinder wieder im Elternhaus übernachteten.

Rieke fühlte sich heimisch, vermisste aber Ben und war entschlossen, gleich nach dem Frühstück zurück nach Bremen zu fahren. Vorher hatte sie sich noch mit Focko zu einem kleinen Spaziergang verabredet.

So kam es schließlich, dass bereits um acht Uhr an diesem Morgen zwei warm verpackte Gestalten über den Deich stiefelten und sich von dem kalten Herbstwind durchpusten ließen. Rieke hatte sich bei ihrem Bruder eingehakt, was dieser gutmütig über sich ergehen ließ.

Aufgrund der Böen, die ihnen direkt in die Gesichter fuhren, verlief der erste Teil des Spazierganges schweigend. Erst auf dem Rückweg, als der Wind ihnen von hinten Schwung gab, als wolle er sie zur Eile antreiben, war eine Unterhaltung möglich. In diesem Moment gab es für Rieke kein Halten mehr.

Seit sie denken konnte, war Focko innerhalb der Familie ihr engster Vertrauter und Verbündeter gewesen. Ganz gleich, ob es Probleme

in der Schule waren, der erste Liebeskummer oder die Frage, ob sie sich beruflich wirklich für die Polizei entscheiden sollte; Focko hatte immer ein offenes Ohr für sie, beriet sie, so gut er konnte und half ihr oft schon alleine durch sein Zuhören, Antworten auf ihre Fragen zu finden. Rieke dankte es ihm mit grenzenlosem Vertrauen und großer schwesterlicher Liebe, die er, schweigend in sich hineinlächelnd, zur Kenntnis nahm, wenn ihr wieder einmal das Herz überquoll.

Heute dauerte es keine Viertelstunde, und Focko hatte ein ziemlich konkretes Bild von Riekes neuem Arbeitsplatz und den dort arbeitenden Menschen. Aufgrund ihrer anschaulichen, ausführlichen Beschreibungen konnte er sich Andreas Neuhoff ebensogut vorstellen wie die neue Wohnung seiner Schwester. Soweit es ihr möglich war, weihte Rieke ihn in die Einzelheiten ihres ersten Bremer Falles und die schleppend verlaufenden Ermittlungen ein. Was die Beziehung zu Ben betraf, hüllte sie sich dagegen in Schweigen. Angesichts der Tatsache, dass Focko vor zwei Jahren seine Frau an Krebs verloren hatte, erschien es Rieke geschmacklos, ihm von ihrer großen Liebe vorzuschwärmen. Zu ihrem Erstaunen hakte Focko nach. »Und, wie läuft's mit Ben? Alls klar mit euch beiden?«

Abrupt blieb Rieke stehen und lächelte ihren Bruder so glücklich an, dass sich jedes weitere Wort erübrigte. Gerührt legte er den Arm um ihre Schulter und drückte sie kurz. Anschließend setzten sie schweigend ihren Spaziergang fort.

Kurz bevor sie das ehemalige Gehöft erreichten, das von den Sengers inzwischen für Ferienvermietung genutzt wurde, berichtete Rieke noch von ihrem Besuch bei Insa. Focko hatte ihre beste Freundin immer gemocht, ohne jedoch auf deren Schwärmereien – »Dein Bruder könnte glatt als der Robert Redford der Krummhörn durchgehen, so gut wie der aussieht« – ihm gegenüber einzugehen. Was Riekes Überlegungen hinsichtlich ihrer Freundschaft betraf, so schloss er sich ihrer Meinung an, erst einmal abzuwarten. Mittlerweile hatten sie fast ihr Elternhaus erreicht.

»Muss noch mal eben in Rysum auf die Mühle und richtig weit gucken«, verkündete Rieke und zog ihren Bruder zum Ortseingang.

Nachdem kurz darauf beide andachtsvoll den Blick über die weite Landschaft hatten schweifen lassen – nicht ohne über deren zunehmende Verschandelung durch die vielen Windkrafträder zu schimpfen –, traten sie endgültig den Heimweg an.

Bevor Rieke die Tür öffnete, drehte sie sich zu ihrem Bruder um. »Danke.«

Statt einer Antwort lächelte Focko sie an, und Rieke stellte bei seinem Anblick fest, dass Insa gar nicht so unrecht gehabt hatte bezüglich seines Aussehens. Sie musste angesichts der Worte ihrer Freundin ebenfalls lächeln. Hintereinander betraten sie und der Robert Redford der Krummhörn in Gummistiefeln und Daunenjacke ihr Elternhaus, wo sie von ihrer Mutter mit den Worten »Insa hat angerufen, um dir noch mal zu danken. Du möchtest sie zurückrufen, bevor du wieder fährst« empfangen wurde.

Sechstes Kapitel

Ephraim Matuschinski hatte in seinem ganzen Leben noch keine Vorhersage benötigt, um zu wissen, wann sich das Wetter änderte. Er fühlte es ganz einfach in den Knochen, und manchmal konnte er es am Geruch der Luft erkennen.

Schade, dachte er bedauernd, als er am Montag in der Frühe seinen Kopf aus der Tür des winzigen Holzhäuschens steckte und statt der klaren, kalten Luft lauwarme Regentropfen im Gesicht spürte. Wirklich schade um das schöne Wetter. Diesmal hatte er den Umschwung am Ziehen im Kreuz bemerkt und war nun nicht weiter überrascht über den heftigen Temperatursprung. »Ephraim, musst du passen auf auf nasse Luft, gäht sonst wielleicht auf Lungä«, mahnte er sich selbst.

Diese Angst war nicht unberechtigt. Nur mit viel Glück und der Hilfe irgendwelcher dubioser Kräuterelixiere, an deren Wirkung er fest glaubte, hatte er soeben eine schwere Bronchitis überstanden. Das kleine Häuschen war für solche Fälle denkbar ungeeignet. Eigentlich war es ein Wochenendhaus, das nachträglich mit fließend kaltem Wasser und Strom ausgestattet worden war. Das reichte kaum, um die kühleren Zeiten des Jahres zu überstehen, zumal es sich lediglich mit einer elektrischen Heizung erwärmen ließ. Für ganz kalte Zeiten verfügte Matuschinski noch über eine Heizspirale, die ihn auch diesmal, zusammen mit dem Kräuterelixier, über die Runden gebracht hatte. Doch so provisorisch sein Zuhause auch sein mochte, er wäre um nichts in der Welt hier weggezogen.

Warum auch, dachte er zufrieden, es war doch wieder einmal gutgegangen, und es würde auch ein weiteres Mal gutgehen. Daran gab es für ihn keinen Zweifel.

Nun war es dringend Zeit für seine gewohnte Tour durch das Dorf, wie er den Ortskern von Borgfeld nannte. Sein veralteter Kühlschrank, dessen Aggregat das kleine Haus regelmäßig in Schwingungen versetzte, war gänzlich leer. Das letzte Stück Brot, was er noch gehabt hatte, war sein Frühstück gewesen, zusammen mit einem großen Becher Instant-Brühe. Und Nahrung brauchte er dringend. Die Krankheit hatte seinen ohnehin schmächtigen Körper geschwächt und dazu geführt, dass er in seinen Gürtel mit einem ausgemusterten Öffner für Kondensmilchdosen ein zusätzliches Loch hatte bohren müssen. Ansonsten sah er aber wieder ganz manierlich aus. Er hatte sich gründlich gewaschen und den Bart gestutzt, und als er seine abgetragene, wollene Joppe anzog und seine Schirmmütze aufsetzte, fühlte er sich wieder ganz wie neu.

Bevor er das Haus verließ, nahm er noch eine Blechkanne, die er draußen an den Lenker seines rostigen Fahrrades hängte, welches an den Stamm einer Tanne gelehnt war. Er nahm sein Rad und schob es langsam über einen kleinen, ausgetretenen Pfad an weiteren dichten Tannen vorbei, die das kleine Holzhaus fast vollständig verdeckten. Die wenigen Meter zum Borgfelder Deich schaffte er mühelos. Der langsam ansteigende Weg hinauf bescherte ihm dagegen Schweißausbrüche, und er musste einen Moment lang innehalten, bis sein Kreislauf sich wieder beruhigte. Schließlich hatte er es geschafft. Er stand auf der Deichkrone und ließ erst einmal den Anblick der Wümme und ihrer angrenzenden Landschaft auf sich wirken. Selbst an solch trüben Tagen rührte ihn die Erhabenheit des Flusses und die Weite der Wiesen. Ein Bild, das einen beruhigenden, fast meditativen Einfluss auf ihn hatte. »Bin ich ein Hans im Glück«, murmelte Matuschinski, und etwas wacklig, aber immer sicherer werdend, fuhr er langsam in Richtung Dorf.

Seine Route dauerte heute etwas länger als gewöhnlich. Ob es beim Bäcker, beim Schlachter oder im Zeitungsladen war, Matuschinski hielt überall einen kleinen Schnack, wie die Bremer es nannten, während er seine bescheidenen Einkäufe tätigte. Die Borgfelder kannten den kleinen, schrulligen Mann und hatten schnell bemerkt, dass der etwas heruntergekommene Eindruck trog.

Matuschinski war ein redlicher, liebenswerter Mensch, der niemandem etwas schuldig blieb. Ohne darüber nachzudenken, berücksichtigten die Geschäftsleute mittlerweile seine Wünsche und seinen kleinen Geldbeutel. Beim Schlachter wurden Wurstenden für ihn zurückgelegt, beim Bäcker das Brot vom Vortag und im Zeitungsladen die eine oder andere beschädigte Zeitschrift. Auf diese Weise gelang es Matuschinski, mit seinem überaus kleinen Haushaltsbudget auszukommen und sogar noch etwas Geld übrig zu haben für seine einzige Leidenschaft: Schokolade.

Wenn es irgendwie möglich war, gönnte er sich am Tag eine ganze Tafel davon, probierte immer neue Sorten, die er genüßlich bis auf den letzten Krümel zu einer Tasse frisch aufgebrühten Kaffees am Nachmittag verspeiste. Angesichts seiner Krankheit und der daraus resultierenden Gewichtsabnahme hatte er sich heute gleich mit mehreren Tafeln eingedeckt und beschlossen, von seinen Gewohnheiten abzuweichen und sofort nach seiner Ankunft zuhause die erste zu öffnen.

Während er sein letztes Ziel ansteuerte – einen Bauernhof auf der anderen Seite der Wümme, auf dem er sich seine Blechkanne mit frischer Milch auffüllen ließ –, dachte er darüber nach, welche der Schokoladentafeln er heute als Erstes essen würde. Nach reiflicher Überlegung entschied er sich für Trüffel mit Sahne und trat etwas fester in die Pedalen, da er den Geschmack bereits auf der Zunge hatte und ihm das Wasser im Mund zusammenlief.

Vermutlich wäre ihm sofort der Appetit vergangen, wenn in diesem Moment jemand mit ihm über den Mord gesprochen hätte, der eine Woche zuvor an der Wümme direkt vor seiner Tür passiert war.

Erstaunlicherweise kam aber niemand darauf. Die Borgfelder hatten tagelang über nichts anderes geredet, doch als die Zeitungen nichts Neues zu berichten wussten, verebbte das Interesse an diesem Thema. Außerdem war Freimarkt.

So fragte denn auch heute niemand Ephraim Matuschinski, ob er irgendetwas in der Nacht von Sonntag auf Montag vergangener Woche beobachtet hatte. Das wiederum führte dazu, dass der einzige Zeuge, der etwas über die letzten Minuten im Leben von Sven Hartmann hätte sagen können, weit davon entfernt war, an etwas anderes als Schokolade zu denken, geschweige denn an seine Bedeutung in einem Mordfall. So gesehen blieb der Tag so angenehm wie er begonnen hatte. Zumindest für Matuschinski.

»Na, was Neues rausbekommen?«

Rieke nahm sich nicht einmal Zeit für eine Begrüßung, was ihr umgehend einen Tadel von Neuhoff einbrachte. »Guten Morgen heißt das, oder wie sagt man; moin!«

»Moin!«

»Geht doch«, brummte Neuhoff, mal wieder darauf bedacht, sich nicht die Lippen an dem ersten Kaffee dieses Tages zu verbrennen. Zu weiteren Auskünften schien er jedoch noch nicht bereit. Lieber stellte er eine Gegenfrage. »Und, war's schön?«

»Das war es. Mein Vater hat sich riesig gefreut, dass alle beisammen waren.«

»Das freut mich«, sagte Neuhoff und griff nach der Akte Sven Hartmann auf seinem Schreibtisch.

Rieke nahm das Signal zur Arbeit auf: »Du wolltest am Samstag doch noch mal ins Wümmehaus. Warst du da?«

Neuhoff nickte und trank einen Schluck Kaffee, bevor er antwortete. »Ich war da, ja. Ob es sich gelohnt hat, weiß ich nicht. Ich habe mit den Jugendlichen, die anwesend waren, den neuen Kickertisch

eingeweiht und bin auf diese Weise ins Gespräch gekommen, konnte aber nichts weiter über Hartmann erfahren.« Er streckte sich auf seinem Bürostuhl. »Vielleicht kommt der eine oder andere ja doch noch mal auf mich zu. Ich hab jedenfalls einen bleibenden Eindruck hinterlassen, was meine Fähigkeiten beim Tischfußball angeht«, grinste er und kam in seine Ausgangsposition zurück.

»Positiv oder negativ?«

»Was?«

»Der Eindruck, den du hinterlassen hast?«

Neuhoff spielte angesichts soviel Misstrauens hinsichtlich seiner Kompetenzen den Entrüsteten. »Positiv natürlich, von acht Spielen habe ich sieben gewonnen.«

»Na, das ist doch mal was!« Rieke klang echt beeindruckt und überlegte, ob sie ihn einmal zu einem kleinen Match herausfordern sollte. Bei ihren Brüdern galt sie im Tischfußball als so gut wie unbesiegbar. Sie beschloss, diesen kleinen Trumpf ein anderes Mal auszuspielen und wurde wieder dienstlich. »Hast du eigentlich die Ursache für dein schlechtes Gefühl herausgefunden, von dem du bei unserem Telefonat gesprochen hast?«

»Leider nicht. Ich habe die Berichte von der Spurensicherung und der Pathologie sowie die Vernehmungsprotokolle noch mal gründlich gelesen und war hinterher noch sicherer, dass wir etwas übersehen haben. Aber frag mich bitte nicht, was!« Er wirkte ungehalten. »Sollst mal sehen. Wenn der Fall irgendwann klar ist, dann sitzen wir hier und fassen uns an den Kopf, dass wir so blind sein konnten!«

Eine Weile schwiegen beide. Rieke wechselte abermals das Thema. »Übrigens bin ich gleich mit diesem Thilo Marquart in seiner Praxis verabredet.«

»Dem Psychofritzen?«

»Mhm.«

Urplötzlich überzog Neuhoffs Gesicht ein Grinsen. »Pass bloß auf dich auf, Rieke. Wenn das stimmt, was man so hört, muss das ja ein

ganz toller Hecht sein, so ein richtiger Womanizer …«

Nun grinste auch Rieke. »Sieh an! Und ich dachte, das sagt man nur von Gerorge Clooney.«

»Sag ich doch«, entgegnete Neuhoff verschmitzt, »Thilo Marquart und Gerorge Clooney, die ultimativen Womanizer!«

Beide prusteten los und brauchten eine Weile, um sich wieder einzukriegen.

»Ich fahr dann mal.« Rieke stand auf und wischte sich noch eine Lachträne aus dem Auge, bevor sie ihre Jacke anzog. An der Tür drehte sie sich noch mal um. »Wenn ich dich nicht hätte …«

»… wärst du diesen Kerlen hilflos ausgeliefert«, ergänzte Neuhoff und griff nach dem Telefon, das in diesem Moment klingelte. »Aber keine Angst, ich bin ja da«, beendete er ihrer beider Geplänkel. »Und nun quetsch den Kerl aus.«

»I'll do my very best!«, konterte Rieke und brachte ihren Kollegen damit erneut zum Lachen.

Es war ein Kinderspiel für sie, die Praxis zu finden, da Ben ihr am Vortag den Weg erklärt hatte.

Die Räume befanden sich im Erdgeschoss eines Mehrfamilienhauses direkt gegenüber der Bürgerweide, dem Platz, auf dem sich zurzeit der Freimarkt befand. Morgens um zehn wirkten seine zahlreichen Fahrgeschäfte und Buden wie im Koma, und eine unnatürliche Stille lag über dem gesamten Markt.

Rieke musste sich bei ihrer Suche an den Hausnummern orientieren, da sich nirgendwo ein Praxisschild befand. Als sie das richtige Haus gefunden hatte, konnte sie am untersten Klingelschild lediglich Marquarts Namen und seine Berufsbezeichnung entdecken. Irgendwie eine nette Geste, dachte sie, da es manchen Menschen sicher die Hemmschwelle nehmen würde, wenn nicht gleich jeder sah, dass sie psychologische Hilfe in Anspruch nahmen.

Auf ihr Klingeln hin wurde die Tür automatisch geöffnet, ohne dass die Gegensprechanlage benutzt worden war. Rieke betrat einen etwas düster wirkenden Flur, von dem eine Treppe in die oberen Geschosse führte. Die abgetretenen Holzbohlen des Fußbodens hatten auch schon bessere Zeiten gesehen, wobei die vor kurzem gestrichenen Wände des Treppenhauses zumindest das Bemühen zeigten, das Haus nicht ganz verkommen zu lassen. Rieke ging geradewegs auf die Tür am Ende des unteren Ganges zu, die in diesem Moment geöffnet wurde.

Im Türrahmen stand ein großer Mann mit kurzgeschnittenen, lockigen Haaren, zu dessen jungenhaftem Erscheinungsbild die randlose Brille nicht so recht passen wollte. Sein Alter war schwer zu schätzen. Rieke, von Berufs wegen darin geübt, das Äußere von Menschen schnell und präzise zu erfassen, registrierte auf Anhieb, das seine Kleidung genauso untertrieb wie sein Klingelschild: Auf den ersten Blick erschien sie einfach und bequem, auf den zweiten gediegen und teuer.

Er lächelte anerkennend, als er Rieke sah. Sie nahm einen Ausdruck in seinen Augen wahr, den sie manches Mal in ihrer Gegenwart bei Männern erlebte, jedoch nur realisierte, wenn sie es wollte. Bei diesem Mann war sie sich dessen noch nicht sicher.

»Frau Senger?« Er reichte ihr zur Begrüßung seine große Hand, die sich warm anfühlte und fest zudrückte. Ohne eine Antwort abzuwarten, bat er sie in seine Praxis und forderte sie auf, ihm zu folgen.

Rieke verschaffte sich, so gut es ging, einen Eindruck von den Räumlichkeiten, durch die sie geführt wurde. Marquarts offensichtliche Vorliebe für schlichte, hochwertige Dinge drückte sich auch in seiner Umgebung aus. Die ganze Praxiseinrichtung wirkte zeitlos und trotz der sparsamen Möblierung gemütlich, was unter anderem an der geschickten Ausleuchtung der eher dunklen Räume lag.

Er führte Rieke in sein Arbeitszimmer, in dem sich ein Schreibtisch, eine winzige Sitzecke und meterhohe Regalwände befanden, die mit Büchern, Fachzeitungen und Reiseandenken vollgestopft

waren, wobei er offenbar die asiatischen Länder bevorzugte. Im Gegensatz zu den anderen Räumen wirkte dieser angenehm unaufgeräumt. Die beiden Sessel der Sitzgruppe waren einladend und sündhaft teuer. Rieke kannte den Preis, weil sie sie bei einem der führenden Innenausstatter Bremens im Schaufenster gesehen hatte, als sie mit Ben auf der Suche nach Möbeln für ihre gemeinsame Wohnung gewesen war.

»Mein Büro«, erklärte Marquart und fragte: »Möchten Sie einen Kaffee oder einen Tee?«

Während Rieke bereits in einem der beiden Sessel Platz genommen hatte, war er stehengeblieben, um gegebenenfalls schnell das Gewünschte holen zu können. Als Rieke verneinte, setzte er sich ebenfalls.

Ihre erste Frage verblüffte ihn vollends: »Sagen Sie, verdient man eigentlich viel in Ihrem Beruf?«

Er verkniff sich seine Irritation und antwortete vage: »Nun, man kann davon leben. Warum fragen Sie?«

»Ihre Praxis macht einen recht erlesenen Eindruck, wenn ich das mal so sagen darf, von daher lag die Frage nahe. Wo wir gerade dabei sind: Der schwarze Flitzer vor der Tür, ist das Ihrer?«

Marquart machte ein Gesicht, als hätte er in eine Zitrone gebissen. »Ja, das ist meiner. Aber ich dachte eigentlich, Sie wollten mit mir über etwas anderes reden als meine Einkommensverhältnisse. Damit Sie endlich Ruhe geben, kann ich Ihnen sagen, dass ich geerbt habe. Normalerweise gäbe mein Verdienst diesen luxuriösen Krempel nicht her. Zufrieden?«

Rieke schenkte ihm ein umwerfendes Lächeln. »Tut mir leid, wenn ich Ihnen zu nahe getreten bin. In meinem Beruf ist man auf alles neugierig, was anders ist als sonst, und ich habe mir angewöhnt, direkt zu fragen, wenn mir etwas auffällt.«

Ihr Gegenüber entspannte sich sichtlich. »Schon in Ordnung. Worüber wollten Sie denn eigentlich genau mit mir sprechen?«

»Über Janine Meisner und Sven Hartmann.« Als er dazu nichts sagte, fuhr Rieke fort. »Ich habe Janine zweimal vernommen, besser gesagt, ich habe es versucht. Sie ist schwer zu fassen, man hat das Gefühl, im Nebel zu stochern, wenn man mit ihr spricht.«

»Warum interessieren Sie sich so für sie?«

»Sie war offenbar für Sven Hartmann eine wichtige Person, und ich bin mir sicher, dass sie mehr weiß, als sie zugibt. Und damit ist sie in Gefahr, denn bislang gibt es keinen Grund, anzunehmen, der Mörder hätte Skrupel, ein weiteres Mal zu töten, insbesondere, wenn seine Anonymität durch Janine gefährdet ist.«

»Haben Sie ihr das in dieser Deutlichkeit gesagt?«

»Das habe ich. Sie blockt aber nur.«

Marquart dachte einen Moment lang nach. »Weiß Janine, dass Sie mit mir über sie reden wollen?«

»Nein, das weiß sie nicht.«

»Okay, dann kann ich Ihnen natürlich nur sehr allgemein antworten.« Er suchte offenbar nach einer Möglichkeit, Rieke zu informieren, ohne seine Schweigepflicht zu verletzen. »Ich erkläre Ihnen das mal ganz oberflächlich. In meiner Arbeit habe ich es mit zwei Erscheinungsformen von psychischen Problemen zu tun. Da gibt es einerseits die neurotischen Störungen, von denen jeder eine hat. Normalerweise leben wir damit, es macht nichts, wenn wir jedesmal, bevor wir das Haus verlassen, noch mal nachsehen, ob der Herd auch aus ist. Schwierig wird das erst, wenn wir andauernd nachsehen müssen oder gar nicht mehr aus dem Haus kommen, weil wir ständig kontrollieren müssen. Ein Mensch, der so zwanghaft ist, braucht Hilfe.«

»Verstehe.« Rieke gehörte zu denen, die immer noch mal nach der Kaffeemaschine sehen mussten, bevor sie die Wohnung verließ. Damit konnte sie leben.

»Dann gibt es das weite Feld der psychotischen Störungen, der psychischen Erkrankungen wie Schizophrenie zum Beispiel. Solche

Erkrankungen verlaufen oftmals in Schüben. Die Betroffenen haben dann keinen Kontakt mehr zu sich, etwas von ihnen ist sozusagen abgespalten. Dafür hören sie mitunter Stimmen, die ihnen Dinge suggerieren, die sie zu tun haben oder einfach nur da sind. Manchmal verletzen sich Menschen in dieser Situation, weil ihr Inneres ihnen zum Beispiel sagt, sie müssten sich bestrafen oder hätten es nicht anders verdient, verstehen Sie?«

Rieke nickte und dachte an Janines Wunden. »Weiß man, wie so etwas entsteht?«

»Es gibt unterschiedliche Theorien, von vorgeburtlichen Erfahrungen bis hin zu Stoffwechselstörungen im Gehirn ist alles dabei. Fest steht jedoch, dass man manches medikamentös beeinflussen kann. Doch um noch mal auf Ihre Probleme bei den Vernehmungen mit Janine zu kommen: Viel helfen kann ich Ihnen dabei nicht. Das Wichtigste ist, dass Sie während eines Gespräches mit einem psychisch kranken Menschen bei sich selbst bleiben und sich nicht verwickeln lassen. Sie müssen eindeutig sein, innerlich konfus ist der andere genug.« Plötzlich stand er auf und ging zu seinem Schreibtisch. »Janine hat mich übrigens gebeten, heute zu ihr zu kommen. Ich sehe mal eben nach, wann wir uns verabredet haben.« Er nahm einen Tischkalender in die Hand. »Vierzehn Uhr.«

Rieke wusste nicht, worauf er hinauswollte. In diesem Moment legte Marquart den Kalender wieder auf seinen Platz und kehrte zu seinem Sessel zurück. Er bemerkte ihren fragenden Gesichtsausdruck und beschloss, sie in seine Überlegungen mit einzubeziehen. »Wissen Sie, Frau Senger, ich werde Janine heute von Ihrem Besuch und unserem Gespräch erzählen. Ich denke, es besteht keinerlei Veranlassung, ihr das zu verschweigen. Vielleicht finde ich ja heraus, was sie daran hindert, sich Ihnen gegenüber zu öffnen, und kann sie ermutigen, es doch zu versuchen. Vorausgesetzt, sie weiß wirklich etwas, durch das sie sich selbst gefährdet.«

»Danke.« Rieke fühlte sich ermutigt. Vielleicht konnte dieser

Marquart ihr auch im Hinblick auf den Ermordeten weiterhelfen. »Können wir uns noch über Sven Hartmann unterhalten?«

»Was wollen Sie wissen?«

»Er hatte eine Beziehung zu Janine, stimmt's?«

Marquart machte eine abwehrende Bewegung mit den Händen. »Frau Senger, da bin ich der falsche Ansprechpartner. Ich kenne zwar Janines Gefühle in dieser Geschichte, die andere Seite aber, nämlich Svens, erfragen Sie besser bei Ilse Becker!«

Rieke nahm einen neuen Anlauf. »Okay, andere Frage. Kannten Sie Sven näher, ich meine, war er auch bei Ihnen in Therapie?«

»In Therapie nicht. Allerdings war er eine Weile Teilnehmer einer Gesprächsgruppe bei mir, die aus jungen Männern bestand, die, ich will es mal so ausdrücken, mitunter zuviel tranken und sich dann nicht mehr im Griff hatten.«

Rieke staunte. »Und das hat er freiwillig mitgemacht?«

»Natürlich nicht. Er hatte zu dieser Zeit Stress im Wümmehaus und ganz klar die Auflage: Tu etwas, oder du fliegst hier raus. Anders wäre das bei ihm auch nicht gegangen, aber darin unterschied er sich nicht von den anderen Teilnehmern. Von denen war auch keiner freiwillig hier.«

»Hat das denn sein Verhalten verändert, waren Sie erfolgreich?«

»Nein, war ich nicht. Ich glaube auch, dass solche Jungs was anderes brauchen als Gespräche, über die sie sich hinterher ablachen. Doch das brauchen wir jetzt nicht weiter zu vertiefen.«

»Eine letzte Frage: Hatte er Freunde, außer diesem Dennis Ladewig, in dieser Gruppe?«

Marquart musste überlegen, und es fiel ihm tatsächlich etwas ein. »Es gab da einen jungen Mann in dieser Gruppe, Ingo Precht hieß er, mit dem Sven sich befreundet hatte. Inwieweit das über die Gruppe hinaus Fortbestand hatte, weiß ich nicht. Auf alle Fälle war ich nicht sehr angetan von dieser Verbindung, da dieser Precht und Sven sich viel zu ähnlich waren. Mit einer Ausnahme allerdings: Ingo Precht war

gewaltbereit und hatte schon üble Schlägereien gehabt, Sven dagegen war schlitzohrig, aber nicht brutal.«

»Wissen Sie, wo Ingo Precht wohnt?«

»Er ist auch in einer Maßnahme, aber nicht bei den Helfenden Händen, sondern im Berufsbildungswerk Grolland.«

»Ist das in Bremen?«

»Richtung Flughafen, falls Ihnen das was sagt.«

»Nicht so viel, ich bin erst seit Kurzem hier.« Sie erhob sich. »Dann werde ich mich mal an die Arbeit machen. Danke, dass Sie so viel Zeit für mich hatten.« Während sie sprach, half Marquart ihr galant in die Jacke, und Rieke fiel der Womanizer wieder ein. Nun, was das betraf, konnte sie Neuhoff beruhigen. Außerdem war er gar nicht ihr Typ; sie stand mehr auf maskuline Typen wie Ben.

Während er sie zur Tür brachte, schien ihm etwas einzufallen. »Ach übrigens, Sie sagten doch, Sie wären neu in Bremen. Wenn Sie mal jemanden brauchen, der Ihnen die Stadt zeigt, würde ich das gerne übernehmen.«

Also doch, dachte Rieke amüsiert, und hatte das Bedürfnis, etwas klarzustellen. »Das ist wirklich nett von Ihnen, Herr Marquart, aber was das angeht, halte ich mich an meinen Freund. Der ist auch von hier.«

Marquart schien mit einer ähnlichen Antwort gerechnet zu haben, denn er blieb so freundlich wie zuvor. »Machen Sie's gut, Frau Senger, und viel Erfolg!«

Den kann ich gebrauchen, dachte Rieke, bevor sie schnell das Haus verließ, um herauszufinden, wo Grolland genau lag.

Vom Auto aus sprach sie mit Neuhoff telefonisch die nächsten Schritte ab, wobei ihr Kollege eine Überraschung parat hatte. »Als du gerade aus dem Büro raus warst, bekam ich einen Anruf: Henry Meierdirks will mich sprechen. Ich glaub, er wäre gern hierher gekommen, ich habe mich aber in der Geschäftsstelle angesagt. Bin gerade auf dem Weg dorthin.«

»Na, da bin ich ja gespannt. Übrigens, wie komme ich zu diesem Berufsbildungswerk hin, kennst du den Weg? Dann brauch ich mein Navi nicht zu fragen.« Sie hörte aufmerksam den Ausführungen Neuhoffs zu und notierte sie sich stichwortartig auf einem kleinen Block, den sie immer bei sich trug.

Bevor er das Gespräch beendete, fragte Neuhoff sie noch nach Thilo Marquart. »Mal ehrlich, hat er nun versucht, sich mit dir zu verabreden oder nicht?«

»Ach was, alles Gerede. Ich meine, das Angebot einer kleinen fachkundigen Stadtführung kann man doch nicht als Annäherungsversuch verstehen, oder?« Rieke stellte sich naiv.

Neuhoff stieß einen leisen Pfiff aus. »Hab ich es doch gesagt! Und, wie hast du reagiert?«

»Soll ich dir mal was sagen«, Rieke tat genervt, »in meiner direkten Umgebung befinden sich bereits zwei Männer, deren liebste Beschäftigung es ist, mich mit den Besonderheiten Bremens vertraut zu machen. Noch einen davon könnte selbst so ein geduldiger Mensch, wie ich es nun einmal bin, nicht vertragen. Reicht das als Antwort?«

Neuhoff lachte. »Ist ja schon gut, man wird doch noch mal fragen dürfen. Übrigens, denk daran, dass wir uns heute alle um neunzehn Uhr am Nordausgang des Bahnhofes treffen.«

»Ich denke daran. Wir sehen uns aber vorher noch im Büro.«

»Alles klar, bis nachher!«

Rieke unterbrach die Telefonverbindung und warf noch einmal einen Blick auf die Wegbeschreibung. Ihrem Gefühl nach tat sich hier eine erste Spur auf. »Mal sehen, ob noch alles mit meinen Gefühlen stimmt«, murmelte sie und startete den Wagen. Bald würde sie es wissen.

Während sich seine Kollegin noch auf dem Weg nach Grolland befand, betrat Andreas Neuhoff bereits kurze Zeit später die Geschäftsstelle

der Helfenden Hände. Er wurde von einer freundlichen, attraktiven Frau in Empfang genommen, die offensichtlich für das Sekretariat zuständig war. Sie geleitete ihn in einen großen Raum, der der Ausstattung zufolge als Konferenzraum diente, und bat ihn, Platz zu nehmen. »Herr Meierdirks kommt sofort. Möchten Sie eine Tasse Kaffee?«

»Danke, gerne.« Sie nickte ihm zu und verließ das Zimmer. Neuhoff nutzte die Situation, um sich seine Umgebung genauer anzusehen. Rieke hatte recht, dachte er, alles nur vom Feinsten hier. Die Möbel waren hochwertig, und der Raum verfügte über eine Ausstattung modernster Medientechnik.

Während Neuhoff in Gedanken noch die Anschaffungspreise seines Ambientes schätzte, betrat Henry Meierdirks den Raum. »Herr Neuhoff von der Kripo?«

»Ganz richtig.« Die beiden Männer gaben sich die Hand.

Meierdirks ergriff das Wort. »Bitte setzen Sie sich doch. Herr Schwarze ist übrigens nicht im Haus, sonst hätte ich ihn dazugebeten.« Er lächelte kurz und unverbindlich. »In diesem Fall ist das jedoch kein Problem, denn was ich Ihnen zu sagen habe, geht auch ohne ihn.«

Neuhoff signalisierte ihm mit einer Kopfbewegung, dass er bereit war, zuzuhören.

In diesem Moment kündigte ein kurzes Klopfzeichen die Sekretärin an, die unaufgefordert eintrat und ein Tablett mit zwei gefüllten Kaffeetassen sowie Milch und Zucker auf den Tisch stellte. Nach einem knappen »Danke« der beiden Männer verschwand sie so unauffällig wie sie gekommen war.

Meierdirks nahm das Gespräch wieder auf. »Es betrifft unseren Bufdi, Marc Buske. Ihre Kollegin, die neulich hier war, hatte sich nach ihm erkundigt. Hinterher, also nachdem sie weg war, habe ich gedacht, dass es da was gibt, das Sie wissen sollten, wenn Sie sich schon für ihn interessieren. Es geht ja letztendlich um einen Mord.«

Neuhoff hatte den Eindruck, ihm auf die Sprünge helfen zu müssen. »Nun mal raus damit, Herr Meierdirks, was wollen Sie mir mitteilen?«

Sein Gegenüber gab sich einen Ruck. »Also, Marc ist schon einmal mit dem Gesetz in Konflikt gekommen, er hat Drogen verkauft, Pillen und so was.«

»Und so was?«

»Ich meine Tabletten, dies Zeug, was die jungen Leute heute nehmen, wenn sie in die Disco gehen, zum Aufputschen.« Meierdirks räusperte sich. »Ich kenn mich damit nicht so aus, wie das Zeug heißt, meine ich.«

»Hat er nur damit gehandelt oder es auch selbst genommen?«

»Beides. Irgendwann ist er ganz verrückt davon geworden und in die Klinik gekommen. Da hat er übrigens auch die Kleine kennengelernt, die im Wümmehaus wohnt.«

»Hat die Kleine auch einen Namen?« In Neuhoffs Kopf klingelte eine Alarmglocke.

»Entschuldigen Sie, ich meinte das nicht abwertend, ich kam nur gerade nicht auf den Namen. Warten Sie, Jaqueline Meiser, glaube ich.«

»Janine Meisner vielleicht?« Der Alarm in Neuhoffs Kopf schwoll an.

»Richtig! Die kennt er aus der Klinik von damals.«

»Wie gut kennt er sie denn?« Neuhoff zwang sich zur Ruhe.

»Weiß ich nicht. Das müssen Sie ihn schon selbst fragen.«

»Eine Frage noch: Warum haben Sie ihm den Job hier gegeben, das sind doch nicht gerade gute Referenzen, die er da mitbringt?«

Der stellvertretende Geschäftsführer der Helfenden Hände hatte sicherlich mit dieser Frage gerechnet, wand sich dennoch wie ein Aal. »Nun ja, wie soll ich sagen ... Er ist mein Neffe, der Sohn meiner Schwester, verstehen Sie, und irgendwie ist es ja auch das Selbstverständnis unseres Vereins, Menschen mit Problemen zu helfen.«

Und Verwandte mit Posten zu versorgen, fügte Neuhoff im Stillen hinzu, während er sich erhob. »Bitte geben Sie mir seine Adresse, ich möchte mich mit dem jungen Mann einmal unterhalten.«

Meierdirks stand ebenfalls auf. »Frau Lünsmann wird sie Ihnen geben. Er ist aber erst am Mittwoch wieder in Bremen, da er sich auf einem Seminar befindet.«

»Nun, dann sprechen wir eben Mittwoch miteinander.« Neuhoff reichte dem anderen die Hand. »Danke für die Information.«

»Ich könnte sagen, gerne geschehen, aber gerne habe ich das nicht gemacht. Das verstehen Sie doch sicher?«

»Sicher.« Neuhoff hatte das Bedürfnis, an die frische Luft zu kommen. »Also, bis dann.«

Auf dem Weg zur Tür erhielt er wie versprochen die Adresse. Als er schließlich auf der Straße stand, konnte er nicht umhin, sich die Hände zu reiben. Endlich etwas Licht im Tunnel, dachte er freudig. Wenn Rieke heute auch noch was herausbekam, hatten sie sich ihren Freimarktsbesuch wahrlich verdient.

Plötzlich hatte er es eilig, denn bis zum Abend gab es noch einiges zu tun, zum Beispiel Janine Meisner nach ihrer Beziehung zu Marc Buske zu befragen und Kontakt zu der Klinik aufzunehmen, in der die beiden gewesen waren. Mit forschen Schritten ging er zu seinem Wagen.

Das Ziel der Berufsbildungswerke in Deutschland ist es, jungen Menschen mit unterschiedlichsten Behinderungen eine qualifizierte Berufsausbildung zu verschaffen, mit denen sie hinterher auf dem Arbeitsmarkt bestehen können. Den meisten Berufsbildungswerken ist zu eigen, dass sie sich in städtischen Randgebieten befinden, was mit ihrer Größe und Komplexität zusammenhängt. Neben den Ausbildungsplätzen bieten sie Wohnmöglichkeiten für die Dauer der Ausbildung, medizinische und therapeutische Dienste werden vorgehalten, eigene Großküchen verpflegen die Auszubildenden, und ein Freizeitbereich sorgt für Abwechslung und Ausgleich. Selbst die Berufsschule ist in das Werk integriert.

Rieke hatte bereits von diesen Einrichtungen gehört, aber noch keine besichtigt. Entsprechend neugierig war sie auf ihren Besuch dort.

Als sie schließlich auf einen riesigen, aus unterschiedlich hohen Häusern zusammengefügten Gebäudekomplex zufuhr, staunte sie angesichts der Größe. Selbst Besucherparkplätze waren zahlreich vorhanden, so dass sie sich bereits kurze Zeit später zu Fuß auf die Suche nach dem Eingang machte.

Man hatte sich eine übersichtliche Beschilderung einfallen lassen, die den Weg wies. Dieser führte direkt auf ein eingeschossiges, ehemals kastenförmiges Gebäude, auf das man offenbar erst kürzlich ein Satteldach aufgesetzt hatte. Das ganze Berufsbildungswerk bestand aus solchen Häusern und dokumentierte damit den Baustil der siebziger Jahre, der damals als praktisch und raumsparend galt. Inzwischen hatte man mit Hilfe bunter Anstriche und Fenster sowie einer dichtbewachsenen, fantasievollen Außenanlage nachträglich versucht, den etwas langweiligen architektonischen Eindruck aufzupeppen.

Rieke steuerte direkt auf einen verglasten Anbau zu, in dem sich die Telefonzentrale befand. Auf ihre Frage hin erklärte ihr die junge Frau hinter der Glasscheibe mit Hilfe eines Mikrofons umgehend den Weg zur Geschäftsführung, deren Räume sich im ersten Stock dieses Hauses befanden, und meldete sie dort telefonisch an.

Während Rieke langsam die Treppe zum oberen Geschoss hinaufstieg, betrachtete sie eingehend die Bilder, die, den Abständen der Stufen folgend, an den Wänden aufgehängt worden waren. Es handelte sich dabei um gerahmte Fotos, die die Geschichte des Berufsbildungswerkes dokumentierten. Von der Grundsteinlegung über das Richtfest bis hin zu Einweihungsfesten baulicher Erweiterungen war nichts ausgelassen worden. Ganz interessant, aber etwas langweilig, dachte Rieke, der etwas mehr Farbe in dem schlichten Treppenhaus gut gefallen hätte. Schließlich befand sie sich im Flur des Obergeschosses und ging gemäß der Anweisung bis zu dessen Ende. Ohne auf das Schild zu achten, klopfte sie an einer von zwei nebeneinanderliegenden Bürotüren.

Statt einer Stimme, die Herein rief, wurde die Tür von einer eleganten, älteren Dame geöffnet. »Frau Senger, richtig? Meine Kollegin hat schon Bescheid gesagt, Frau Kleine-Schmitt erwartet Sie bereits. Kommen Sie doch bitte.« Ohne eine Antwort abzuwarten, drehte sie sich um und ging zu einem Raum, der direkt an ihr Büro grenzte. »Frau Senger von der Kriminalpolizei«, kündigte sie an, und zu Rieke gewandt: »Bitte.«

Rieke folgte der Bewegung ihrer Hand und betrat das Büro der Geschäftsführung. Eine Frau, Mitte vierzig, die so groß war wie sie selbst, kam ihr mit ausgestreckter Hand entgegen. »Guten Tag, Frau Senger, mein Name ist Kleine-Schmitt, nehmen Sie doch bitte Platz.« Rieke erwiderte den Druck der gepflegten, manikürten Hand und dachte, dass sich solche Hände irgendwie gut anfühlten. »Darf ich Ihnen etwas anbieten?«

»Nein danke, ich würde lieber gleich zur Sache kommen.«

Die Geschäftsführerin des Berufsbildungswerks, deren Äußeres Riekes Vorstellung einer klassischen Karrierefrau entsprach, schien Direktheit zu schätzen. »In Ordnung, was gibt es also?«

»Ich bin wegen eines Auszubildenden von Ihnen hier. Er ist möglicherweise Zeuge in dem Mordfall an der Wümme vor einer Woche.«

»Ich habe darüber gelesen. Um wen handelt es sich denn?«

»Um Ingo Precht.«

»Ach.«

Rieke war sich angesichts der Größe dieser Einrichtung sicher, dass die Geschäftsführerin nicht die Namen aller Jugendlichen kannte. Sie fragte nach. »Heißt ›Ach‹, dass Ihnen der Name etwas sagt?«

Frau Kleine Schmitt seufzte. »Etwas sagen trifft es nicht. Vermutlich ist er von den Auszubildenden derjenige, mit dem ich bislang am meisten zu tun hatte. Und keineswegs im positiven Sinne.«

»Können Sie mir das näher erklären?«

»Sicher. Was ich Ihnen sage, weiß hier ohnehin jeder. Ingo Precht absolviert eine Ausbildung zum Metallbearbeiter. Er ist ein gutes Jahr

hier, was in seinem Fall heißt, mehr Glück als Verstand zu haben. In dieser kurzen Zeit hat es mindestens drei Vorfälle gegeben, die seine Ausbildung gefährdet haben.«

»Was war das genau?«

»Exzessives Trinken und Gewalt gegenüber anderen Auszubildenden. Ingo Precht ist ein verrohter junger Mann, dem nie beigebracht wurde, dass die Grenzen anderer Menschen heilig sind.«

»Wieso ist er dann noch hier?« Rieke staunte angesichts des Langmutes, den man ihm gegenüber bewies.

»Tja, Frau Senger, Sie können uns nicht mit sogenannten normalen betrieblichen Maßstäben messen. Wir haben unter anderem den Auftrag, Menschen wie Ingo Precht erfolgreich durch die Ausbildung zu bringen, und das lässt der Staat sich etwas kosten. Von daher akzeptiert er auch nicht, wenn wir zu schnell aufgeben.«

»Aber ist das bei Menschen wie ihm nicht ganz falsch? Wie soll er denn jemals erwachsen werden, wenn sein Verhalten nie Folgen hat?« Riekes gesunder Menschenverstand sagte ihr, dass hier etwas verkehrt zu laufen schien.

»Sicher. Aber wenn er hier nicht bleibt, hängt er auf der Straße. Und das will niemand. Auch nicht aus dem Haus hier, ich will sagen, auch im Berufsbildungswerk findet er immer wieder Fürsprecher. Es ist also nicht nur Druck von außen, weswegen er noch nicht vor die Tür gesetzt wurde.«

Rieke dachte kurz nach, bevor sie ihre nächste Frage stellte. »Wenn Sie Ingo Precht kennen, sagt Ihnen der Name Sven Hartmann etwas?«

»Ja, aber nur aus der Zeitung. Ist das der Tote aus der Wümme?«

»So ist es. Den Verein Helfende Hände, den kennen Sie aber, oder?« Rieke hoffte, irgendwie voranzukommen, wobei ihre offensichtliche Hartnäckigkeit der Geschäftsführerin des Berufsbildungswerkes ein Lächeln entlockte.

»Natürlich, Frau Senger. Unsere größte Konkurrenz sollte ich wohl kennen!«

»Konkurrenz?«

»Na sicher! Wir haben größtenteils dasselbe Klientel und denselben Auftrag. Vielleicht gibt es bei uns ein paar körperbehinderte Auszubildende mehr, ich halte es aber für eine Frage der Zeit, wann die Helfenden Hände in dieser Hinsicht ihr Ausbildungsangebot vergrößern.«

»Das klingt nach ernstzunehmendem Wettbewerb.«

»Kann man wohl sagen. Sehen Sie, wir sind hier eine sogenannte Großeinrichtung. So etwas ist heute nicht mehr in, wir müssen sehr viel dafür tun, um unsere Vorteile, die wir kleinen Einrichtungen gegenüber haben, nach außen darzustellen. Da hat es Rolf Schwarze mit seinem Verein, den wunderschönen Resthöfen und dem Konzept der gegenseitigen Versorgung erheblich leichter.«

Rieke dachte an Schwarzes beruflichen Werdegang. »Sagen Sie, hat er eigentlich Vorteile durch seine frühere Tätigkeit beim Bremer Senat?«

»Puh, Frau Senger, nun wird's aber brenzlig. Ich glaube schon, dass er Vorteile hat. Unser Haus ist, totz der Kritik, die man daran haben kann, politisch immer noch akzeptiert. Schwarze aber hat uns, nicht nur was die politische Unterstützung betrifft, von Anfang an übertroffen. Wenn er Gelder für neue Projekte benötigt, ist das kein Problem. Und er macht nur große Projekte. Nun fragen Sie mich aber bitte nicht, wie er das macht oder wer sein Gönner ist. Keine Ahnung.«

Eine Weile schwiegen beide. Schließlich ergriff Frau Kleine-Schmitt das Wort. »Wollen Sie gleich mit Ingo Precht sprechen oder zuerst seinen Ausbilder oder einen anderen Mitarbeiter, der ihn gut kennt?«

»Nein, nur den jungen Mann selbst. Alles weitere behalte ich mir vor.«

Frau Kleine-Schmitt erhob sich, um ihre Sekretärin im Nebenraum zu instruieren. Kurz darauf klingelte das Telefon auf ihrem Schreibtisch.

»Hallo? Frau Lutz? Sie wissen bereits, worum es geht? Gut. Bitte holen Sie doch Frau Senger hier ab und bringen Sie sie zu Herrn Precht.

Er ist nicht in der Werkstatt, sondern krankgeschrieben? Nun, ich denke mit einer Erkältung kann man auch ein paar Fragen beantworten – Alles klar, danke!« Sie legte auf und lächelte Rieke an. »Frau Lutz arbeitet im Internat in der Wohngruppe von Ingo Precht.«

»Danke für das Gespräch. Ich geh dann mal.«

»Sie können gerne hier warten.«

»Nein danke, ich gehe schon mal nach unten. Ich hab schon genug Ihrer Zeit beansprucht, Frau Kleine-Schmitt. Also, auf Wiedersehen.«

»Auf Wiedersehen. Und wenn Sie meine Unterstützung brauchen, sagen Sie es nur.«

Während Rieke kurze Zeit später die Stufen zum Eingangsbereich hinabstieg, dachte sie, dass die Welt gut bestückt mit netten, intelligenten Frauen war. Schön, dass sie so viele von ihnen kennenlernte.

Frau Lutz verband den Weg zur Wohngruppe auf Riekes Wunsch hin mit einer kleinen, spontanen Führung durch das Berufsbildungswerk. Für die Durchführung ihrer Ermittlungen war das zwar nicht erforderlich, dafür aber umso besser für Riekes Neugierde.

Was sie sah, war schon beeindruckend. An die dreihundert Menschen wurden hier ausgebildet, weitere dreihundert waren hier angestellt. Das Ganze wirkte wie eine kleine, separate Stadt inmitten eines Stadtteils, was durch die geschlossene Anordnung der Gebäude noch betont wurde. Schließlich erreichten sie ein dreigeschossiges Haus, in dem die Jugendlichen in verschiedenen Wohngruppen zusammenlebten.

Ulrike Lutz kam zum Ende ihrer Ausführungen. »Auf den Etagen leben jeweils zwanzig Jugendliche in Einzel- und Doppelzimmern. Ingo hat übrigens ein Doppelzimmer, wohnt aber alleine, da der andere Platz nicht belegt ist. Ich bringe Sie jetzt in sein Zimmer. Er weiß auch schon, dass Sie kommen. Ich bin hier vorne im Büro, wenn Sie mich brauchen, rufen Sie, ich lass die Tür auf.«

Rieke bedankte sich und reihte Frau Lutz, die in ihrem Alter sein mochte, im Stillen in die Galerie der netten, intelligenten Frauen ein, die sie gedanklich kurz zuvor eröffnet hatte.

Das Klopfen an Ingo Prechts Zimmertür erwies sich lediglich als symbolischer Akt: Gegen die laute Musik von Rammstein wäre nicht einmal eine Polizeisirene angekommen. Ulrike Lutz schien das zu kennen. Sie marschierte kurzerhand in das Zimmer hinein.

»Dein Besuch ist da«, rief sie, nickte Rieke kurz zu und verließ den Raum wieder.

Rieke sah sich erst einmal um. Das Zimmer war möbliert wie vermutlich alle Zimmer hier. Funktional, aber nicht ungemütlich. Es wirkte ein wenig kahl, da keine Poster an den Wänden waren, dafür aber eine große Deutschlandfahne. Außer der Stereoanlage, einem Berg schmutziger Wäsche unter dem Waschbecken und einem Paar riesiger Springerstiefel neben dem Bett deutete nichts auf den Bewohner dieses Zimmers hin. Außerdem roch es trotz des geöffneten Fensters penetrant nach Schweißfüßen.

Ingo Precht hatte sich mittlerweile betont langsam vom Bett erhoben, auf dem er vorher gelegen hatte. Er trug eine verschlissene Jeans und ein abgetragenes T-Shirt, das überdies viel zu weit für seinen mageren Körper war. Rieke hatte Gelegenheit, ihn zu mustern, während er die Musik ausmachte. So sehen sie also aus, die alkoholgefährdeten Gelegenheitsschläger, dachte sie mit Blick auf seinen rasierten Schädel und seine dünnen Arme. Auch so einer, der sich Mut antrank, um sich überhaupt etwas zuzutrauen. Vermutlich brauchte er den auch manchmal, Rieke konnte sich kaum vorstellen, dass ein junges Mädchen dieses Gesicht, das an ein Frettchen erinnerte, ohne Weiteres anziehend fand.

Sie fand, dass es Zeit war, die Vernehmung zu eröffnen. Sie zog bedächtig ihre warme Jacke aus und hängte sie über einen Stuhl, der sich vor einem Tisch in der Mitte des Raumes befand. Dann lehnte sie sich gegen die Tischkante und verschränkte die Arme. Precht hatte sich wieder auf sein Bett gesetzt, sich aufrecht mit dem Rücken an die Wand gelehnt und die Beine im Schneidersitz überkreuzt.

»Okay, Herr Precht, ich bin Rieke Senger von der Mordkommission. Ich ermittle im Fall Sven Hartmann und habe gehört, dass Sie mit ihm befreundet waren. Stimmt das?«

»Wer sagt das?«, lautete die Gegenfrage.

Rieke wusste, dass sie das Gespräch straff führen müsste, damit er es ihr nicht durch ständiges Gegenhalten aus der Hand nahm. »Beantworten Sie bitte meine Frage.«

»Ich will erst wissen, wer das gesagt hat.«

»Nein. Erst antworten Sie.« Rieke nutzte die nun einsetzende Stille, um sich hinzusetzen.

Nach einer Weile sagte Ingo Precht: »Wir waren Kumpels.«

In diesem Moment erschallte von draußen laute Musik. Rihanna, dachte Rieke und versuchte, sich davon nicht ablenken zu lassen. »Hat er Ihnen erzählt, dass er irgendwas geplant hat?«

»Nein.« Die Antwort kam eindeutig zu schnell.

»Sicher?« Statt einer Antwort stand Ingo Precht auf und ging zum Fenster. Rieke hoffte, dass er sie von der Musik befreien würde, indem er das Fenster schloss, er sah jedoch lediglich hinaus. Sie wiederholte ihre Frage: »Sind Sie wirklich sicher, dass er Ihnen gegenüber nichts gesagt hat?«

Nach einer Weile drehte er sich zu ihr um: »Ja.« Sein Gesicht hatte einen verächtlichen Ausdruck angenommen, und seine Lippen formten ein Wort, dass sie aufgrund des Lärms von draußen nicht verstand. Plötzlich aber setzte die Musik aus, und es war sein Pech, dass sie nun hören konnte, was er seiner Antwort hinzufügte: »Bullenfotze.« Seine Beschimpfung hing in dem Raum wie die schlechtriechende Luft.

Rieke, die abwertende Äußerungen gegenüber Frauen grundsätzlich persönlich nahm, war mit einem Satz am Fenster, hatte Precht den Arm auf den Rücken gedreht und mit ihren neuen Regenschuhen von innen gegen seine Knöchel getreten, so dass er zwangsläufig die Beine spreizen musste.

»Das dürfen Sie nicht!« Ingo Precht hatte Mühe, ein Wort hervorzubringen. Wie zufällig verstärkte Rieke die Hebelwirkung ihres Armes ein wenig, was von ihm mit einem kurzen Schmerzensschrei quittiert wurde.

»Und, darf man sich so über Frauen äußern?«, fragte sie ihn gefährlich leise und ließ ihn genauso plötzlich wieder los, wie sie ihn festgehalten hatte.

Sie erntete einen hasserfüllten Blick. »Das durften Sie nicht«, wiederholte Ingo Precht und rieb sich den Arm.

Rieke griff nach ihrer Jacke und zog sie an. Dann wandte sie sich dem jungen Mann zu. »Ich glaube, wir reden besser nicht von dem, was man darf oder was man nicht darf. Sie sollten lieber versuchen, sich zu erinnern, ob Ihnen Sven Hartmann nicht doch etwas gesteckt hat. Schon in Ihrem eigenen Interesse. Wer etwas weiß, ist automatisch in Gefahr, ist doch logisch, oder?« Sie nahm eine Karte aus ihrer Jackentasche und legte sie auf den Tisch. »Hier, meine Nummer. Falls Ihnen doch noch etwas einfällt.«

In diesem Moment klopfte es, und Ulrike Lutz steckte ihren Kopf zur Tür herein. »Es war so ruhig, da dachte ich, ich sehe besser einmal nach.« Etwas unsicher sah sie von einem zum anderen.

Ricke sah sie freundlich an. »Sehr nett von Ihnen, aber wir sind schon fertig. Herr Precht hat prima mitgearbeitet.« Sie nickte den beiden zu und brauchte sich beim Hinausgehen nicht einmal umzudrehen, um die verdutzten Gesichter der zwei vor sich zu sehen.

Siebtes Kapitel

Weder Rieke noch einer ihrer Kollegen hatte angesichts des feucht-warmen Wetters Interesse, an einem der zahlreichen Glühweinstände auf dem Freimarkt zu verweilen. Mit dem Essen sah es da schon anders aus. Im Zickzackkurs marschierte die Gruppe von einem Stand zum anderen, und die Bäuche wurden abwechselnd mit Bratwurst, Fischbrötchen, Kartoffelpuffern und Schmalzkuchen gefüllt. Schließlich passte nur noch flüssige Nahrung hinein.

»Sechs Schnitten mit Schaum, bitte«, witzelte Kurt Michaelis, der Kollege von der Spurensicherung, und zwinkerte Rieke zu, während er eine Runde Bier für alle bestellte.

Scherzkeks, dachte Rieke und hoffte, er würde seine Aufmerksamkeit mal jemand anderem widmen als immer nur ihr. Glücklicherweise wich Neuhoff nicht von ihrer Seite.

Sie befanden sich an einem Getränkestand direkt gegenüber einem dieser neuen Karussells, bei deren waghalsigen Drehungen bereits das Zusehen schwindlig machte. Was das Fahren damit betraf, war keiner von Riekes Kollegen besonders mutig, sie selbst eingeschlossen. Stattdessen hatten sie bereits ein kleines Vermögen an den Schießbuden verpulvert, indem sie versucht hatten, sich hinsichtlich der Trefferquote gegenseitig zu überbieten. Rieke hatte dieser Ehrgeiz ihrer männlichen Kollegen eine beachtliche Anzahl Plastikblumen eingebracht, auf die sie liebend gerne verzichtet hätte, zumal sie sie nun mit sich herumschleppen musste.

»Ich finde, wir zeigen unserer neuen Kollegin einmal, wo hier die Post abgeht«, schlug Kurt Michaelis vor und zeigte mit dem Finger auf ein großes Festzelt, das sich neben dem Karussell befand. Keiner hatte etwas dagegen. Auf dem Weg dorthin versuchte er, seinen Arm unter den von Rieke zu schieben, was von dieser freundlich, aber bestimmt abgelehnt wurde. Außerdem erntete er dafür einen scharfen Blick von Neuhoff, was ihm tatsächlich etwas auszumachen schien. »Schon gut, schon gut«, brummte er, während er seinen Arm wieder wegnahm.

Schließlich betraten sie das Zelt, und Rieke verschlug die schlechte Luft einen Moment lang den Atem. Sie schien die einzige zu sein, der das etwas ausmachte, was angesichts der Unmengen von Bier, die über die Theke an die Tische gingen, nicht weiter verwunderlich war. Entsprechend dem Alkoholkonsum war die Stimmung unter den Anwesenden: Es wurde gelacht, gesungen und heftig geflirtet, was Kurt Michaelis sich sogleich zunutze machte, indem er Blickkontakt zu einer Blondine aufnahm, die mit mehreren Freundinnen an der Theke stand. Die ausgelassene Stimmung wurde noch von einer Band angeheizt, die gerade mit ein paar Oldies die Leute in Schwung brachte.

Rieke fand, dass es Zeit für ihren Einstand war, und spendierte eine Runde, die sie im Stehen einnahmen, da nirgendwo ein Platz frei war. Zu ihrer Erleichterung hatte Michaelis endlich von ihr abgelassen und es tatsächlich geschafft, mit der Blondine ins Gespräch zu kommen, soweit die Musik überhaupt eine Unterhaltung zuließ. Rieke war ganz froh, dass sie nicht reden musste, da die Band gerade ein Lied spielte, das sie an ihre erste Verabredung mit Ben erinnerte. Der Gedanke an ihn verursachte unmittelbar Herzflimmern bei ihr, ein untrügliches Zeichen, wie verliebt sie in ihn war.

»He«, Neuhoff stupste sie behutsam mit seinem Ellenbogen an, »so wie du gerade aussiehst, geht dir bestimmt nicht unser penetranter Kollege durch den Kopf, oder?« Er deutete auf Kurt Michaelis, der die Blondine mittlerweile ganz offensichtlich so nervte wie zuvor Rieke.

»Nein, bestimmt nicht«, lachte Rieke und entdeckte in der Menge auf einmal ein bekanntes Gesicht. »Guck mal, Andreas, wer da vorne sitzt.« Sie zeigte auf einen Tisch in unmittelbarer Nähe der Bühne.

»Typisch«, war dessen Reaktion, »geh über'n Freimarkt, und du triffst Leute, die du sonst nicht siehst.«

Nicht weit von ihnen saßen Rolf Schwarze und Henry Meierdirks in Begleitung von zwei Frauen. Eine der beiden kam Rieke bekannt vor; es war die Sekretärin, die sie kurz in der Geschäftsstelle der Helfenden Hände gesehen hatte, als sie mit Carmen Schütte dort war. Die andere war ihr fremd, jedoch vermutete Rieke, dass es sich um Schwarzes Frau handelte. Sie war teuer und elegant gekleidet, wobei die sorgfältig geschminkte Haut durch zuviel Tennisplatzsonne gelitten hatte und ihr so das Aussehen einer alternden Squaw verlieh. Sie trug denselben blasierten Gesichtsausdruck wie Schwarze zur Schau.

Neuhoff schien etwas Ähnliches zu denken. »Mit der Zeit werden sich Ehepaare immer ähnlicher, findest du nicht auch?«

Rieke nickte, und die beiden prosteten sich zu. Irgendjemand hatte eine neue Runde Bier geordert, wobei Rieke dankend ablehnte.

Schwarze hatte sie inzwischen bemerkt und winkte ihnen kurz zu. Beide erwiderten seinen Gruß. In diesem Moment setzte ein Schlager ein, der momentan die Charts stürmte und nach wenigen Takten das gesamte Zelt in Wallung brachte. Die vier waren in den wogenden Menschenmassen nicht mehr zu sehen. Rieke ließ sich immer mehr von der Stimmung um sich herum anstecken, schunkelte und wurde schließlich von Neuhoff sogar zu einem kleinen Tänzchen zwischen den Stuhlreihen aufgefordert.

Als sie sich kurz vor Mitternacht dankbar in ihr Bett fallen ließ, wusste sie nicht, was sie an diesem Tag mehr erschöpft hatte, ihre Arbeit oder der ausgiebige Besuch des Bremer Freimarktes.

»Egal«, dachte sie angenehm müde. »Hauptsache, ich bin endlich in meinem Bett.« Zufrieden kuschelte sie sich eng an Bens Rücken und schlief sofort ein.

Als um vier Uhr in der Frühe das Telefon klingelte und Rieke aus dem Tiefschlaf riss, war sie im Nachhinein froh über ihren geringen Alkoholkonsum am Abend zuvor, obwohl der Grund des Anrufes sie auch im entgegengesetzten Fall sofort nüchtern gemacht hätte. So dauerte es nur wenige Sekunden, und sie war hellwach.

»Es gibt Arbeit.« Neuhoffs Stimme klang müde. »Thilo Marquart ist tot.«

Jemand hatte die Idee gehabt, den Schalter der Treppenhausbeleuchtung mit Hilfe eines Klebestreifens so zu fixieren, dass nicht mehr andauernd das Licht ausging. Dieser kleine Trick erwies sich als genial, da in dem beengten Eingangsbereich des Hauses, in dem sich Marquarts Praxis befand, ein reges Kommen und Gehen herrschte.

Fast alle waren zeitgleich eingetroffen. Ein sichtlich verkaterter Kurt Michaelis wies mit barscher Stimme seine Kollegen von der Spurensicherung an, während Rieke und Neuhoff mit den Polizisten sprachen, die von einem Mieter des Hauses gerufen worden waren. Ein Arzt untersuchte derweil die Leiche.

Rieke fühlte sich beklommen. Normalerweise hatte sie bei Leichenfunden immer eine gewisse Distanz, die ihr über diesen Teil ihrer Arbeit hinweghalf. Anders verhielt es sich, wenn sie die Person noch lebend kennengelernt hatte. Angesichts ihres Gespräches mit Thilo Marquart, das nicht einmal vierundzwanzig Stunden zurücklag, konnte sie sich auf seine Ermordung keinen Reim machen. Es sei denn, er wusste mehr, als er zugegeben hatte.

Neuhoff schien die Gefühlslage seiner Kollegin zu ahnen und übernahm unabgesprochen die Leitung der Ermittlungen. Zunächst sprach er mit dem Mieter, der die Polizei verständigt hatte und nun auf die Erlaubnis wartete, wieder in seine Wohnung im ersten Stock gehen zu dürfen.

Rieke inspizierte die Praxis, wo man Marquart in seinem Büro gefunden hatte. Bedächtig ging sie durch die Räume, die sie noch wenige Stunden zuvor neugierig betrachtet hatte. Bevor sie das Büro betrat, zögerte sie in der Hoffnung, dass das, was sie vorfinden würde, nicht allzu gräßlich sein würde.

»Mein Gott, ist das widerlich.« Der Arzt klappte mit einer energischen Bewegung seinen Untersuchungskoffer zu. »Erschlagen wurde er, mit dieser Schale da.« Er zeigte auf ein schweres Gefäß aus Metall, eine tibetanische Klangschale, die blutverschmiert auf dem Boden lag.

»Todeszeit?« Rieke bemühte sich um Sachlichkeit.

»Gestern abend zwischen sieben und elf, ist aber nur unter Vorbehalt.« Er lächelte schwach. »Neu hier?«

»Ja, war vorher in Ostfriesland.« Rieke wollte auf keinen Fall als Anfängerin gesehen werden.

»Denn man einen guten Start, wenn man das so sagen darf.« Der Arzt blinzelte ihr wohlwollend durch seine dicken Brillengläser zu, und Rieke dachte, dass sein Job in diesen Situationen mindestens genauso mies war wie ihrer.

Er hatte mit seiner Äußerung nicht übertrieben. Marquarts Leiche lag zusammengesackt vor der Rückseite seines Schreibtisches, und es war selbst für einen Laien offensichtlich, dass ihm jemand auf dem Weg dorthin von hinten den Schädel zerschlagen hatte. Er war über dem Schreibtisch zusammengebrochen und hatte, während er in Richtung Fußboden zusammensackte, eine ekelerregende Spur aus Blut und Gehirnmasse auf der Tischplatte hinterlassen. Rieke musste tief Luft holen und ihre gesamte Routine aufbringen, um den Anblick zu ertragen.

In diesem Moment betrat Neuhoff den Raum. »Oh, mein Gott«, entfuhr es ihm, und die Erschütterung war ihm anzusehen. Instinktiv stellte er sich neben seine Kollegin und hätte ihr am liebsten beschützend den Arm um die Schulter gelegt.

»Es ist zwar mein Job, aber ich werde nie begreifen, dass man morgens noch mit jemand gesprochen hat, dessen Leiche man abends findet. Verstehst du das?« Rieke sprach leise, obwohl das nicht nötig gewesen wäre.

Statt einer Antwort nickte Neuhoff, da ihm keine passende einfiel. Während Rieke noch wie erstarrt war, begann er, sich in dem Raum umzusehen. »Sag mal«, begann er, während er versuchte, sich das Zimmer in seinem ursprünglichen Zustand vorzustellen, »du warst doch schon mal hier. Da hat das doch sicher anders ausgesehen, oder?« Er unterstrich seine Worte mit einer ausholenden Handbewegung.

Erst jetzt nahm Rieke das unglaubliche Chaos um sich herum wahr. Nichts schien mehr an seinem Platz zu sein: Die Bücher und zahlreichen Souvenirs waren von den Regalen gefegt worden, alle Schubladen des Schreibtisches herausgezogen und ausgeräumt, Datensticks und CDs lagen auf dem Fußboden verstreut. Alles deutete darauf hin, dass jemand in höchster Eile und ohne jegliche Systematik etwas gesucht hatte.

»Und, schon irgendeine Vermutung?« Kurt Michaelis hatte den Raum betreten. Seine beiden Kollegen schüttelten wortlos den Kopf. »Nun, dann scheint es mir zur Abwechslung ja einmal besser zu gehen als euch, ich habe nämlich etwas. Einen schönen, dicken Fußabdruck.«

Für zehn Uhr war eine Lagebesprechung angesetzt.

Rieke war viel zu aufgekratzt gewesen, um noch schlafen zu können, und hatte die wenige Zeit zwischen ihrer Rückkehr nach Hause und dem Dienstbeginn genutzt, um am frühen Morgen Inlinern zu gehen. Auf diese Weise war sie einen Teil ihrer Anspannung losgeworden. Anschließend hatte sie sich, verschwitzt wie sie war, einen Moment lang auf ihr Bett gelegt und Ben beim Schlafen zugesehen. Er hatte heute seinen freien Tag und ihr versprochen, den Wagen endlich umzumelden. Sie kam momentan einfach nicht dazu. Leise erhob sie

sich, um Ben nicht zu wecken, und setzte in der Küche Tee auf. Sie würde erst einmal duschen und dann frühstücken.

Der Fall würde sie eine Weile förmlich absorbieren, das wusste sie aus Erfahrung. Umso wichtiger war es, gewisse Alltagsgepflogenheiten beizubehalten. Das war die einzige Chance, sich nicht ganz in der Arbeit zu verlieren.

Rieke nahm sich an diesem Morgen bewusst viel Zeit für die Körperpflege. Nach der Dusche cremte sie sich von Kopf bis Fuß mit Rosenöl ein und gönnte ihren flachsblonden Haaren eine Kurpackung, die unter einem Turban aus Frottee in die Kopfhaut einzog, während sie selbst in ihre Jeans und einen pistazienfarbenen Rollkragenpullover schlüpfte.

Auf diese Weise ausstaffiert, ging sie in die Küche und zwang sich, etwas zu essen, während sie darauf wartete, dass sich der Kandis in dem heißen schwarzen Tee auflöste. Erst jetzt erlaubte sie sich, wieder an ihre Arbeit zu denken.

Während sie ihre Haare von der Verpackung befreite, überschlugen sich in ihrem Kopf die Bilder der Nacht. Thilo Marquart, wie er vor seinem Schreibtisch lag, das Chaos in seiner Wohnung, aber auch das schöne, starre Gesicht von Sven Hartmann tauchte zwischendurch vor ihrem inneren Auge auf.

Sie stand auf, um sich im Bad die Haare zu kämmen. In ihren Gedanken formte sich ein überdimensionales Puzzle, bei dem nichts zusammenpassen wollte. Wo anfangen, sinnierte sie, während sie ihre Haare fönte. Bislang hatte noch nichts auf die richtige Spur geführt. Vielleicht würde zur Abwechslung ja mal dieser geschwätzige Kurt Michaelis was finden, dachte sie grimmig, nachdem er sich doch so über diesen Fußabdruck gefreut hatte! Mit einem energischen Ruck zog sie den Stecker des Föns aus der Dose. Es würde sich nun zeigen, ob Neuhoff und sie wirklich das Team waren, für das sie sich mittlerweile hielten.

Achtes Kapitel

Ich kann Ben gut verstehen, dachte Rieke und ließ verärgert ihr Fernlicht aufblinken, nachdem sie bereits das dritte Mal innerhalb einer Viertelstunde von einem Raser mit dem Auto genötigt worden war.

Bei der Besprechung am Morgen war ihr und Neuhoff mitgeteilt worden, dass Rieke praktisch alleine vor der ganzen Fleißarbeit stand, die erfahrungsgemäß in den nächsten Tagen anfiel. Am Tag zuvor war die Leiche eines Kindes gefunden worden, und das gesamte öffentliche Interesse richtete sich nun auf diesen Mord. Die Führungsspitze der Polizei hatte im Eiltempo alle in Frage kommenden Mitarbeiter, unter anderem auch Neuhoff, zusammengetrommelt und auf diesen Fall angesetzt, um die Emotionen in der Bevölkerung nicht noch zusätzlich hochkochen zu lassen.

»Viel zu wenig Leute, aber alle sollen überall zur Stelle sein«, brummte Rieke und fragte sich genervt, wann diese endlos gerade Bundesstraße nach Rotenburg endlich zu Ende war. Sie hielt sich exakt an Neuhoffs Wegbeschreibung, der ihr verschwiegen hatte, dass die Fahrt auf dieser Strecke mitunter einem Kamikazeunternehmen gleichkam. Bis auf die Trecker der Landwirte schienen es alle hier besonders eilig zu haben. Die zahlreichen Hinweisschilder auf Tempo achtzig sowie die vielen Überholverbote wurden offenbar als Aufforderung zum zivilen Ungehorsam empfunden und konsequent ignoriert.

Dankbar nahm Rieke den Hinweis auf die Abfahrt nach Rotenburgs Stadtmitte zur Kenntnis und warf einen flüchtigen Blick auf

Neuhoffs Zettel mit der Beschreibung auf dem Beifahrersitz, während sie das Tempo verlangsamte. Es konnte eigentlich nicht mehr allzu weit sein. Das Restaurant lag in direkter Nähe zur Amtsbrücke, auf der man die Wümme überquerte und auf das Zentrum der Stadt zufuhr. Tatsächlich hatte sie zehn Minuten später ihr Ziel erreicht.

Während sie ihr Auto auf dem Restaurantparkplatz abstellte, verging ihre schlechte Laune und machte einer Niedergeschlagenheit Platz, die sie häufiger überfiel, wenn sie schlechte Nachrichten zu überbringen hatte. Sie klingelte an einem Nebeneingang des Fachwerkhauses, in dessen Erdgeschoss sich das *Lampenputzer* befand, ein Spezialitätenrestaurant für die regionale Küche. Ein sympathisch wirkender Mann, den Rieke auf Mitte vierzig schätzte, öffnete kurz darauf die Tür. »Sie müssen Frau Senger sein, kommen Sie doch bitte rein.«

Durch den freundlichen Empfang fühlte Rieke sich nur noch beklommener. »Danke.«

Den Mann schien ihre etwas sparsam ausgefallene Antwort nicht weiter zu stören. Während er ihr signalisierte, ihm die Treppe hinauf zu folgen, sprach er in unvermindert freundlichem Ton weiter. »Ich habe meiner Frau von Ihrem Anruf berichtet, als sie vom Einkaufen zurückkam. So, da wären wir. Maus, du musst mal eben beiseite gehen, damit Frau Senger und ich hier durchkönnen.«

Sie waren im oberen Geschoss des Hauses angelangt und kamen nicht weiter, weil die Treppe mit einem Absperrgitter gesichert war. Der Grund dafür war eindeutig besagte Maus, ein kleines Mädchen, dessen fusselige Haare Rieke an die frisch geschlüpften Küken auf dem Hof ihrer Eltern erinnerten. »Das ist Marie, unsere Tochter«, erklärte Horst Schütte unnötigerweise, da die Kleine ihm wie aus dem Gesicht geschnitten war.

»Das ist nicht zu übersehen«, erwiderte Rieke, was Horst mit einem stolzen Lächeln quittierte, während er das Gitter hinter ihnen schloss. In diesem Moment kam Carmen Schütte dazu, die sich offensichtlich über den Besuch der sympathischen Kommissarin freute. Bei Rieke

hingegen zog sich angesichts dessen, was ihr bevorstand, der Magen zusammen. »Hallo, Frau Schütte.«

»Guten Tag, Frau Senger, schön, Sie zu sehen. Kommen Sie doch mit mir ins Wohnzimmer.«

Rieke nickte stumm und blieb Sekunden später einen Moment lang überrascht vor dem großen Fenster stehen. »Was ist das für eine schöne Aussicht, die Sie hier haben!«

Carmen lachte. »Der Raum mit dem Ahhh-Effekt, jeder bleibt erst mal stehen und sagt ›Wie schön‹, genau wie Sie jetzt. Zuletzt übrigens Thilo Marquart, von seinem Besuch hier hatte ich Ihnen ja bereits erzählt.«

Weiter kam sie nicht, da ihr Mann den Raum betrat, eine Kinderjacke in der Hand haltend. Neben ihm stand Marie und betrachtete ausgiebig die langen Haare der Besucherin. »Wenn ich hier nicht gebraucht werde, gehe ich mit der Kleinen jetzt Oma Elli abholen.« Fragend sah er nacheinander seine Frau und die Kommissarin an.

Rieke kam Carmen zuvor, die gerade antworten wollte. »Ich glaube, Sie sollten hierbleiben, die Kleine aber besser nicht. Können Sie sie irgendwie beschäftigen, so dass wir drei ungestört sind?«

Ohne nach dem Grund zu fragen, lotste Horst Marie umgehend in ihr Zimmer und schien ihr den Geräuschen zufolge dort etwas aufzubauen. Kurz darauf kam er alleine zurück und setzte sich neben seine Frau auf die Couch. Rieke nahm auf einem Sessel Platz. Die beiden sahen sie erwartungsvoll an.

»Ich möchte nicht lange um den heißen Brei herumreden«, hob Rieke an, »wir haben heute früh Thilo Marquart in seiner Praxis gefunden. Er wurde umgebracht.«

»Mein Gott!«, entfuhr es Horst Schütte. Seine Frau dagegen blieb ganz still, presste sich jedoch die Hand vor den Mund. Das führte dazu, dass Rieke ihre Frage kaum verstand. »Wie bitte?«

Carmen nahm die Hand weg und wiederholte sich. »Wie?« Sie räusperte sich. »Wie ist es geschehen?«

»Er wurde erschlagen. Ein Mieter aus dem Haus, der von einer Freimarktsfeier kam, ist in die Praxis gegangen, da die Tür einen Spalt weit aufstand. Und das morgens um vier.« Rieke schien die Neugierde dieses Mannes erklären zu wollen. Es war offensichtlich, dass ihr trotz aller Professionalität die Fortsetzung dieses Gespräches nicht leicht fiel. Sie wandte sich an Carmen, die bleich und fassungslos die Hand ihres Mannes hielt. »Frau Schütte, bei allem Respekt vor Ihren Gefühlen. Haben Sie Thilo Marquart noch nach Ihrem Besuch hier gesprochen, hat er Ihnen irgendetwas erzählt, was uns bei der Suche nach seinem Mörder helfen könnte?«

Carmen schien sie nicht zu hören, so dass Rieke ihre Frage wiederholen musste, um eine Antwort zu erhalten. »Nein, ich habe Thilo seit seinem Besuch bei uns nicht mehr gesehen … Aber ich muss jetzt meine Schwester informieren!«

»Sie ist über die Kollegen in Hamburg informiert worden.«

»Bitte entschuldigen Sie mich.« Abrupt erhob sich Carmen und verließ eilig das Zimmer. Kurz darauf konnte man an den Geräuschen im Badezimmer erkennen, dass sie sich übergab.

Rieke erhob sich ebenfalls. »Ich melde mich noch mal.«

Horst, der sichtbar gezeichnet von den Ereignissen war, nickte nur stumm und brachte sie zur Tür. Auf dem Weg dorthin kamen sie am Kinderzimmer vorbei, wo Marie auf der Erde vor einem CD-Radiorekorder saß und gespannt einem Kinderlied lauschte.

»Hört sie wohl gerne?«

Horst nickte. »Marie liebt das, besonders wenn man danach noch tanzen kann.« Gedankenverloren blickte er auf seine Tochter, die mit einer Ernsthaftigkeit den Klängen der CD lauschte, wie man sie nur bei Kindern findet.

»Also, falls noch etwas ist … Ihre Frau hat meine Nummer.«

Er nickte und reichte ihr die Hand, was sie irgendwie nett fand. »Bitte halten Sie uns auf dem Laufenden.«

»Selbstverständlich.« Rieke ging, ohne sich umzudrehen, mit

schnellen Schritten die Treppe hinunter. In Gedanken war sie bereits dabei, ihr heutiges Arbeitspensum in machbare Einzelteile zu zerlegen. Nummer eins: Bewältigung der Dead-Line Bundesstraße 75, dachte sie grimmig. In Bremen würde es an die akribische, polizeiliche Ermittlungsarbeit gehen, und zwar überwiegend ohne Neuhoff. Es half nichts, durch ihren ersten Bremer Fall musste sie nun weitestgehend alleine durch.

Keinen Gedanken verschwenden an das Unabänderbare. Die Worte kamen trotzig, aber bestimmt. Sie startete ihren Wagen. Und mal ganz abgesehen davon, von so einer nervtötenden Bundesstraße würde sie sich schon gar nicht kleinkriegen lassen.

Eine knappe Stunde später traf sie wieder in ihrer Dienststelle ein. Neuhoff war von seinen Ermittlungen vor Ort zurück und versuchte gerade, sich mit Hilfe einer Tasse Kaffee zu dopen. Angesichts seines müden Gesichtsausdrucks ein eher sinnloses Unterfangen.

»Eh, Neuhoff, wie wär's mit einer Mütze Schlaf?« Rieke versuchte es auf die lockere Art, hatte damit aber wenig Erfolg.

»Komm du erst mal in mein Alter, dann werden wir weitersehen.« Seine Antwort kam schärfer als beabsichtigt, und das bestürzte Gesicht seiner jungen Kollegin stimmte ihn augenblicklich versöhnlich. »Ist schon okay, Rieke, also, was hast du herausgefunden?«

Rieke berichtete von ihrem Besuch in Rotenburg, und Neuhoff zeigte sich betroffen. »Ach, das tut mir wirklich leid für Frau Schütte. Hat sie trotzdem irgendetwas erzählt, was uns weiterbringt?«

»Nein, das konnte sie gar nicht, so geschockt wie sie war.« Rieke legte resigniert den Kopf in die Hände. »Und wir sind genauso schlau wie zuvor.«

»Von wegen, Rieke, es kommt noch dicker: Marc Buske ist nicht zum Seminar erschienen. Ich habe mich schon darum gekümmert, er ist wie vom Erdboden verschluckt.«

Rieke schien verblüfft. »Wusste er von deinem Gespräch mit Meierdirks?«

»Der sagt ja. Er hat es offensichtlich für seine verwandtschaftliche Pflicht gehalten, ihn darüber zu informieren.« Neuhoff griff nach einer Mappe auf seinem Schreibtisch. »Ich habe noch mal gründlich meine Notizen von Montag über die Gespräche mit Janine Meisner und der Klinik wegen Buske durchgesehen. Es geht keinen Schritt voran. Die Meisner war wie immer dicht, und in der Klinik wussten sie auch nichts Neues, außer dass die beiden seinerzeit in derselben Gesprächsgruppe waren. Aber das weißt du ja bereits alles.«

»Hast du eine Meldung rausgegeben?«

Neuhoff nickte. »Ach ja, noch was: Unser Westentaschen-Casanova hat die Analyse des Fußabdrucks reingereicht. Sieh es dir mal an.« Wie zum Trost reichte Neuhoff ihr einen Umschlag, den sie umgehend öffnete.

Sie brauchte nur wenige Minuten, um die knappen Ausführungen des Kollegen von der Spurensicherung zu lesen. Unvermittelt sprang sie auf und kippte dabei fast ihren Stuhl um.

»Was ist denn nun?«

»Ich kenne den Schuh, der hier beschrieben ist. Was ist, kommst du mit? Wir holen uns den Kerl!«

Mehr brauchte sie nicht zu sagen. Neuhoff hatte bereits nach seiner Jacke gegriffen und folgte seiner Kollegin, wobei er Mühe hatte, mit ihrem Tempo Schritt zu halten.

Mittlerweile verzog sich Carmen Schüttes Magen zu Krämpfen, ohne dass es überhaupt noch etwas auszuspucken gab. Sie lag zusammengekrümmt auf ihrem Bett und fror wie im Fieber. Ihr Mann hatte sie zugedeckt und ihr einen Eimer neben das Bett gestellt, was sie kaum zu bemerken schien. Sie starrte gegen die Wand und versuchte mit aller Kraft die Erschütterung von sich fernzuhalten, die sie wie ein Sog in die Tiefe zog. Nur am Rande nahm sie wahr, dass sich immer wieder die Tür öffnete und jemand nach ihr sah. Die Hände, die ihr

dabei über das Gesicht strichen und ihre Stirn fühlten, spendeten ein wenig Trost, ohne dass sie hinsehen musste, um zu erkennen, wer gerade bei ihr war. Elli zum Beispiel duftete schwach nach Kölnisch Wasser und die Hände ihres Mannes nach Calendula-Kindercreme und After-Shave.

Nach und nach löste sich Carmens Erstarrung und machte einer tiefen Trauer Platz. Schließlich lag sie laut weinend auf dem Bett und hörte auch nicht auf damit, als sich die Tür abermals öffnete. Die Hand, die sie dieses Mal berührte, fühlte sich klebrig an und roch nach Schokolade. Als gleich darauf ein weicher, etwas abgegriffener Stoffhund in ihren Arm gelegt wurde, schien es Carmen, als ob sie diese Geste in die Wirklichkeit zurückholen würde. Gerührt wollte sie ihre Tochter zu sich heranziehen, doch die Tür klappte erneut zu. Scheinbar war die Kleine instruiert worden, ihre Mutter auf keinen Fall zu stören. Auf diese Weise getröstet, hörte Carmen langsam auf zu weinen, und ihr Magen beruhigte sich. Sie nahm Maries Lieblingskuscheltier dankbar in den Arm und schloss die Augen.

Als kurze Zeit später ihr Mann nach ihr sah, stellte er erleichtert fest, dass sie tief und fest schlief.

Ingo Precht schien bei seiner Verhaftung relativ gelassen zu sein, was sich schlagartig änderte, als er realisierte, wer seine Vernehmung übernehmen würde. Neuhoff irritierte die offensichtliche Verunsicherung des jungen Mannes, die unverkennbar Rieke galt, die ihrerseits erstaunlich ruhig auf den Verdächtigen einging. »Nun, Herr Precht, wir kennen uns ja bereits, und Sie wissen, dass wir Sie mit der Ermordung Thilo Marquarts in Verbindung bringen. Haben Sie uns dazu etwas zu sagen?«

Ingo Precht war anzusehen, dass er gedanklich noch an der Strategie arbeitete, die er fahren wollte. Schließlich hellte sich sein Gesicht auf. »Ich will gar nix sagen, wenn nicht so'n Anwalt hier ist.«

Rieke schien mit diesem genialen Schachzug gerechnet zu haben. »Ist alles schon in die Wege geleitet«, verkündete sie vollmundig zu Neuhoffs Erstaunen. »Es stünde Ihnen dennoch gut an, uns zu erzählen, was Sie wissen.« Ihr Gesicht nahm einen plump vertraulichen Ausdruck an, als sie sich zu Precht hinüberbeugte. »Wissen Sie, auf den Erhalt Ihres Ausbildungsplatzes hat der Anwalt auch keinen Einfluss.« Sie betrachtete eingehend ihre kurzen, aber tadellos manikürten Fingernägel, bevor sie fortfuhr. »Ich wollte damit auch nur sagen, dass es Ihnen im Hinblick auf Ihre Akzeptanz im Berufsbildungswerk nicht schaden würde, wenn Sie sich hier kooperativ zeigten, nur mal so unter uns.« Sie ignorierte Ingo Prechts Irritation und wandte sich an Neuhoff. »Kaffee, Herr Kollege?« Und zu Precht: »Sie auch einen?« Nachdem sie die wortlose Zustimmung der beiden zur Kenntnis genommen hatte, rauschte sie förmlich aus dem Zimmer.

Zurück blieben zwei sprachlose Männer, wobei sich Neuhoff gehalten fühlte, die Vernehmung fortzusetzen. »Frau Senger hat vollkommen recht, Sie sollten mit uns reden. Angesichts des Abdruckes, der von Ihrem Stiefel stammt, bleibt Ihnen über kurz oder lang ohnehin nichts anderes übrig.«

Ingo Prechts scheinbare Arroganz brach wie ein Kartenhaus in sich zusammen, und sein magerer Körper krümmte sich. Unvermittelt schluchzte er los. »Ich war das nicht, ich habe ihn nicht getötet.« Er schüttelte sich und war offensichtlich bemüht, durch heftiges Augenzwinkern eine Träne zu produzieren.

Inzwischen war Rieke mit drei Bechern dampfenden Kaffees zurückgekehrt, die sie geschickt auf ihrem Schreibtisch absetzte, um sie von da aus zu verteilen. Ohne fragen zu müssen, nahm sie die Veränderungen im Raum wahr. Wortlos reichte sie Ingo Precht ein Papiertaschentuch, was ihn zu überraschen schien. Sie sah ihn auffordernd an, was seine Wirkung nicht verfehlte. Er redete tatsächlich. »Ich habe ihn nicht totgehauen.«

»Aber Sie wissen, dass er erschlagen wurde«, fiel Rieke ihm ins Wort, da sie sich erinnerte, bei seiner Verhaftung lediglich von Marquarts Ermordung gesprochen zu haben.

»Ich weiß, dass er getötet wurde.« Ingo Prechts Stimme klang gepresst. »Ich habe ihn ja schließlich gesehen, wie er dalag, mit völlig zermatschtem Kopf.«

»Warum waren Sie denn da?« Neuhoff hatte kein Interesse an langen Ausschweifungen.

Prechts Antwort überraschte alle. »Er hat mich angerufen und gefragt, ob ich noch an diesem Tag kommen könnte.«

»Wie wär's mit chinesisch?« Neuhoff schien von seiner Idee begeistert.

Rieke stöhnte genervt. »Okay, ich gebe zu, dass ich Hunger habe, aber was heißt bei dir chinesisch? Uncle Ben's Reiswaffeln aus dem Supermarkt, oder was?«

Als wenn er so etwas erwartet hätte, antwortete ihr Kollege prompt mit einem generösen Unterton in seiner Stimme. »Natürlich nicht, meine Liebe, ich kenne da ein vorzügliches Restaurant gar nicht weit von hier, und ich würde dich dorthin sogar einladen.«

Weiter kam er nicht, da Rieke bereits im Gehen begriffen war. »Schon gut«, antwortete sie beim Hinausgehen. »Man soll niemanden an seinem Glück hindern!« So hungrig, wie sie war, hoffte sie nur, dass sie beide in diesem Fall dasselbe unter Glück verstehen würden.

Neuhoff hatte nicht zuviel versprochen. Das Lokal befand sich nicht einmal zehn Minuten von ihrer Dienststelle entfernt in dem Stadtteil, der, wie Rieke mittlerweile wusste, Horn genannt wurde. Hier gab es das übliche All you can eat-Mittagsbuffet zum kleinen Preis.

Nachdem sie ihre Getränke bestellt hatten, gingen Neuhoff und Rieke an das reichhaltige Rondell und stellten zu ihrer beider Überraschung fest, dass sie die süßsaure Suppe, die als Vorspeise angeboten wurde, beide favorisierten.

»Sie muss aber ein bisschen scharf sein«, hob Neuhoff an, und Rieke ergänzte: »und nicht so leimig.« Angetan von dem Einverständnis, das nach so kurzer Zeit bereits zwischen ihnen herrschte, prosteten sie sich mit ihren alkoholfreien Bieren zu.

Rieke wischte sich mit der Hand den Bierschaum vom Mund, bevor sie aussprach, was sie die ganze Zeit beschäftigte. »Sag mal, Andreas, glaubst du Ingo Precht?«

»Ja, das tue ich. Ich glaube ihm übrigens auch die Aussage, dass ihm Sven Hartmann nur von einem großen Geschäft vorgeprahlt hat, ohne genaueres darüber zu sagen. Weißt du, Rieke, man kann das drehen und wenden wie man will, aber der Bursche hatte kein Motiv für den Mord, mal ganz abgesehen davon, dass ich ihn trotz seiner Aggressivität für unfähig halte, so was zu machen. Der ist wie ein älterer BMW-Kombi: große Klappe, wenig dahinter.«

»Aber warum Thilo Marquart ihn angerufen hat, weißt du auch nicht, oder?«

»Nein, weiß ich nicht. Aber der hat zumindest mehr gewusst, als er dir gegenüber gesagt hat, soviel steht fest.«

Rieke dachte nach. »Könnte ja auch sein, dass er noch etwas erfahren hat, nachdem ich gegangen bin.« Sie spielte mit den Bierdeckeln, die in einem kleinen Plastikbehälter auf dem Tisch standen. »Ich denke da zum Beispiel an sein Gespräch mit Janine Meisner, das an dem Tag noch anstand.«

Gemeinsam gingen sie wieder zum Buffet, um sich die Teller mit dem Hauptgang zu füllen. Neuhoff blickte anerkennend auf das Rondell mit der reichhaltigen Auswahl. Wieder entschieden sich beide für das gleiche: Ente mit acht Kostbarkeiten.

Zurück am Tisch wandte Neuhoff sich Rieke zu. »Borgfeld ist nicht weit von hier. Ich denke, das Wümmehaus könnte mal wieder einen Besuch von uns vertragen.«

»Und was ist mit deinem anderen Fall?«

»Ach Rieke, ich bin ein freier Mensch, zumindest im Prinzip.«

Neuhoff lächelte wissend, und seine Kollegin war sich nicht sicher, ob das dem Fall galt oder nur seine Vorfreude auf das Essen ausdrückte. Sie beschloss, dass sie Neuhoffs Motive nicht weiter interessieren sollten, sie war viel zu erleichtert darüber, dass er mitkommen würde. Janine Meisner nach Marquarts Tod zu befragen, war etwa so schwierig, wie ihre Freundin Insa aus dem familiären Chaos zu befreien. Oder, dachte sie mit einem Blick auf ihre Umgebung, wie in einem chinesischen Restaurant Pellkartoffeln bestellen zu wollen.

Gegen sieben Uhr abends hatte Neuhoff Rieke nach Hause geschickt, da offensichtlich war, dass dieser Tag nichts Neues an Erkenntnissen bringen würde. Nun lag sie völlig erschöpft auf ihrem Bett und ließ sich von Ben massieren. Ein ausgiebiges Bad hatte die gröbsten Verspannungen gelöst, während Ben im Anschluss daran sein möglichstes tat, um auch noch den kleinsten verhärteten Muskel weichzukneten. Er erwies sich dabei als äußerst geschickt, wobei es ihm schwerfiel, seine Hände nicht über Riekes schöne Hüften gleiten zu lassen. Da sie ihm jedoch von vornherein signalisiert hatte, für erotische Spielereien viel zu müde zu sein, ließ er es gar nicht erst auf einen Versuch in dieser Richtung ankommen. »Willst du nicht ein bisschen über deinen Fall reden?« Ben wusste, dass man an den Erlebnissen in ihrem Beruf ersticken konnte, wenn man nicht darüber sprach.

»Ich wäre ja froh, wenn ich etwas zu erzählen hätte.« Riekes Stimme klang müde und ein wenig resigniert. »Die erste richtige Spur ist scheinbar ein Flop. Der Verdächtige war am Tatort, da war Marquart bereits tot. Für die Zeit vorher hat der junge Mann ein Alibi, von dem ich sicher bin, dass es der Überprüfung durch uns standhält. Der andere Verdächtige, von dem wir eigentlich noch gar nicht genau wissen, was er mit allem zu tun hat, ist nach wie vor spurlos verschwunden. Sein Bild geht jetzt an die Zeitungen, vielleicht meldet sich dann ja jemand,

der ihn gesehen hat. Tja, und unsere kleine, verhuschte Zeugin weiß angeblich auch nichts, weder wo Buske stecken könnte noch sonst etwas. Und das, obwohl sie scheinbar die letzte war, mit der Thilo Marquart länger gesprochen hat.«

»Verhuschte Zeugin?« Ben lächelte angesichts dieser Umschreibung.

»Na gut, nicht verhuscht, sondern psychotisch. Und ziemlich intelligent, wenn du mich fragst.«

Rieke dachte an ihren Besuch im Wümmehaus am Nachmittag. Janine Meisner hatte erschreckend ausgesehen, sich während des Gespräches aber erstaunlich ruhig gezeigt. Neuhoff war mit seiner Gesprächsführung genausowenig erfolgreich gewesen wie zuvor Rieke. Marquarts Ratschlag, im Gespräch mit Janine bei sich zu bleiben, hatte sich als wenig praktikabel erwiesen und eher das Gegenteil bewirkt. Im Kontakt mit Janine Meisner waren alle verunsichert und hatten zudem ständig das Gefühl, auf sich selbst zurückgeworfen zu werden. Rieke seufzte.

»Zu fest?« Ben hielt einen Moment lang inne.

»Nein, es ist gut so.« Rieke lachte leise. »Mein Seufzer galt nicht dir, sondern der verfahrenen Ermittlung. Aber wer sagt denn, dass das so bleiben muss«, murmelte sie, während sie Ben zu sich heranzog.

Weiter kamen sie nicht, da das Telefon läutete.

»Wer geht?«

»Der, der noch was anhat.« Mit diesen Worten erhob sich Ben und ging zum Flur, um das Telefon zu holen.

Rieke zog sich derweil die Decke bis unter das Kinn, da sie anfing zu frieren. Bens Reaktion im Hinblick auf den Anrufer ließ sie aufhorchen.

»Na, das ist ja schön, dass du mal anrufst. Ist alles in Ordnung bei euch? Ich geb dir Rieke mal, die sitzt hier schon mit großen Augen und fragt sich, wer am anderen Ende ist.« Ben gab den Hörer an Rieke weiter, die zu ihrer Überraschung die Stimme ihrer Mutter vernahm.

»Mama, du? Ist was passiert?«

»Nein, keine Sorge, mir geht es gut, und Papa auch. Ich hielt es aber für richtig, dich anzurufen und zu informieren.«

»Worüber?«

»Deine Freundin Insa ist heute vorübergehend hier eingezogen.«

»Was?«

Ihre Mutter wechselte unwillkürlich zwischen Hochdeutsch und Plattdeutsch hin und her. »Rieke, nu stell di doch net so an, Insa is hier bi uns, mit her Kinner. Ick heb se int Gästekamer inquarteert.«

»Do bünn ich doch nu baß erstaunt«, entfuhr es Rieke, die das Selbstverständnis ihrer Mutter irritierte. »Worum dat denn, Mama?«

Anneliese Sengers Stimme wurde sehr ernst. »Se is von her Mann verhaun worden, Rieke, und dat net to knapp. De her Gesicht is ja hel verquollen. To hern Ollen kann se net gehen, de glöben doch dissen fienen Herrn Doktor eher als de eegen Dochter. Un denn full her in, dat se doch solang bi uns blieben kann, bit de Gäste weer kommen. Se wull dat ock betalen. Aber dat hebb ick gliek offbagen, ich nehm doch von her in disse Laag keen Geld!«

»Dat hest du goot makt, Mama. Wo is se denn grad, kann ich mal mit her proten?«

»Nee, se slöpt, de is hel erledigt. Focko is mit de groote Jung bi de Schaap, und de Lütt slöpt bi sin Moder.«

»Denn grött se all van mi un segg Insa, wenn se weer kloor is, se sall mi mal anropen.«

»Mak ick, Rieke, und gröt du dien Ben van mi.«

»Dat do ick. Tschüß, Moder!«

Rieke wandte sich Ben zu, der mit verständnislosem Gesicht dem Gespräch gefolgt war. »Nun stell dir das mal vor, Insa ist bei meinen Eltern, weil ihr feiner Gatte sie verprügelt hat! Mama sagt, sie hat sie in eins der Gästezimmer einquartiert, da sie nicht zu ihren Eltern gehen kann. Die würden eher ihrem Mann als der eigenen Tochter glauben!« Rieke schüttelte empört den Kopf. »Unfassbar! Ach ja, und grüßen soll ich dich noch.«

Nach dem Telefonat war die erotische Stimmung, die den Abend bis dahin begleitet hatte, endgültig vorbei. »Was hältst du von einem kleinen Spaziergang mit einem Schlenderschluck in unserer Stammkneipe?« Ben versuchte, ganz pragmatisch den Abend zu retten.

Rieke schwang sich aus dem Bett. »Ich wusste schon, warum ich einen Bremer Polizisten wollte. Sind doch verdammt kluge Männer.«

Ben nahm sie in den Arm. »Und nicht nur das, ziemlich verliebt sind sie auch noch.«

Gut gelaunt und Arm in Arm verließen die beiden kurz darauf ihre Wohnung, um noch etwas von dem Abend zu retten, der so vielversprechend begonnen hatte.

Neuntes Kapitel

Das norddeutsche Herbstwetter schlug Kapriolen. Die Temperatur der Luft war zu mild für die Jahreszeit, und heftige Sturmböen trieben immer wieder Regenschauer über das Land.

Carmen Schütte saß im Büro des Wümmehauses und sichtete die Konzepte und Beschreibungen des Hauses. Die meisten der Auszubildenden hatten die beginnenden Herbstferien in der Berufsschule mit Urlaubstagen in der Ausbildung verknüpft und waren zu ihren Eltern gefahren. Nun war es ungewohnt still im Haus, und dennoch fiel es Carmen schwer, sich auf ihre Arbeit zu konzentrieren. Ihr Blick schweifte immer wieder aus dem Fenster in den Garten, wo die Wassermassen, die in unregelmäßigen Intervallen gegen die Scheiben schlugen, nur schemenhaft die Konturen der Bepflanzung erkennen ließen. Sie zwang sich, weiter in der Selbstdarstellung des Wümmehauses zu lesen, die sie sprachlich ein wenig an die Gutsherrenart von Rolf Schwarze erinnerte.

Vielleicht hab ich deswegen so wenig Lust, mich damit zu befassen, dachte sie. Oder Horst hatte einfach Recht gehabt, als er sie für verrückt erklärte, gleich wieder arbeiten zu wollen, nachdem sie sich zwei Tage zuvor noch die Seele aus dem Leib gekotzt hatte. Das stimmte in gewisser Weise sogar, fuhr sie im Stillen fort, während sie erneut versuchte, etwas durch die beschlagenen Scheiben zu erkennen. Sie wäre tatsächlich verrückt geworden, wenn sie nicht gearbeitet, sondern dem Impuls nachgegeben hätte, sich unter der Bettdecke zu verkriechen, bis man Marquarts Mörder gefunden hätte. Hier zu

sitzen und wenigstens den Versuch machen, zu arbeiten, war immer noch besser als zu Hause zu warten und die ganze Familie schließlich noch mit ihrer Unruhe anzustecken.

Ilse Beckers Reaktion auf ihr Erscheinen hatte sie denn auch in dieser Entscheidung bestätigt. Ilse hatte sie freudig in den Arm genommen und sie sich, warum auch immer, sichtlich entlastet gefühlt. Im Gespräch erfuhr Carmen dann, dass seit Tagen die Hölle los war, im Wümmehaus wie in der Geschäftsstelle des Vereins. Ständig riefen Leute an, besorgte Eltern, aber auch Presse und Regionalfernsehen. Man wollte Informationen zu den Todesfällen. Rolf Schwarze versuchte, das meiste von der Einrichtung fernzuhalten. Er erwies sich dabei als geschickt und routiniert, was ihm von Carmen einen gewissen Respekt einbrachte. Trotzdem hatte Ilse Mühe, innerhalb des Hauses für eine gewisse Ruhe zu sorgen. Sie war schließlich mehr als erleichtert, dass der Ferienbeginn genau in diese Tage fiel und das Haus sich schlagartig leerte.

»Wir hatten in diesen Tagen auch noch zahlreiche Mitarbeiterausfälle durch Grippe«, beendete sie ihre Ausführungen, »so dass ich hier nur noch am Rotieren war. Eigentlich hätte ich heute dringend zum Arzt gemusst, aber nicht mal das ist zu schaffen.« Sie überlegte, sich noch eine Zigarette anzuzünden, obwohl sie kurz zuvor erst eine geraucht hatte.

Carmen nickte verständnisvoll. Solche Situationen kannte sie gut aus ihrer früheren Tätigkeit als Leiterin eines Wohnheimes. Manchmal gab es keinen Feierabend, bevor nicht alles geregelt war, und selbst dann nahm man gedanklich noch viel mit nach Hause. Der Vorschlag, den sie Ilse Becker spontan machte, resultierte aus der Erfahrung, dass man mitunter ein wenig Entlastung brauchte, um in diesem Beruf wieder aufzutanken. »Hör mal, Ilse. Wie viele von den Jugendlichen sind noch da?«

»Drei von den Männern und Janine. Die hat sich übrigens wacker geschlagen in diesen Tagen, selbst als sie noch mal verhört worden ist.

Die vier bleiben auch hier, fahren also nicht nach Hause. – Warum fragst du?«

»Dann mach für heute Schluss. Ich bin da, so dass immer jemand im Haus ist, wenn die Jugendlichen Gesprächsbedarf haben. Ich bleibe, bis die Nachtbereitschaft kommt.«

Ilse war die Überraschung anzusehen, die Carmens Angebot bei ihr auslöste. Einen kurzen Moment schwankte sie zwischen Pflichtgefühl und dem dringenden Wunsch, Feierabend zu machen.

Carmen versuchte, ihr Mut zu machen. »Nur zu, Ilse, es ist doch alles rechtens. Ich bin vom Fach, und Mitarbeiterin der Helfenden Hände bin ich auch. Und wenn du immer noch unsicher bist, ruf Schwarze an und hol dir sein Okay.«

Der letzte Satz schien Ilse an ihre Kompetenzen zu erinnern, und sie winkte lächelnd ab. »Soweit kommt das noch, nix da, das entscheide ich schön alleine.« Sie wurde wieder ernst. »Kannst du das denn wirklich machen, Carmen, ich denke da an deine Familie, die auf dich wartet.«

»Kann ich, sonst hätte ich es nicht angeboten. Elli, Maries Adoptivoma, ist bei uns und passt auf.«

»Adoptivoma?«

Nun lachte Carmen. »Wir nennen sie so, weil sie nicht wirklich mit uns verwandt ist. Du siehst, du kannst beruhigt gehen. Ich ruf eben zu Hause an und sage Bescheid, dass es später wird.«

Und so kam es, dass Carmen an diesem verregneten Tag allein im Büro des Wümmehauses saß und versuchte, für ihre Arbeit die nötige Konzentration aufzubringen.

Mittlerweile hatte die Dämmerung eingesetzt, und das trommelnde Geräusch des Regens verursachte ein wohliges Gefühl bei ihr, wie es sie immer überkam, wenn sie an solchen Tagen warm und trocken irgendwo drinnen sitzen konnte. Sie hatte sich so an diesen monotonen Rhythmus gewöhnt, der als einziges die Stille in dem Büro durchbrach, dass sie zusammenzuckte, als es an der Tür klopfte. Ohne eine

Antwort abzuwarten, betrat Janine Meisner den Raum und blieb sichtlich verblüfft stehen, als sie Carmen erblickte.

»Oh, entschuldigen Sie, ich dachte, Ilse wäre da.«

»Heute nicht mehr. Ich vertrete sie, bis die Nachtbereitschaft kommt. Übrigens, mein Name ist Carmen Schütte.«

Janine hatte sich wieder gefangen. »Ich weiß, wer Sie sind, ich war dabei, als Ilse Sie vorgestellt hat.«

Einen Moment lang schwiegen beide. Schließlich war es Carmen, die das Wort ergriff. »Kann ich denn irgendetwas für Sie tun?«

Janine zuckte betont langsam die Schultern. »Weiß ich nicht.«

»Was wissen Sie nicht?«

»Ob Sie auch den Verband an meinem Arm wechseln können.«

»Wenn Sie möchten, kann ich es.«

»Wenn Sie unbedingt wollen. Verbandszeug ist da im Schrank.« Sie deutete auf einen kleinen Medizinschrank neben dem Regal, der zu Carmen Überraschung nicht verschlossen war, obwohl er neben Pflaster, Mullbinden und ähnlichem auch Medikamente enthielt. Sie suchte sich alles Notwendige heraus, während Janine bereits ihren alten Verband löste.

Aus ihrer Zeit als Heimleiterin war Carmen einiges gewohnt, was die Versorgung von Wunden betraf. Vorrangig war es dabei um oberflächliche Schnittverletzungen gegangen, die sich die damaligen Bewohnerinnen mit Hilfe von Drahtbürsten und Rasierklingen zugefügt hatten, was jedoch eher demonstrativen Charakter hatte und in Carmens Kolleginnenkreis »ritzen« genannt wurde.

Der Anblick von Janines Wunden dagegen ließ einen Moment lang ihren Atem stocken, und ihr ohnehin schon angegriffener Magen rebellierte vor Entsetzen. Da sie spürte, dass Janine jede ihrer Reaktionen genauestens beobachtete, bemühte sie sich jedoch, nach außen hin absolute Gelassenheit zu zeigen. Mit Blick auf die tiefen Fleischwunden, die offenbar immer wieder am Verheilen gehindert wurden und mittlerweile durch ein paar Brandverletzungen ergänzt worden waren,

konnte sie sich die Frage jedoch nicht verkneifen: »Tut das nicht sehr weh?«

»Ich merke davon nichts.«

Janines lapidare Antwort rührte Carmen zutiefst. Nein, dachte sie traurig, du merkst es tatsächlich nicht, und ich frage mich, ob du dir so weh tun musst, um überhaupt noch etwas zu fühlen.

»Stimmt es, dass Sie Thilo Marquart gut kannten?«

Janines Frage riss Carmen aus ihren Gedanken. »Er war ein guter Freund meiner Schwester.« Carmen konnte nichts daran ändern; alleine die Erwähnung seines Namens trieb ihr die Tränen in die Augen. Sie konzentrierte sich auf den Verband. »Sie kannten ihn auch ganz gut, oder?«

Janine schien die Frage genauso aus der Fassung zu bringen wie zuvor Carmen. Plötzlich fiel ihr ganzes aufgesetzte Getue von ihr ab, und sie wirkte nur noch wie ein verstörter Teenager. »Ja, leider«, erwiderte sie kaum hörbar.

»Leider?« Carmen traute ihren Ohren nicht.

»Ja, leider.« Janine senkte den Kopf, und Carmen rechnete jeden Moment damit, dass sie anfing zu weinen. »Wenn ich ihn nicht gut gekannt hätte, würden er und Sven noch leben.«

Carmen wusste, dass sie dicht vor der Beantwortung vieler Fragen stand, und sie überlegte, wie sie das Gespräch am Laufen halten könnte. Weit kam sie damit nicht, da ein junger Mann in das Büro stürmte. »Ich brauch ganz schnell den Ball für den Kicker, Ilse ... Oh.« Wie schon zuvor Janine blieb auch er verblüfft stehen.

Carmen hätte ihn umbringen können, da sie sicher war, dass Janines zaghafter Versuch, sich ihr mitteilen zu wollen, damit unwiederbringlich beendet war. Sie erhob sich und zwang sich, freundlich zu sein. »Wo ist denn der Ball?«

Der junge Mann hatte die Sprache wiedergefunden. »In der Schublade von Ilses Schreibtisch. Wo ist sie denn eigentlich, ist sie krank?«

»Nein, sie hat frei, und ich vertrete sie, bis die Nachtbereitschaft kommt.« Carmen reichte ihm den Ball.

»Danke.« Er verschwand genauso schnell, wie er gekommen war.

Janine hatte sich bereits erhoben und reichte Carmen den verbundenen Arm. Ihr Gesicht hatte wieder den gewohnt undurchdringlichen Ausdruck angenommen.

Carmen befestigte den Verband mit Pflaster. »Vielleicht können wir ja ein anderes Mal weiterreden …« Sie wollte es wenigstens versucht haben, obwohl sie Janines Antwort bereits im voraus wusste.

»Wozu?«

»Sie wissen, wozu.«

Janine zuckte nur die Schultern und verließ wortlos das Büro.

Carmen setzte sich wieder an den Schreibtisch und blickte resigniert durch das Fenster in die Dunkelheit. »Du weißt doch ganz genau, wozu«, murmelte sie, »wenn eine es weiß, dann du.«

»Sagt sie zu mir mit spitzem Mund, also meine Liebe, ich finde Rotenburg mit seinen Einkaufsmöglichkeiten ziemlich provinziell, da bin ich doch etwas anderes gewöhnt … Sage ich, meine Güte, Frau Bolle, dann ziehen Sie doch am besten gleich in die Mönckebergstraße nach Hamburg, da haben Sie dann endlich Ihr Großstadtflair!«

Elli hatte sich sichtlich in Rage geredet, wobei Carmen wusste, dass diese kleinen Kabbeleien zwischen Elli und ihrer Nachbarin aus der Wohnanlage nicht ernstzunehmen waren, sondern die beiden alten Damen in Schwung hielten und regelrecht von ihnen kultiviert wurden.

»Ich meine, das ist doch wirklich dünkeliger Altweiberblödsinn, dass Rotenburg nichts bietet! Liegt vielleicht auch an jedem selbst, wie man sich hier fühlt«, fügte sie spitz hinzu, »ich für meinen Teil kann mich jedoch nicht beklagen. Ich bekomme alles in den Geschäften, was ich brauche, und werde überall zuvorkommend bedient.«

Das stimmt nun wirklich, dachte Carmen, die angesichts ihres Tages im Wümmehaus Ellis Geplauder wenig Aufmerksamkeit schenkte.

Seitdem sie alle nach Rotenburg gezogen waren, hatte Elli sich am schnellsten von ihnen hier eingelebt. Ob es beim Buchladen in der Goethestraße war, wo sie umsichtig und geduldig im Hinblick auf Bilderbücher für Marie beraten wurde, beim Bäcker an der Ecke, der neben Backwaren in der Mittagszeit Salate und Aufläufe verkaufte, oder in den Textilgeschäften, in denen sie Stammkundin war: Elli war überall bekannt wie ein bunter Hund, und diejenigen, die mit ihr zu tun hatten, mochten diese humorvolle, agile Frau.

»Na ja«, fuhr Elli plötzlich milder gestimmt fort, »sie hat ja auch keine Familie, das prägt, da wird man natürlich etwas eigen.«

Carmen konnte sich ein Lächeln nicht verkneifen. Elli machte auch noch nicht lange in Familie, aber sie machte es hundertprozentig, das musste man ihr lassen. Inzwischen hatten alle Beteiligten vergessen, dass gar kein reales Verwandtschaftsverhältnis zwischen Elli und Carmens Familie bestand, so innig waren sie miteinander verbunden. Und Marie hätte sich keine bessere Oma wünschen können.

Elli hatte längst realisiert, dass Carmen nur mit einem Ohr zuhörte. »Sag mal, was war denn eigentlich heute los im Wümmehaus, dass du so abwesend bist?«

Irgendwie schön, dass man ihr so wenig vormachen kann und muss, dachte Carmen, bevor sie Elli die Lage schilderte. »Ich mache mir große Sorgen«, schloss sie ihre Ausführungen, »diese Janine Meisner ist meinem Gefühl nach kurz vorm Absturz.« Sie bückte sich, um einen Topf in den Schrank neben der Spüle zu stellen, dann wandte sie sich wieder Elli zu. Ihre Besorgnis war unverkennbar. »Ich habe heute ihren Arm verbunden, Elli. So was habe ich in meinem ganzen Berufsleben noch nicht gesehen. Sie hat sich Schnitte bis auf den Knochen zugefügt und erneuert sie ständig, so dass sie nicht verheilen. Ein Wunder, dass sie damit nicht längst im Krankenhaus gelandet ist, ich

vermute jedoch, dass das in der ganzen Aufregung der letzten Tage untergegangen ist.«

»Worin besteht denn deine Angst?«

»Dass sie sich etwas antut.«

»Und warum gerade jetzt?«

»Weiß ich nicht. Aber ich bin sicher, dass sie sich mir heute mitgeteilt hätte, wenn wir nicht gestört worden wären.« Carmen hängte das Geschirrtuch zum Trocknen auf die Heizung. »Und dieser eine gescheiterte Versuch wird sie einknicken lassen, Elli. Das habe ich einfach im Gefühl. Das Mädchen ist randvoll mit Gefühlen, die sie mit brachialer Gewalt gegen sich wendet. Und irgendwann reicht das mit der Schere nicht mehr.«

Elli war ebenfalls anzusehen, dass sie die Lage für ernst hielt. Wie immer siegte jedoch ihre praktische Ader über die gefühlsmäßige. »Weißt du was, Carmen, ruf doch einfach im Wümmehaus an und erkundige dich nach dieser Janine. Vielleicht kann der Nachtdienst ja auch mal öfter nach ihr sehen?«

Statt zu antworten, strich Carmen ihr zärtlich über das Gesicht. »Wenn ich dich nicht hätte, dann …«

Weiter kam sie nicht, da Elli sich abrupt abwandte, um die Spüle abzuwischen. »Ist ja gut«, brummte sie, offensichtlich ihre Rührung versteckend, »nun ruf schon an.«

Carmen brauchte für das Telefonat erstaunlich lange. Als sie den Hörer wieder aus der Hand legte, war sie sichtlich verstört. »Sie ist verschwunden, Elli. Hatte bis eben nicht mal jemand bemerkt, weil jeder dachte, sie schliefe bereits. Ihre Medikamente hat sie auch aus dem Schrank im Büro geklaut. Die Nachtbereitschaft meint, eigentlich wäre der Schrank immer verschlossen, aber heute war er offen. Das habe ich selbst bemerkt, als ich das Verbandszeug herausnahm. Janine hat es vermutlich gewusst und diesen Umstand genutzt.«

»Und was jetzt?«

»Sie alarmieren die Polizei.«

»Willst du nicht hinfahren?«

»Und Marie?«

»Ich bin doch schließlich auch noch da! Ich bleibe, bis Horst Feierabend hat oder du wieder hier bist.« Carmen zögerte, doch Elli gab nicht nach. »Ich kenn dich. Wenn du hier rumsitzt, wirst du nur unzufrieden, also fahr hin und hilf bei der Suche. Vielleicht hast du ja sogar eine Idee, wo sie sein könnte.«

Carmen ging zur Garderobe, um ihre Jacke zu holen. Zum Abschied nahm sie Elli in den Arm, die sich das gern gefallen ließ. »Ich habe tatsächlich eine Idee, wo sie stecken könnte. Ich bin mir sogar ziemlich sicher.« Sie öffnete die Wohnungstür, und Elli konnte gerade noch ein flüchtiges »drück mir die Daumen« vernehmen, bevor unten die Haustür ins Schloss fiel.

Zehntes Kapitel

Das stürmische verregnete Wetter hatte Ephraim Matuschinski nicht daran hindern können, wie jeden Abend eine Zeitlang auf seiner Lieblingsbank oben auf dem Wümmedeich zu verweilen. Eine alte, mit Fahrradflicken ausgebesserte Regenjacke hielt ihn während dieser Zeit erstaunlich trocken und sperrte sogar den kalten Wind aus. Hin und wieder leuchtete er mit einer Taschenlampe das Wasser an, das stetig stieg und unerbittlich das Ufer emporklomm, als wolle es daran erinnern, wer hier der Herr im Hause war.

Er seufzte. Naturschauspiele solcher Art zogen ihn magisch an, und er bedauerte zutiefst, dass er angesichts der Kälte, die langsam in ihm hochkroch, nicht länger draußen bleiben konnte. Er steckte die Lampe in die Tasche seiner Regenjacke und erhob sich mühselig. Scheinbar war er verfrorener, als er bemerkt hatte; Zeit, schnell in sein Häuschen zurückzukehren, das nur wenige Minuten entfernt war.

Zu seiner Überraschung war noch jemand anderes unterwegs. Das unregelmäßige Flackern einer Lampe deutete auf ein Fahrrad hin, das bei diesem Wind sicher nur schwer zu fahren war. Es war zu dunkel, um noch mehr erkennen zu können, außer, dass das Licht direkt auf ihn zukam. Plötzlich, in der Höhe des Weges, der zu seinem Haus führte, erlosch es so unmittelbar, wie es zuvor aufgetaucht war. Dem Geräusch nach zu urteilen war das Rad umgefallen.

Matuschinski beschleunigte seinen Gang, so gut es seine angegriffenen Bronchien zuließen. Nervös nestelte er seine Taschenlampe aus der Jacke, schaltete sie an und hielt sie direkt in die Richtung des

Fahrrades, das er in kürzester Zeit fixiert hatte. Es lag tatsächlich auf dem Boden, so, als wenn es jemand achtlos hingeworfen hätte. Von seinem Besitzer war indes weit und breit nichts zu sehen.

Während Matuschinski noch irritiert vor dem Rad stand, warf jemand einen großen Stein ins Wasser. Sofort richtete er seine Taschenlampe auf die Stelle, von wo aus er etwas gehört hatte. Was er dort erblickte, ließ ihn einen Moment lang vor Entsetzen erstarren. Im hellen Schein seiner Lampe waren nur noch die fächerförmig auf dem Wasser ausgebreiteten Haare eines Menschen zu erkennen.

Als Rieke am Abend der Anruf erreichte, saß sie gerade am Schreibtisch in ihrem Büro und war damit beschäftigt, die Ergebnisse ihrer Recherchen zu sichten, die sie im Hinblick auf Thilo Marquart zusammengetragen hatte. Es war so, wie sie es erwartet hatte: Er war ein angesehener Therapeut gewesen, der, finanziell abgesichert durch eine Erbschaft, nur wenige Klienten hatte, die er neben den Jugendlichen im Wümmehaus und anderen Häusern der Helfenden Hände psychologisch betreute.

Das Haus, in dem sich seine Praxis befand, gehörte ihm, ebenso eine kleine Wohnung direkt an der Weser. Eine ziemlich privilegierte Lebenssituation, fand Rieke, die sich, genau wie Ben, ihr Geld ziemlich sauer verdienen musste. Seinen Ruf als Womanizer führte er dagegen zu unrecht. In dieser Hinsicht war er wie viele Singles auf Zufallsbekanntschaften angewiesen, und seine Beziehung mit Susanne Schütte, der Schwester von Carmen, war ebenfalls Schnee von gestern. Lediglich eine kleine Überraschung hatte es gegeben: Marquart spielte hin und wieder. Aus seinen Unterlagen war hervorgegangen, dass er unterschiedliche Casinos aufgesucht hatte, wobei nichts auf eine Spielsucht oder sonstige Probleme hindeutete. Alles ganz normal, dachte Rieke frustriert, und wie üblich hatten alle, die enger mit Marquart zu tun gehabt hatten, für den Zeitpunkt seines Todes ein Alibi.

In diesem Moment klingelte das Telefon.

Was Rieke nun erfuhr, ließ sie in Windeseile ihre Sachen zusammenraffen. Der Schweiß brach ihr aus: Janine Meisner, die mutmaßliche Kronzeugin in zwei Mordfällen, befand sich nach einem missglückten Suizidversuch auf der Kippe zwischen Leben und Tod.

Vorsichtig, als könne er noch gar nicht glauben, was er da fühlte, strich Ephraim Matuschinski über die gestärkte Krankenhausbettwäsche. Behutsam zog er sich seine Decke bis unter das Kinn und streckte sich behaglich darunter aus. Er hatte ganz vergessen, wie schön es war, in einem komfortablen Zimmer mit Heizung zu schlafen, und war froh, sich nicht dagegen gewehrt zu haben, als man ihn hierbehalten wollte.

Und erst die Krankenschwestern! Nachdem sie von der Polizei erfahren hatten, dass er dieses junge Ding in letzter Minute aus dem Wasser gefischt hatte, behandelten sie ihn wie einen kleinen König und wurden nicht müde, ihm immer wieder zu sagen, wie tapfer es doch gewesen sei, bei dieser Kälte in einen Fluss zu springen!

Wenn Matuschinski ehrlich war, und das war er eigentlich immer, musste er zugeben, dass er überhaupt nicht darüber nachgedacht hatte, ob das Wasser kalt war oder sonst etwas. Vielmehr hatte er überlegt, ob er wohl genug Halt an dem Schilf hätte, um sich und das Mädchen rausziehen zu können. Langsam drohte die Person unterzugehen. Er musste sich entscheiden, was er denn ja auch getan hatte. Es hatte tatsächlich funktioniert. Nicht einmal um Hilfe hatte er sich anschließend kümmern müssen. In dem Moment, als er mit der jungen Frau das Ufer erreichte, tauchte auf dem Deich eine Frau auf, die nach dem Mädchen gesucht hatte und sofort den Krankenwagen rief, als sie sah, was da passiert war.

Matuschinski hatte schon befürchtet, nie wieder richtig warm zu werden. Er hatte vor Kälte geklappert, als die Sanitäter ihn in eine Decke wickelten und zu seiner Verwunderung in den Krankenwagen

verfrachteten. Im Krankenhaus angekommen, wollte man ihn über Nacht dabehalten, zur Beobachtung, wie es hieß, und weil sich seine Lunge nicht so gut anhörte.

Und nun lag er hier, wohlig warm und höchst zufrieden mit sich und der Welt. Zur Feier des Tages hätte er gerne noch ein kleines Täfelchen Schokolade gegessen, aber man konnte nun mal nicht alles haben. Der Gedanke an seine Lieblingsspeise hatte seinen Speichelfluss in Gang gesetzt, und er konnte den süßen, sahnigen Geschmack förmlich schmecken.

Ein leises Klopfen stoppte seine Assoziationen. Ohne eine Antwort abzuwarten, wurde die Tür geöffnet, und eine große, blonde Frau betrat das Zimmer. Da er der einzige Patient war, steuerte sie direkt auf ihn zu. »Ephraim Matuschinski?« Ihre Stimme war angenehm und passte zu ihrer Erscheinung.

Er nickte beklommen. Was hatte das nun wieder zu bedeuten?

»Ich bin Rieke Senger von der Bremer Mordkommission und würde mich gerne mit Ihnen unterhalten. Geht das schon, oder sind Sie noch zu erschöpft?«

Abermals nickte er nur. Er war es nicht gewohnt, dass man sich für seine Befindlichkeit interessierte. Die Frage verunsicherte ihn. Er hielt mit beiden Händen seine Bettdecke umklammert, als könne sie ihn vor dem beschützen, was nun kommen würde.

»Ach ja, fast hätte ich es vergessen. Leider gab es um diese Zeit keine Blumen.« Rieke reichte ihm eine kleine Schachtel Pralinen, nicht wissend, dass sie damit seinen ganz persönlichen Code geknackt hatte.

Sie bekam jedoch eine leise Ahnung davon, als sie sah, mit welcher Ehrfurcht er die Schachtel entgegennahm und öffnete. Vorsichtig, als handele es sich um einen Schatz, nahm er eine Praline aus der Plastikhülle und steckte sie sich bedächtig in den Mund. Es schien, als wolle er sich nicht eine Sekunde des Genusses entgehen lassen, da er seine Augen schloss, während er sich die Praline auf der Zunge zergehen ließ.

Rieke betrachtete ihn fasziniert. Sie selbst bezeichnete sich als chocoholic, was jedoch nichts mit dem Genuss gemein hatte, den sie gerade erlebte, sondern eher mit Zwanghaftigkeit. Ihr Gegenüber hatte mittlerweile die zweite Praline im Mund, und Rieke beschloss mit den Fragen zu beginnen. »Bitte erzählen Sie mir doch, wie das heute abend am Deich abgelaufen ist.«

Matuschinski nickte abermals, warf einen bedauernden Blick auf die noch gut gefüllte Schachtel, und beschloss, alles zu erzählen. Was er zu sagen hatte, dauerte fast eine Stunde, da er immer wieder nach Worten suchen musste, um die Fragen dieser geduldigen Kommissarin richtig zu beantworten.

Als Rieke ihn schließlich verließ, war sie ein gutes Stück vorangekommen. Vor allen Dingen wusste sie eines: Neuhoffs Gefühl, etwas übersehen zu haben, war zutreffend. Sie hatten beide nicht aufgepasst, und zwar ganz am Anfang ihres ersten gemeinsamen Falles.

Es war acht Uhr morgens. »Du siehst müde aus.« Neuhoff schob seiner Kollegin einen Kaffee zu.

»Bin ich auch, aber wem sag ich das.« Rieke nahm den Becher ohne ein Wort des Dankes entgegen.

Stimmt, dachte Neuhoff, der ebenfalls völlig erschöpft war, und wenn das mit der Personalausstattung so weitergeht, knicken wir hier alle nach und nach ein. »Gibt's was Neues von Buske?«

»Nein, gibt es nicht. Ich habe es allerdings noch nicht geschafft, mit seinen Freunden zu sprechen, möglicherweise haben die noch ein paar Ideen, wo er stecken könnte. Aber etwas anderes muss ich dir sagen: Du hattest recht, Andreas, mit deinem Gefühl.«

»Mit meinem Gefühl?« Neuhoff konnte sich nicht erinnern, mit ihr jemals über seine Gefühle gesprochen zu haben.

Rieke strich sich eine Haarsträhne aus dem Gesicht, das heute so glanzlos wirkte wie sie selbst. »Ganz genau, erinnerst du dich nicht

mehr? Als ich in Ostfriesland war, haben wir beide telefoniert, und du hast gesagt, du würdest das Gefühl nicht los, etwas übersehen zu haben, richtig?«

»Mhm.« Typisch, dachte Neuhoff leicht genervt, wenn es um die Erkundung männlicher Gefühle ging, waren Frauen unglaublich penetrant.

»Ist ja auch egal«, fuhr Rieke scheinbar gleichmütig fort, »du hattest jedenfalls recht.«

»Wieso?«

»Weil wir nicht gründlich waren, Andreas, sondern uns blind auf die Aussage eines Kollegen verlassen haben, die eigentlich nur eine Annahme war.«

»Mein Gott Rieke, nun mach's doch nicht so spannend.«

»Na gut, ich will mal nicht so sein.« Rieke lehnte sich in ihrem Schreibtischstuhl zurück, und es war offensichtlich, dass sie Spaß daran hatte, Neuhoff auf die Folter zu spannen. »Als wir zur Wümme gerufen wurden, an meinem ersten Arbeitstag, hat unser großer Frauenfreund, Kurt Michaelis, erzählt, an der Stelle des Deiches, wo man die Leiche gefunden habe, würde niemand wohnen. Wir haben das so übernommen. Beim Einwohnermeldeamt hätte man es auch bestätigt, aber ganz Borgfeld weiß, dass dort ein kleines Wochenendhäuschen dauerhaft bewohnt wird, und zwar von einem gewissen Ephraim Matuschinski.«

Neuhoff war sichtlich beeindruckt. »Gehe ich recht in der Annahme, dass dieser Matuschinski was gesehen hat?«

»So ist es. Allerdings hat er nichts gesehen, sondern etwas gehört. Genaugenommen war es das Gespräch zwischen Sven Hartmann und seinem Mörder.«

Neuhoff stieß einen leisen Pfiff aus. »Donnerwetter.«

»Das kannst du wohl laut sagen. Nun, es war so: Ephraim Matuschinski ist krank, hat Fieber und ›schwärre Husten‹, wie er es selbst nennt. Es ist ein kalter Oktoberabend, und er liegt in seinem klammen

Häuschen im Bett, als er Stimmen hört. Zwei Männer streiten sich oben auf dem Deich. Als es kein Ende nimmt, steht er auf, geht hinaus und leuchtet mit seiner Lampe nach oben. In diesem Moment verstummen die Männer und flüstern, scheinbar gehen sie weg. Ephraim reicht es. Er ist wacklig auf den Beinen und sehnt sich nach seinem Bett. Als er ins Haus zurückkommt, ist es ruhig.«

»Was hat er genau gehört?«

»Er sagt, er hätte nur Bruchstücke des Gespräches verstanden. Dabei sei es um Geld gegangen, und darum, dass die ›Bullen‹ eingeschaltet würden, wenn die Zahlung nicht erfolgte.«

»Sonst noch was von Bedeutung?«

»Nein, leider nicht. Nur noch, wie es gekommen ist, dass er am Deich wohnt, zum Beispiel, und warum er sich dort so wohl fühlt.« Sie lächelte bei der Erinnerung an ihr Gespräch mit diesem kleinen, seltsamen Mann am Abend zuvor. »Alles habe ich nicht verstanden, nur soviel, dass er früher bei einem Bauern gearbeitet hat, dann in Bremen als Arbeiter bei einer Schokoladenfabrik war und irgendwann dauerhaft krank geworden ist. Er lebt mittlerweile von Sozialhilfe und ist in Findorff gemeldet, wo er ein kleines Zimmer zur Untermiete bewohnt. Seiner Vermieterin wiederum, einer älteren, alleinstehenden Dame, gehört das Wochenendhaus an der Wümme. Sie hat ihn vor längerer Zeit einmal gebeten, dort nach dem Rechten zu sehen. Ihm hat es so gut gefallen, dass er dort geblieben ist. Von dieser Lösung haben sie beide profitiert: Er hat weiterhin einen festen Wohnsitz in Bremen, über den er auch sein Geld bezieht, sie wiederum kann sicher sein, dass das Häuschen in Borgfeld in Ordnung gehalten wird, bis sie sich irgendwann dazu entschließen kann, es zu verkaufen. Ob er nun bei ihr wohnt oder in Borgfeld, ist ihr dabei egal. Er zahlt ordnungsgemäß seine Miete, und beide sind zufrieden.«

Neuhoff schüttelte den Kopf. »Ich wundere mich, dass sich in Borgfeld noch niemand über diesen ständigen Gast ereifert hat.«

»Ich glaube, dass manche ganz froh sind, dass da noch jemand wohnt. Scheinbar gibt es vereinzelt noch mehr Wochenendhäuser und auch Wohnhäuser, alle liegen jedoch weit voneinander entfernt. Da findet man es ganz schön, wenn immer jemand vor Ort ist. Außerdem ist dieser Matuschinski ein ganz uriges Kerlchen, dem vermutlich keiner einen Stein in den Weg legen möchte.« Ein anderer Ausdruck für die Umschreibung war Rieke auf die Schnelle nicht eingefallen, wobei sie im Nachhinein die Bezeichnung ganz zutreffend fand.

»Wie sieht's denn mit der Janine Meisner aus? Kommt sie durch?«

»Weiß ich nicht. Sie steht auf der Kippe. Man hat eine Medikamentenvergiftung festgestellt, nachdem sie stark unterkühlt ins Krankenhaus eingeliefert worden ist. Außerdem ist sie unterernährt und kotzt vermutlich seit längerer Zeit ihr Essen wieder aus. Ach ja, ihr Arm, besser gesagt, die Schnitte darin, sehen auch nicht so gut aus. Der behandelnde Arzt meinte, am liebsten würde er den Arm eingipsen, damit er endlich einmal verheilen kann.«

»Irgendwie auch eine arme Sau, die Kleine.« Neuhoff überkam ein Anflug von Mitleid, den Rieke durchaus nachvollziehen konnte, zumal sie Janine Meisner bereits im Krankenhaus gesehen hatte. Wie ein zerrupfter Vogel hatte sie ausgesehen, als sei sie unfreiwillig aus dem Nest geworfen worden. Ihr Anblick hatte Rieke zutiefst gerührt.

»Ist sie auch. Aber vergiss nicht, wenn jemand etwas weiß, dann sie!«

»Glaubst du.«

»Ich bin sicher, Andreas. Übrigens genauso sicher wie du mit deinem Gefühl, etwas übersehen zu haben. Und das stimmte doch auch, oder?«

Neuhoff ignorierte die Frage, die ohnehin nur rhetorischer Natur war. »Und, wie geht's nun weiter?«

Rieke schüttelte resigniert den Kopf. »Weiß ich noch nicht. Ich sichte noch mal alles und knöpf mir Ingo Precht ein weiteres Mal vor.

Und ins Krankenhaus werde ich gehen, und zwar ganz oft und ganz in die Nähe von Janine Meisner.«

Neuhoff grinste. »Habe ich doch Recht gehabt, die Kleine ist echt eine arme Sau ...« Weiter kam er nicht, da seine Kollegin ein Paket Tempotaschentücher nach ihm warf. Er lachte. »Vorsichtig, du greifst gerade einen Beamten im Dienst an!«

»Du gönnst mir aber auch gar nichts!« Sie griff nach einem Stapel Unterlagen auf ihrem Schreibtisch. »Na, dann wollen wir mal.«

Elke Brockhaus hatte eigentlich einen Job gesucht, um öfter mit jemandem sprechen zu können. Tagsüber erdrückte sie die Stille in ihrer Wohnung, die ihr nach dem Auszug ihrer Tochter mitunter wie ausgestorben vorkam. Ihr Mann gehörte auch nicht gerade zu den gesprächigsten seiner Art, zumal ihn seine Arbeit in einer nahegelegenen Konservenfabrik mit zunehmendem Alter immer mehr ermüdete. So hatte Elke Brockhaus schließlich beschlossen, wieder »unter Menschen zu gehen«, wie sie es nannte. Viel Auswahl an Arbeitsstellen gab es in dem Ort, in dem sie lebte, allerdings nicht. Dabei bot Ottersberg sicher noch mehr als vergleichbare Ortschaften. Idyllisch gelegen, in den Wümmeniederungen zwischen Bremen und Hamburg, vereinte es die unterschiedlichsten Ortsteile unter seinem Dach. Von einem riesigen Einkaufszentrum bis hin zu einer Kunststudienstätte und einer anthroposophischen Schule sowie einem kleinen Naherholungsgebiet am Otterstedter See war alles vorhanden, was wiederum zu einer sehr gemischten Einwohnerstruktur führte, die sich vor allem in einer Hinsicht von der anderer Ortschaften unterschied: Es kannte nicht jeder jeden.

Elke Brockhaus hatte als Kassiererin in einem Supermarkt angefangen, was zwar nicht ganz ihren Vorstellungen entsprochen hatte, aber immer noch besser gewesen war als gar nichts. Leider gab es in diesem Job nur wenig Möglichkeiten zu Gesprächen, die sie sich gewünscht

hatte. Um wenigstens etwas Austausch zu haben, hatte sie sich angewöhnt, jedem Kunden ein nettes Wort mit auf den Weg zu geben, was in aller Regel auch gut aufgenommen wurde. Dennoch hatte der Filialleiter sie zur Zurückhaltung gemahnt. Ihm schien ihr Verhalten mitunter distanzlos.

An diesem Morgen ging ihr die Arbeit an der Kasse schlecht von der Hand. Sie hatte wenig geschlafen und war mit dem Gefühl aufgewacht, eine Erkältung auszubrüten. Ihre Bemerkungen den Kunden gegenüber machte sie heute vorwiegend, um sich selbst bei Laune zu halten, doch viele waren genauso schlechter Stimmung wie sie selbst.

Der junge Mann, der gerade seine Einkäufe auf das Band legte, war unter seiner tief ins Gesicht gezogenen Mütze kaum zu sehen. Er war ungewöhnlich groß, und sie war sicher, ihn noch nicht gesehen zu haben, obwohl er ihr irgendwie bekannt vorkam. Sicher einer dieser Studenten von der Kunstschule, dachte sie und staunte angesichts der Lebensmittel, die er nach und nach auflegte. Neben einer Palette Dosenbier lag eine weitere mit haltbarer Milch. Es folgten zwei große Mettwürste, mehrere Pakete Brot und Dosensuppen. Den Abschluss bildeten drei Tüten Lakritze.

»Na, damit kann man ja überwintern«, entfuhr es ihr, und sie hoffte im selben Moment, dass ihr Chef das nicht gehört hatte, da es ihnen strikt untersagt war, die Einkäufe der Kunden zu kommentieren.

Es war dem jungen Mann anzusehen, dass sie ihn mit ihren Worten verärgert hatte. Wortlos reichte er ihr sein Geld, nachdem sie die Ware gescannt hatte, und sie beeilte sich, ihm das Wechselgeld auszuhändigen. Grußlos verließ er mit dem Einkaufswagen den Supermarkt und lud seine Sachen draußen auf einen Fahrradhänger. Während Elke Brockhaus ihm nachsah, schimpfte sie sich eine dumme Kuh, die endlich lernen musste, ihren Mund zu halten, wenn sie ihren Job nicht verlieren wollte. Verärgert über sich selbst, nahm sie eins von den Taschentüchern unter ihrer Kasse und schneuzte sich. Seufzend griff sie nach der Ware, die der nächste Kunde bereits aufgebaut hatte. Nur

gut, dass solche Tage auch wieder vorbeigingen, dachte sie, und seltsam eigentlich, dass ihr dieser junge Mann so bekannt vorgekommen war.

Wenn man Carmen Schütte gefragt hätte, ob irgendetwas an diesem Tag die Ereignisse angekündigt hätte, die noch folgen sollten, hätte sie spontan verneint. Alles war wie immer gewesen. Sie hatte mit ihrer Familie gefrühstückt, anschließend mit Marie eingekauft, die Wohnung aufgeräumt und Mittagessen gemacht. Marie hatte ihren Mittagsschlaf gehalten, und nachmittags war Elli gekommen, damit Carmen ins Wümmehaus fahren konnte. Dass ihr Auto erst nach mehreren Versuchen ansprang, war auch nicht das erste Mal und keineswegs als schlechtes Zeichen zu werten. Horst hatte versprochen, sich in den nächsten Tagen darum zu kümmern. Als Carmen in Borgfeld ankam, stellte sie zu ihrer Überraschung fest, dass sie und Ilse Becker ganz alleine im Wümmehaus waren.

»Das ist eine Ruhe hier, was? Die Jungs sind alle ausgeflogen, sie wollen einen Kumpel in Bremerhaven besuchen und kommen erst am Abend wieder.« Ilse schien die Stille zu gefallen. »Carmen, wenn es dir recht ist, lasse ich dich jetzt alleine und fahre zu Janine ins Krankenhaus.«

»Nur zu, ich habe heute noch ganz gut zu tun, und je weniger los ist, desto besser komme ich voran. Bevor ich es vergesse: Ich bin ab morgen erst einmal in den anderen Häusern, das nur zur Information. Sag mal, wie geht es Janine denn?«

Ilse sah plötzlich bekümmert aus. »Nicht so doll. Sie ist noch nicht einmal aufgewacht, und mir kommt es vor, als wenn sie selbst in diesem Zustand noch auf ihren Tod hinarbeitet.«

Carmen wusste nicht, was sie darauf entgegnen sollte, absurd kam ihr Ilses Einschätzung jedoch nicht vor.

»Ich geh dann mal.« Ilse erhob sich. »Du wirst vermutlich die Nachtbereitschaft noch sehen, ich denke, die Jungs sind dann auch

zurück. Falls du eher gehst, vergiss nicht, abzuschließen.« Sie reichte Carmen die Hand. »Danke noch mal für deine Unterstützung.«

Carmen wurde verlegen. »Ist doch selbstverständlich. Wir sehen uns, mach's gut.«

Ilse Becker schien einen Moment lang zu überlegen, ob sie Carmen zum Abschied umarmen sollte. Dann ließ sie es lieber bleiben und berührte nur kurz deren Arm. »Bis bald.«

Kurz darauf herrschte absolute Ruhe im Wümmehaus, und nur das Licht im Büro und das unregelmäßige Rattern des Druckers wiesen darauf hin, dass hier gerade jemand arbeitete.

Es war bereits dunkel, als Carmen ihre Arbeit am Computer beendete. Sie streckte sich, um die Verkrampfung zwischen ihren Schulterblättern zu lösen und betrachtete zufrieden das Ergebnis ihrer Arbeit. Sie hatte alles, was es an Konzepten und Dokumentationsverfahren im Wümmehaus gab, gesammelt und ausgewertet. Dasselbe würde sie in den anderen Häusern tun und es anschließend mit der Zielsetzung des Vereins abgleichen. Und dann begann die Arbeit mit den Leitungen und Mitarbeitern der Häuser. Sie freute sich schon darauf.

Während sie den Computer ausschaltete und ihre Unterlagen zusammenpackte, dachte sie an Janine und daran, wie es ihr wohl ging. Wenn man nur wüsste, wie man sie innerlich erreichen könnte. Berichte über Komapatienten fielen ihr ein, deren Angehörige mit Hilfe von Musik, CDs und Kuscheltieren versuchten, zu den Patienten Kontakt zu bekommen. Selbst lebende Tiere hatte man schon an die Krankenbetten gebracht, nur um bei den komatösen Menschen eine Reaktion auszulösen, indem man sie an etwas erinnerte, was ihnen einmal sehr wichtig gewesen war. Zu verlieren gab es in solch einer Situation nichts, dachte Carmen, man sollte ruhig alles ausprobieren. Während sie den Schreibtisch aufräumte, ließ sie diese Idee nicht mehr los.

Warum eigentlich nicht, war ihr Gedanke, als sie schließlich zum Schlüsselschrank ging und den Ersatzschlüssel für Janines Zimmer

herausnahm. Ilse würde sicher mitgehen, daran gab es für Carmen keinen Zweifel.

Keine fünf Minuten später stand sie mitten in Janines Zimmer. Aus irgendeinem Grund hatte sie es sich unordentlich vorgestellt, was jedoch nicht stimmte. Abgesehen von der schlechten Luft, die daraus resultierte, dass seit Tagen nicht gelüftet worden war, war es ein typisches Jugendzimmer, wenn auch ein bisschen düster. Die Theatralik, die Janines Person kennzeichnete, hatte sie auch versucht, vereinzelt in ihrem Zimmer zu inszenieren. Sie schlief in schwarzer Satinbettwäsche, und an der Wand über ihrem Bett hing kopfüber ein Strauß vertrockneter roter Rosen, direkt neben dem Bild eines durch Suizid umgekommenen Popstars. Die Lampen waren mit dunklen Tüchern verhängt, so dass Carmen erstaunt war, dass es hier noch nicht zu brennen angefangen hatte. Auch sonst fehlte jeder Schnickschnack, der üblicherweise die Zimmer junger Mädchen kennzeichnete. Aber Janine war kein typisches junges Mädchen, warum auch immer.

Angesichts der nüchternen Umgebung wollte sich Carmen gerade von ihrer Idee verabschieden, als ihr Blick auf einen iPod fiel, der auf Janines Nachttisch lag. Warum es nicht mit Musik versuchen, dachte sie, und nahm das kleine Gerät in die Hand. Sie setzte sich den filigranen Kopfhörer auf, um auszuprobieren, ob das Ganze überhaupt funktionierte und startete auf gut Glück den iPod.

Statt der erwarteten Musik hörte sie Stimmen, die ihr irgendwie bekannt vorkamen. Sie tastete nach dem Lautstärkeregler und drehte ihn so weit auf wie möglich. Die Stimmen waren immer noch undeutlich. Die Aufnahme hatte eine schlechte Qualität. Dennoch konnte Carmen heraushören, wer dort gerade sprach, und der Atem stockte ihr, als sie erkannte, dass es Marquarts Stimme war.

Sie hatte längst nicht alles verstanden, was sich Marquart und Janine auf dem Band erzählt hatten, dazu war die Aufnahme zu schlecht.

Außerdem weinte Janine scheinbar in dem Gespräch, da sie sich wiederholt geräuschvoll die Nase schnaubte. Carmen hatte die Aufnahme kaum zur Hälfte gehört, dazu war sie viel zu aufgeregt gewesen, nachdem ihr klargeworden war, worum es eigentlich in dem Gespräch zwischen den beiden ging.

Janine hatte Marquart von dem Mord an Sven Hartmann berichtet, besser gesagt, von dem Motiv für den Mord. Und wenn Carmen auch nicht alles hatte verstehen können, wusste sie nun, dass der Mord mit irgendwelchen finanziellen Schiebungen bei den Helfenden Händen zusammenhing.

Vermutlich waren es der Schock über dieses unerwartete Beweisstück und ihre Antipathie gegenüber Rolf Schwarze, die in ihrem Kopf die feste Überzeugung bildete, der Geschäftsführer der Helfenden Hände sei der Mörder von Sven Hartmann und Thilo Marquart. Nur so konnte sie sich im Nachhinein die einseitige Sicht erklären, die im Folgenden ihr Verhalten bestimmte.

Zunächst zwang sie sich zur Ruhe, was gar nicht so einfach war, da sie am ganzen Körper zitterte. Sie überlegte einen Moment lang, was nun zu tun war, und ging dann in das Büro zurück, um Rieke Senger telefonisch über ihren Fund zu informieren. Zu ihrer Überraschung erreichte sie sie nicht, weder im Kommissariat noch über die Handynummer, die auf der Visitenkarte stand, die Rieke ihr gegeben hatte. Sie wählte Ilses Nummer, was auch nicht zum Erfolg führte. An der Pinnwand im Büro entdeckte sie schließlich einen Zettel, auf den Ilse geschrieben hatte, in Notfällen sei sie per Handy zu erreichen. Carmen wählte die Nummer.

Es funktionierte tatsächlich. Carmen fiel ein Stein vom Herzen. »Gott sei Dank, dass ich dich erreiche«, sagte sie statt einer Begrüßung, dann berichtete sie Ilse von ihrer Entdeckung. »Wenn man das hört, kennt man das Motiv, zumindest bei Sven Hartmann, und damit letztendlich auch den Mörder.«

»Wer war es?« Ilses Stimme klang seltsam hohl.

»Ich will es mal so sagen, das Motiv ist eindeutig bei der Geschäftsführung der Helfenden Hände zu finden.« Carmen erschien es klüger, sich etwas ungenau auszudrücken. Sie wechselte das Thema. »Ich habe bereits versucht, Frau Senger zu erreichen, hat aber leider nicht geklappt.«

Ilse unterbrach sie. »Die ist hier, im Krankenhaus. Ich stehe gerade davor, um eine zu rauchen und ein bisschen frische Luft zu schnappen. Vielleicht hat Frau Senger ja ihr Handy auf lautlos gestellt, keine Ahnung. Ich sage ihr sofort, dass sie sich bei dir melden soll.«

»Nein Ilse, das braucht sie nicht. Ich möchte den iPod so schnell wie möglich loswerden und bringe ihn direkt in die Dienststelle von Frau Senger. Wenn Sie mich sprechen will, kann sie dort auf mich warten, ich fahre gleich hier los. Und dann möchte ich nur noch nach Hause.«

»Das kann ich verstehen, ich richte es so aus.«

Carmen wollte tatsächlich nur noch weg aus dem Büro, besser noch aus dem Wümmehaus, das ihr mit einem Mal nicht mehr heimelig und gemütlich, sondern beklemmend still und einsam vorkam. Sie ging noch mal zu Janines Zimmer und schloss es ab. Anschließend hängte sie den Schlüssel zurück in den Kasten im Büro und zog sich ihre Jacke an. Den iPod hatte sie tief unten in ihrer großen Umhängetasche verstaut. Sie löschte das Licht und verließ eilig das Haus.

Ein Bewegungsmelder leuchtete ihr den Weg zum Auto. Wenigstens gießt es nicht mehr in Strömen, dachte Carmen, während sie in den Wagen stieg. Sie drehte den Zündschlüssel und wusste in diesem Moment, dass die Kiste nicht anspringen würde, wie schon am Morgen. Sie startete einen zweiten und einen dritten Versuch. Vergeblich.

»Scheiße!« Ihre Hände umklammerten das Lenkrad. »Okay, Carmen, nun bleib ganz ruhig. Steig aus und geh zur Bushaltestelle, oder noch besser, bestell dir ein Taxi.« Ihr eigener Beschwichtigungsversuch zeigte Wirkung: Sie stieg aus und verriegelte ihr Auto.

In diesem Moment fuhr ein Wagen auf den Hof. Die Scheinwerfer blendeten sie, so dass sie nicht gleich erkannte, wer es war. So ein

Modell fuhr Schwarze, erinnerte sie sich plötzlich, und Panik überkam sie. Der Wagen blieb direkt vor ihr stehen, und der Fahrer stieg bei laufendem Motor aus.

Glück gehabt, dachte sie erleichtert, als sie ihn erkannte.

Als wenn er geahnt hätte, in welchem Dilemma sie steckte, fragte Henry Meierdirks sie höflich, ob er irgendwie behilflich sein könnte.

»Woher haben Sie denn gewusst, dass mein Auto nicht anspringt?«

Henry Meierdirks lächelte. »Es wäre gelogen, wenn ich sagen würde, dass ich es gewusst hätte. Ich habe mir in der Nähe mit einem Makler ein Haus angesehen, das der Verein eventuell kaufen will. Da ich davon ausgegangen bin, dass Frau Becker im Dienst ist, wollte ich mal eben mit ihr darüber sprechen. Als ich Sie dann aus dem Auto steigen sah, obwohl alles im Haus dunkel war, habe ich mir darauf meinen Reim gemacht. Wo steckt Frau Becker denn überhaupt, ist sie mit den Jugendlichen unterwegs?«

Während er sprach, öffnete er die Beifahrertür und signalisierte ihr mit der Hand, sie möge einsteigen. Dankbar nahm sie das Angebot an und nannte ihm ihr Ziel. Gleich darauf fuhren sie los.

»Ilse ist im Krankenhaus bei Janine Meisner«, beantwortete Carmen zeitverzögert seine Frage nach Ilse Beckers Verbleib. Anschließend schwieg sie, während sie versuchte, sich in der Dunkelheit zu orientieren. Sie schienen bereits in Richtung Vahr unterwegs zu sein. Meierdirks hatte angeboten, sie dorthin zu bringen und zu ihrer Erleichterung nicht gefragt, was sie denn da wollte.

Plötzlich bremste Meierdirks scharf. Eine Katze hatte die Straße gekreuzt, und Carmen beschlich das erste Mal an diesem Tag das Gefühl, dass er unter schlechten Vorzeichen stand.

Ein harter Gegenstand rollte in diesem Moment unter dem Beifahrersitz hervor und stieß ihr gegen die Knöchel. Sie griff danach und hielt eine schwere Taschenlampe in der Hand. »Wenn Sie nichts dagegen haben, lege ich die mal woanders hin.«

»Machen Sie nur, kein Problem, Frau Schütte. Wo soll ich Sie denn in der Vahr eigentlich genau absetzen?«

Carmen legte die Lampe so gut es ging in die Ablage unter das Radio und überlegte, ob sie Meierdirks erzählen sollte, was sie herausgefunden hatte. Dann gab sie sich einen Ruck und entschied sich, ihn einzuweihen. Schließlich hatte er sich jahrelang für den Verein abgerackert, und es ging auch um seine Haut, wenn Schwarze aufflog.

Sie berichtete von der Aufnahme auf Janines iPod und ihrem Verdacht, dass Schwarze eine maßgebliche Rolle in den Verbrechen spielte. »Und jetzt fahre ich zum Kommissariat und gebe das Gerät ab. Bin ich froh, wenn ich das endlich los bin!«

Meierdirks schien sehr mit dem Verkehr beschäftigt zu sein, denn er antwortete nicht und blickte starr nach vorne. Als er nach einer Weile immer noch nichts sagte, hielt Carmen es für klüger, das Gespräch über dieses Thema nicht weiter zu vertiefen. Sie versuchte, sich erneut in der Dunkelheit zu orientieren. Obwohl sie sich nicht so gut auskannte, schien es ihr, als würden sie stadtauswärts fahren, ihr Ziel lag jedoch in der entgegengesetzten Richtung. Auf einmal erkannte sie, wo sie sich befanden. »Warum fahren wir denn auf den Deich?«

Meierdirks wirkte bestürzt. »Oh, entschuldigen Sie, dass ich es nicht gesagt habe. Wenn ich schon einmal hier bin, würde ich gerne die Stelle aufsuchen, wo dieser Hartmann ermordet wurde. Soll ja ziemlich abgelegen sein. Die Kleine von ihm hat man doch auch hier gefunden, oder?«

Carmen hätte schreien mögen, so ausgeliefert fühlte sie sich mit einem Mal. Außerdem fand sie seinen Wunsch angesichts der Dunkelheit völlig überflüssig, blieb jedoch nach außen hin gelassen. »Da vorne ist es, wir sind schon fast da.«

»Die Kleine kann ja von Glück sagen, dass Sie so geistesgegenwärtig waren, an der richtigen Stelle nach ihr zu suchen.«

Carmen machte eine abwehrende Handbewegung. »Da wären andere auch drauf gekommen. Und gerettet hat sie schließlich auch jemand anderes.« Sie fügte genervt hinzu: »Die Kleine heißt übrigens

Janine Meisner. Sie können anhalten, hier ist es.«

Sie zeigte auf die Wümme und wollte gerade fragen, ob sie nun endlich weiterfahren könnten, als mit Hilfe der Zentralverriegelung sämtliche Türen verschlossen wurden und sich zwei Hände um ihren Hals legten.

In dem Moment, als sie Meierdirks Hände an ihrem Hals fühlte, schoss es Carmen durch den Kopf, ob es wohl Schicksal war, in Mordfälle verwickelt zu werden und schließlich in Lebensgefahr zu geraten. Marie fiel ihr ein und ihr Mann. Sie musste sich wehren. Die Wut half ihr dabei.

Sie versuchte, die Hände vom Hals zu ziehen, trat, biss und schrie, wenn sie konnte. Immer wieder kontaktierte sie die Hupe, was Meierdirks am meisten zu ärgern schien. Sein Griff wurde zunehmend fester, und Carmen gelang es nur noch einmal, einen länger anhaltenden Hupton zu erzeugen. Schließlich wurde ihre Gegenwehr schwächer, und kleine Sterne tanzten vor ihren Augen. Sie bäumte sich ein letztes Mal auf, als plötzlich ein Lichtstrahl in das Auto fiel.

Meierdirks lockerte überrascht seinen Griff und sah in die Richtung, von wo der Schein kam. Ein Lichtkegel schien direkt auf das Fahrerfenster. Daneben konnte man, wenn auch nur undeutlich, das erstaunte Gesicht von Ephraim Matuschinski erkennen.

Er hatte ernsthaft überlegt, ob er wieder in die Stadt ziehen sollte. Immerhin war es die Ruhe am Deich gewesen, die ihn hier gehalten hatte, und die schien definitiv vorbei zu sein. Seit einem Tag war er wieder hier und hatte sich nach seinem Aufenthalt im Krankenhaus wie nach einem Kurzurlaub gefühlt. Sicher lag es auch daran, dass er Medikamente gegen seinen Husten mitbekommen hatte, die er dankbar einnahm. Insgesamt fühlte er sich so gut wie lange nicht mehr und wollte sich gerade wieder in seinem Häuschen einrichten, als ein unregelmäßiges Hupgeräusch die abendliche Stille unterbrach.

Eigentlich wollte er den Lärm ignorieren, wer wusste denn schon, was da mal wieder los war. Die Unregelmäßigkeit der Töne und schließlich dieser unvermittelt langanhaltende Hupton, der abrupt endete, ließen ihn dagegen aufhorchen. Schnell griff er nach seiner Jacke und der Taschenlampe, die sich auf einer kleinen Ablage neben der Tür befand, und hastete den Deich hoch.

Sein erster Eindruck war, ein Liebespaar gestört zu haben, als er in das Auto leuchtete. Auf dem Fahrersitz saß ein Mann, der eine Frau umschlang, die ekstatisch zappelte. Doch selbst er, der in Liebesdingen nicht der Erfahrenste war, realisierte schnell, dass hier etwas anderes stattfand, was offenbar nicht im Sinne der Frau war, die sich dagegen wehrte, so gut sie noch konnte.

Matuschinski versuchte, die Tür zu öffnen. Es funktionierte nicht, sie war von innen verriegelt. Er nahm seine Lampe und schlug gegen die Scheibe, was zumindest für Irritation im Wageninneren zu sorgen schien, da sich der Mann erneut zu ihm umwandte und ihn mit hasserfülltem Blick ansah. Plötzlich aber verdrehte er die Augen und sein Kopf fiel auf das Lenkrad. Matuschinski machte entsetzt einen großen Schritt zurück und wäre fast gefallen. Unvermittelt herrschte Stille.

Im Wagen rührte sich nichts. Er ging zur Beifahrerseite. Wieder erschrak er sich, da es ein Geräusch gab, was er nicht kannte. Vielleicht bedeutete es ja, dass die Türen jetzt aufgingen. Matuschinski hatte mal gesehen, wie jemand ein Auto aufschloss, indem er lediglich mit dem Schlüssel darauf zeigte und einen kleinen Knopf dabei drückte. Langsam griff er nach der Halterung über dem Türschloss und zog daran. Tatsächlich, die Tür ließ sich spielend leicht öffnen.

Auf dem Beifahrersitz saß die in sich zusammengesunkene Frau. Als er vorsichtig ihre Schulter berührte, zuckte sie zusammen und wandte ihm auf einmal ihr Gesicht zu. Mit einer hilflosen Geste hob sie beide Hände. In der einen hielt sie die Autoschlüssel, in der anderen eine große, blutverschmierte Taschenlampe.

Elftes Kapitel

Janine sprach leise, aber deutlich in das Smartphone der Kommissarin, das auf dem Nachttisch lag.

Rieke hatte sich auf einen Hocker vor das Krankenhausbett gesetzt und hörte aufmerksam zu. Auf der anderen Seite des Bettes saß Ilse Becker, die auf den ausdrücklichen Wunsch von Janine an dem Gespräch teilnahm und die ganze Zeit deren Hand hielt.

Einen Tag, nachdem Henry Meierdirks mit schweren Kopfverletzungen in die Klinik eingeliefert worden war, ging Janines Dämmerzustand dem Ende zu, und sie wurde wach. Einige Stunden später hatten die behandelnden Ärzte ihre Einwilligung zu ihrer Vernehmung gegeben. Sie hatte ihre Bereitschaft signalisiert zu reden.

»Angefangen hat es mit meinem Praktikum in der Geschäftsstelle des Vereins.« Janine holte tief Luft, und Ilse Becker nickte ihr ermutigend zu. »Ich hab mich total gefreut, endlich mal richtig arbeiten zu können, und nicht nur darüber zu labern. Dann kam es aber ganz anders. Nie durfte ich was eigenständig machen, außer irgendwelche schwachsinnigen Briefe schreiben oder Prospekte vom Verein verschicken. In der Berufsschule hörte ich dann, wie es bei anderen Azubis lief und was die alles lernten. Ich hab dann in der Geschäftsstelle gefragt, ob ich nicht auch mal andere Aufgaben bekommen könnte, da wollte aber niemand drauf eingehen.«

Rieke versuchte, sich das Ganze vorzustellen. »Können Sie mal ein Beispiel nennen, ich kenne mich mit der Arbeit im Büro nicht so gut aus?«

»Ja klar.« Janine zeigte sich kooperativ, und Rieke gewann mehr und mehr den Eindruck, dass sie froh darüber war, sich endlich alles von der Seele reden zu können. »Also, bestimmte Sachen, insbesondere Rechnungen und alles, was sonst noch mit Finanzen zusammenhing, waren vollkommen tabu, da durfte nur der Meierdirks ran. Nicht einmal die Vorgänge dazu erstellen, also Briefe öffnen, mit Eingangsdatum versehen und so weiter war erlaubt. Frau Lünsmann öffnete die Post, warf einen kurzen Blick darauf und gab sie dann an Meierdirks.«

»Und das fanden alle in Ordnung so?«

»War doch niemand da, außer Schwarze, und der war viel zu sehr mit sich selbst beschäftigt, als dass ihn so etwas interessiert hätte. Und ich war die erste und einzige Auszubildende, die dort jemals war, von daher konnte man dort machen, was man wollte. Diese ganze Geheimnistuerei mit den Rechnungen machte mich neugierig. Ich fing an, heimlich die Post zu sichten, wenn die Lünsmann Mittag machte. Manche Briefe kopierte ich sogar. In meiner Fantasie war ich einer großen Geldwäsche auf der Spur, und die Sache begann, mir Spaß zu machen und die öde Arbeit aufzupeppen. Als nächstes nahm ich mir vor, Meierdirks Büro auszukundschaften, was gar nicht so einfach war. Wenn ich morgens kam, war er noch nicht da und sein Büro abgeschlossen. Abends ging er erst spät, wenn alle schon Feierabend gemacht hatten. Tagsüber saß er ständig am Schreibtisch, und wer ihn störte, wurde erst einmal angeblafft. So gesehen ging niemand gerne bei ihm rein, zumal es in seinem Büro immer total verqualmt war.«

»Und wie sind Sie ihm schließlich auf die Schliche gekommen?« Rieke konnte sich die junge Frau lebhaft als Hobbydetektivin vorstellen.

»Irgendwann musste die Lünsmann mal spontan zum Zahnarzt, und Schwarze zitierte Meierdirks zu sich her, weil irgendwas mit den Konten nicht stimmte. Die beiden hatten Streit, das konnte ich hören, und Meierdirks Büro stand offen. Also bin ich rein und habe mich ein bisschen umgesehen. Zuerst dachte ich, du spinnst, Janine, raus hier.

Dann sah ich auf dem Monitor von seinem PC, dass dort Rechnungen aufgeführt waren. Ich wollte mir eigentlich nur die Seite ausdrucken, doch als die beiden immer noch laut am Streiten waren, habe ich mir eine Kopie von den Rechnungen auf einen Stick gezogen. Als Meierdirks zurückkam, saß ich längst wieder an meinem Platz und hab Prospekte eingetütet.«

Ganz schön abgebrüht, dachte Rieke im Stillen, enthielt sich aber jeglichen Kommentars. Gespannt folgte sie Janines weiteren Ausführungen.

»Zuhause habe ich die Rechnungen auf meinem Stick mit den kopierten Rechnungen verglichen. Drei waren darunter, die offensichtlich im Nachhinein geändert worden waren, was ja nur Meierdirks gewesen sein konnte. Zumindest hatte in meiner Vorstellung niemand anders Zugang dazu gehabt.«

»Und dann haben Sie Ihrem Freund Sven Hartmann davon erzählt?«

Janines Gesicht verdüsterte sich. »Ja, leider. Sven hat sofort kapiert, um was es da ging, er war nämlich nicht dumm, auch wenn das manche vielleicht meinten. Er wollte Geld verdienen, und zwar viel Geld. Als ich nicht mitmachen wollte, sagte er, so einer wie Meierdirks, der im großen Maße abzockt, hätte es nicht besser verdient.«

»Und dann haben Sie mitgemacht?«

Janine schüttelte den Kopf. »Habe ich nicht. Ich hatte auf einmal Schiss, dass ich Ärger bekommen könnte und womöglich meinen Ausbildungsplatz verliere. Also habe ich versucht, es ihm auszureden, und die Unterlagen versteckt. War aber zu spät, er hatte sie sich längst kopiert und nicht mehr mit mir darüber gesprochen.«

»Sie wussten also nichts von seiner Verabredung am Deich?«

»Nein, aber man brauchte ja nur eins und eins zusammenzählen, um zu wissen, was da passiert war.«

»Welche Rolle hat Marc Buske in der ganzen Sache gespielt?«

Janine antwortete, ohne zu zögern. »Wir kannten uns aus dem Krankenhaus, aber das wissen Sie ja. Marc wollte damals was von mir,

ich aber nicht von ihm. Als wir uns zufällig im Wümmehaus wiedergesehen haben, ging das Ganze von vorne los. Als Sven gemerkt hat, was los ist, hat er Marc gesagt, er solle mich in Ruhe lassen.«

»Aber deswegen taucht man doch nicht ab!«

Janine lächelte schwach, angesichts Riekes Unverständnis. »Das war ja sozusagen nur die eine Seite der Medaille. Marc hat Schiss vor Sven gehabt und mich tatsächlich in Ruhe gelassen. Inzwischen hatten die beiden aber festgestellt, dass sie in mancherlei Hinsicht dieselbe Wellenlänge hatten, was zum Beispiel das schnelle Geld betraf. Von da an haben sie sich gegenseitig kleine Gefallen getan, Sven hat für Marc Pillen in Umlauf gebracht, und Marc hat geklaute Autoradios von Sven vertickt.«

»Und das haben die Ihnen so ohne Weiteres erzählt?«

»Nein, haben sie nicht. Aber ich bin ja nicht blöd, wenn man die beiden öfter miteinander hat reden hören, war klar, was da ablief. Und jetzt können Sie sich ja vorstellen, warum Marc abgehauen ist, der weiß nämlich, dass sein schwungvoller Handel jetzt auffliegt. Haben Sie ihn eigentlich mittlerweile gefunden?«

»Könnte sein. Eine Frau hat sich gemeldet, die meint, ihn dieser Tage an der Kasse eines Supermarktes gesehen zu haben, an der sie arbeitet. Wir gehen dem Hinweis zurzeit nach.« Riekes Stimme nahm einen eindringlichen Klang an, als sie die Frage stellte, die sie immer wieder beschäftigt hatte. »Warum sind Sie nicht gekommen und haben uns erzählt, was passiert war?«

Urplötzlich liefen über Janines zartes Gesicht viele dicke Tränen, die scheinbar nur darauf gewartet hatten, endlich losgelassen zu werden. »Ich habe mich so geschämt, meinetwegen ist das doch alles passiert …«, sie schniefte, »… ich hab es ja dann auch Thilo Marquart gesagt, und der wurde dann auch noch umgebracht.« Sie schluchzte mittlerweile so herzzerreißend, dass Ilse Becker sie in den Arm nahm und ihr wie bei einem kleinen Kind tröstend über das Haar strich.

Rieke schaute unauffällig auf ihr Smartphone und kontrollierte, ob es weiter aufzeichnete. Dann schenkte sie Janine ein Glas Mineralwasser ein, das auf dem Nachttisch stand, und reichte es ihr. »Hier, nehmen Sie das.«

Gehorsam nahm Janine einen Schluck und legte sich zurück in das Kissen. Langsam beruhigte sie sich.

»Können Sie mir den Rest auch noch erzählen?«

Janine nickte. Leise berichtete sie von Marquarts Besuch bei ihr. »Wir hatten uns im Wümmehaus verabredet. Mir ging es schlecht, die Fahrt in seine Praxis hätte ich nicht geschafft. Als er kam, war ich in meinem Zimmer. Mein Handy hatte ich auf meinen Nachttisch gelegt, weil ich vorhatte, das Gespräch aufzunehmen, ohne dass er es merkte.«

»Warum?« Das hatte Rieke bis heute nicht verstanden. Janine zögerte, bevor sie fortfuhr. »Ich wollte mich eigentlich noch an diesem Tag umbringen. Die Aufnahme hatte ich bereits vorher auf dem PC gespeichert und anschließend auf meinen iPod überspielt. Den wollte ich abends in einem Umschlag mit einem Brief dazu in Ilse Beckers Ablagefach hier im Büro legen. So wäre ich bereits tot gewesen, wenn sie ihn morgens entdeckt hätte, und Ilse hätte damit über alles Bescheid gewusst und den Beweis gehabt.«

»Sie haben es aber an diesem Tag nicht versucht«, konstatierte Rieke überflüssigerweise, die diese Erklärung angesichts Janines Vorliebe für theatralische Selbstinszenierungen auf Anhieb nachvollziehbar fand. Sie erstaunte lediglich der etwas umständliche Weg mit dem iPod, das Handy mit der Aufnahme hätte ja schon gereicht und an Ilse Becker weitergegeben werden können. Vermutlich, dachte Rieke, gehörte Janine zu den jungen Frauen, die sich niemals von ihrem Handy trennten, egal wie sinnvoll das war.

»Nein, ich habe mich einfach nicht getraut. Das ging erst, als Thilo Marquart auch noch tot war.«

»Noch mal zurück zu Ihrem Gespräch mit ihm. Wie lief das genau ab?«

»Er ist am frühen Nachmittag gekommen. Wie gesagt, er klopfte, und in dem Moment startete ich die Aufnahme. Zwischendurch habe ich mal zur Uhr gesehen, und um zu kontrollieren, dass die Aufnahme noch läuft, habe ich ihn gebeten, mir einen Kaffee aus der Küche zu holen. Muss ich all das noch mal erzählen, was wir besprochen haben?«

»Nein, das brauchen Sie nicht. Wir konnten die Aufnahme ganz gut verstehen, von wenigen Ausnahmen einmal abgesehen. Was wir nicht wissen ist, wie Thilo Marquart auf Ihre Ausführungen reagiert hat, diese Stelle war nicht mehr verständlich.«

Janine dachte kurz nach. »Genau weiß ich es nicht mehr, aber irgendwie wollte er sich darum kümmern, ja genau, so hat er sich ausgedrückt, er würde dafür sorgen, dass alles in Ordnung käme.« Sie wirkte mittlerweile erschöpft. »Was ist eigentlich mit Meierdirks?«

»Er ist verletzt, wir konnten ihn aber schon vernehmen. Aber das alles erzählen wir Ihnen erst, wenn Sie wieder auf den Beinen sind.« Rieke erhob sich und griff nach ihrem Handy. Sie warf einen prüfenden Blick darauf und schaltete die Aufnahmefunktion aus. »Danke, dass Sie mir alles erzählt haben.« Sie lächelte Janine anerkennend zu.

»Ilse, bleibst du noch ein bisschen hier?« Janine klammerte sich an Ilse Beckers Hand und wirkte erneut so hilflos wie ein kleines Kind.

»Natürlich Janine, ich warte, bis du eingeschlafen bist. Auf Wiedersehen, Frau Senger, und danke noch mal.«

»Ach, bedanken Sie sich nicht bei mir … Auf Wiedersehen.« Die Wertschätzung der beiden Frauen untereinander war unverkennbar, als sie sich die Hand reichten.

Leise verließ Rieke das Zimmer, während sich Ilse Becker wieder Janine zuwandte, die sich bereits in einem leichten Dämmerzustand befand.

Nachdem Elke Brockhaus klargeworden war, dass der unfreundliche junge Mann an der Kasse ihr deswegen so bekannt vorgekommen war,

weil sie sein Bild und eine Beschreibung dazu in der Zeitung gesehen hatte, brauchte sie noch eine ganze Weile, um sich bei der Polizei zu melden.

Der Grund für ihr Zögern lag schlicht und ergreifend in der Angst, sich lächerlich zu machen, falls sie sich irrte. Immer wieder hatte sie auf die Zeitung gestarrt und versucht, sich an jedes Detail ihrer kurzen Begegnung mit dem Mann auf dem Foto zu erinnern. Schließlich gab sie sich einen Ruck. Wenn sie Recht hatte, und es war der Gesuchte, würde sie sich ihre Untätigkeit nie verzeihen.

Die Polizei hatte ihren Hinweis denn auch dankbar angenommen und sofort einen Suchtrupp an den Otterstedter See bei Ottersberg geschickt, nachdem ein weiterer Anrufer ihn dort bei den Wochenend-häusern gesehen haben wollte.

Der Zugriff erfolgte wenig später. In einem kleinen, maroden Häuschen, das den Eltern eines seiner Freunde gehörte, fand man Marc Buske tief schlafend, nachdem er sich zuvor mit Hilfe einer halben Palette Bier in einen künstlichen Dämmerzustand versetzt hatte. Eine Vernehmung war nicht möglich, er musste zunächst seinen Rausch ausschlafen. Diese Verzögerung beunruhigte allerdings niemanden mehr, denn nun hatte man es nicht mehr eilig.

»Nun sag doch erst mal, wie es Frau Schütte geht.« Während er sprach, häufte Neuhoff einen Berg Bratkartoffeln auf seinem Teller an. Daneben befanden sich bereits ein großes Steak und frische Pilze.

Entzückt sah Rieke sich in dem Restaurant um. Neuhoff hatte sie anlässlich seines Geburtstages in einen Landgasthof am Stadtrand eingeladen, und, wie konnte es anders sei, er lag direkt an der Wümme. Die niedrigen Decken und das rustikale Mobiliar erinnerte ein wenig an das Restaurant der Schüttes, und es war ebenso gut besucht. Obwohl es gerade geöffnet hatte, waren schon einige Tische besetzt und etliche reserviert. Neuhoff war hier gut bekannt, man hatte ihnen

einen kleinen Tisch direkt am Fenster zugewiesen. Leider dämmerte es bereits, so dass von der Landschaft draußen nicht mehr viel zu erkennen war. Nur hin und wieder, wenn ein neuer Gast den Schankraum betrat, brachte er eine Prise kühler Herbstluft mit herein.

Rieke probierte erst einmal von den ausgezeichneten Bratkartoffeln, bevor sie ihrem Kollegen berichtete. »Mhm, sind die gut ... Doch nun zu deiner Frage. Carmen Schütte geht es den Umständen entsprechend gut. Sie musste nur kurz ins Krankenhaus, hat aber außer den Würgemalen am Hals und ein paar blauen Flecken äußerlich nichts abbekommen.«

»Ump immerlich?« Neuhoff hatte eindeutig den Mund zu voll genommen.

Rieke lachte. »Nimm noch einen Haps, ich verstehe dich so schlecht.«

Neuhoff schluckte und spülte mit Bier nach. Er wiederholte seine Frage. »Und innerlich, wie hat sie's da weggesteckt?«

»Ich weiß es nicht genau. Gestern habe ich sie besucht, und eigentlich fand ich sie sehr gefasst.« Rieke beschloss, nicht zu erzählen, wie lange sie bei Carmen Schütte zugebracht hatte. Aus einem spontanen Krankenbesuch waren mehrere Stunden intensiver Gespräche geworden, die in einer Einladung am kommenden Wochenende für sie und Ben mündeten. Rieke hatte gerne angenommen.

»Und der andere Kerl, dieser Meierdirks, wie sieht's damit aus?« Neuhoff riss sie aus ihren Gedanken.

»Der ist auch wieder auf den Beinen und sitzt jetzt ein. Hat ein umfassendes Geständnis abgelegt.«

Und dann berichtete sie, wie innerhalb weniger Jahre aus der Spielleidenschaft von Henry Meierdirks eine Sucht geworden war, die immer mehr Schulden nach sich gezogen hatte, welche schließlich nur noch durch Betrügereien bezahlt werden konnten, wenn nicht das Geld vorher schon wieder verspielt worden war. »Er hat erst im kleinen Stil betrogen, hat niedrige hausinterne Rechnungen in der Summe heraufgesetzt und die Differenz kassiert. Als das nicht mehr reichte,

ist er an die Baurechnungen gegangen, die im Verein immer in großem Umfang vorlagen, da er ja die alten Höfe sanierte und dadurch viele Kosten entstanden. Zum Beispiel hat er mit Baufirmen günstigere Preise vereinbart, als er später verbucht hat. Dazu musste er Rechnungen fälschen, worin er nach und nach richtig professionell wurde. Er blieb aber insgesamt immer im vereinbarten Kostenrahmen, von daher hat es niemand gemerkt. Erst in letzter Zeit wurde er leichtsinnig und schlug erstmals über die Stränge. Schwarze musste mit der Stadt Gelder nachverhandeln, was er aufgrund seiner Verbindungen auch hinbekommen hat.«

»Und Verdacht geschöpft hat er dabei nicht?«

»Erzähl ich später, nun mal hübsch der Reihe nach. Das wäre sicher noch eine ganze Weile gutgegangen, wenn Janine Meisner ihm nicht dazwischengefunkt hätte ...«, sie verbesserte sich, »... wenn Sven Hartmann ihm nicht in die Quere gekommen wäre.«

»... und ihn erpresst hätte?«

»Er hat es zumindest versucht. Er habe ihn angerufen und sich mit ihm an der Wümme verabredet. Dort habe man verhandelt, sagt Meierdirks. Auf einmal habe jemand eine Taschenlampe auf sie gerichtet, so dass sie runter an den Fluss gegangen seien, Hartmann immer schön vorneweg. Meierdirks sagt, er wüßte heute nicht mehr, warum er ihn getötet habe, jedenfalls hätte er ihn mit der Taschenlampe bewusstlos geschlagen, die er eigentlich nur zum Ausleuchten des Weges mitgenommen hatte.«

»Sag mal, ist das die Lampe, mit der ihm Carmen Schütte eins übergebraten hat?«

»Genauso ist es.«

Neuhoff schüttelte wortlos den Kopf.

»Den Rest weißt du, nämlich, dass er Sven Hartmann anschließend ertränkt hat. Nun, er dachte, jetzt hätte er sein Problem gelöst, es deutete ja auch alles darauf hin. Bis Thilo Marquart ihn auf einmal anrief und dringend etwas mit ihm besprechen wollte.« Sie nahm einen

Schluck Mineralwasser, und Neuhoff lehnte sich gespannt zurück. »Wenn es stimmt, wie Meierdirks es sagt, hat sich das Ganze folgendermaßen abgespielt: Marquart ruft ihn an, sagt, dass er kommen soll. Er geht hin, Marquart stellt ihn zur Rede. Vermutlich ist es sein beruflicher Anspruch, der ihn sagen lässt, dass er Meierdirks für krank hält, dass er ihn auch schon einmal im Casino hat spielen sehen, und denkt, dass er Hilfe bräuchte, was sich im Hinblick auf die Unterschlagungen vor Gericht positiv auswirken würde. Aus irgendeinem Grund, vermutlich um den Telefonhörer zu holen und ihn Meierdirks zu geben, nach dem Motto, nun stell dich, und mach es nicht noch schlimmer, dreht er ihm den Rücken zu. Was er die ganze Zeit nicht wahrnimmt, ist die Tatsache, dass er genau den falschen Ton angeschlagen und sein Gegenüber damit bis aufs Blut gereizt hat. Meierdirks haut ihm schließlich den nächstbesten schweren Gegenstand auf den Kopf.«

Neuhoff nickte anerkennend. »Klingt logisch. Warum hat Marquart zuvor noch Ingo Precht angerufen?«

»Kann ich nur vermuten, aber ich glaube, dass er herausfinden wollte, ob Precht tatsächlich von der Sache etwas wusste.«

»Und, hat er?«

»Ach was, heiße Luft, wenn du mich fragst. Hartmann hatte ihm gegenüber von dem schnellen Geld gefaselt und von einem hohen Tier beim Verein, das dran glauben müsste, mehr auch nicht. Es reichte aber dafür, dass Precht sich wie ein Komplize fühlte. Den müsstest du jetzt mal sehen, ganz klein mit Hut ist der, genau wie der Buske. Der hat übrigens die Aussage von Janine Meisner hinsichtlich seiner kleinen Geschäfte mit Hartmann bestätigt. Wirklich schade, dass du das nicht mitgekriegt hast.« Rieke machte eine Pause. »Erzähl doch jetzt mal von deinen Ermittlungen in dem anderen Fall. Hast du in Hamburg was rausbekommen?«

Irgendetwas schien Neuhoff zu beschäftigen, er ging überhaupt nicht auf ihre Frage ein. »Es ergibt alles einen Sinn, Rieke, bis auf eines: Für den Mord an Marquart hat Meierdirks ein Alibi. Drei Personen,

nämlich Schwarze, dessen Frau und seine Sekretärin haben ausgesagt, dass sie die ganze Zeit am Abend des Mordes zusammen auf dem Freimarkt verbracht haben.«

Rieke lächelte. »Genau das ist der springende Punkt in der Geschichte.«

Nach dem Essen brachte Rieke Neuhoff mit dem Auto zur Dienststelle, wo er noch sein Fahrrad stehen hatte. Während der Fahrt spekulierten sie immer wieder über die widersprüchlichen Aussagen hinsichtlich des Freimarktbesuches.

»Schwarze sagt, Meierdirks hätte mal telefonieren und Pinkelpause machen wollen. Von daher fand er es normal, dass er etwas länger wegblieb und schien das bei unserer Überprüfung der Alibis auch nicht für erwähnenswert zu halten. Meierdirks dagegen sagt, Schwarze wäre vorher von ihm über die finanziellen Unregelmäßigkeiten eingeweiht worden und hätte geäußert, er solle seinen Schlamassel in Ordnung bringen, egal wie, und ihn damit in Ruhe lassen. Als Meierdirks sich vom Freimarkt entfernt hat, wäre das demnach mit Schwarzes Wissen passiert, der ihm ein Alibi verschafft hat, weil er sich auch um seine eigene Zukunft gesorgt hat. Wenn es stimmt, hat Schwarze zu diesem Zeitpunkt zumindest von den Unterschlagungen gewusst.«

»Schöne Scheiße, Rieke. Da steht Aussage gegen Aussage, und Schwarze hat in jedem Fall die besseren Karten.«

Rieke nickte, während sie auf den Parkplatz ihrer Dienststelle fuhr. »Das weiß ich. Ist aber bitter, wenn einer wie Schwarze davonkommt, immer aalglatt. Sofern es stimmt, was Meierdirks sagt. Mal sehen, für heute ist jedenfalls Schluss.«

Neuhoff tippte auf ihren Arm und zeigte auf eine Frau, die am Eingang stand und auf jemanden zu warten schien. »Ist noch nix mit Feierabend, Rieke, kommt dir die Frau nicht bekannt vor?«

Während sie ausstiegen und Rieke die Frau etwas eingehender betrachtete, fiel es ihr wieder ein. Sie ging direkt auf sie zu. »Nanu, Frau Lünsmann, was machen Sie denn hier?«

»Ich möchte eine Aussage machen.« Die Sekretärin der Helfenden Hände machte den Eindruck, als wenn sie nichts mehr von ihrem Entschluss abbringen könnte.

»Nur zu«, Rieke machte eine einladende Handbewegung, und Neuhoff öffnete galant die Tür. Eine halbe Stunde später hatte sich auch die letzte noch offene Frage dieses Falles beantwortet.

Zwölftes Kapitel

Rieke hätte Bäume ausreißen können.

Es war Samstag, Ben und sie hatten sich bereits nach dem Frühstück ausgiebig geliebt, und sie fühlte sich nach einer erfrischenden Dusche in Höchstform, während Ben noch einmal eingeschlafen war.

Bevor sie ins Bad gegangen war, hatte Insa angerufen, die zu Riekes Freude etwas von ihrer alten Lebendigkeit wiedergewonnen hatte. Wenn Rieke nicht alles täuschte, bahnte sich zwischen Focko und ihrer Freundin etwas an. Sie kannte Insa, wenn sie verliebt war, und von ihrer Mutter wusste sie, dass Focko in letzter Zeit wie verwandelt war. Insas Mann war nach zwei plumpen Kontaktversuchen erfolgreich vom Hof der Sengers vertrieben worden und hatte mittlerweile in die Scheidung eingewilligt.

Prima, dachte Rieke, während sie ihre hochgesteckten Haare löste, endlich hatte Insa sich mal einen vernünftigen Mann ausgesucht, und Focko wünschte sie ohnehin alles Glück dieser Welt. Vermutlich würde ihm die Lebensfreude ihrer Freundin ganz gut tun, und Insas Kinder beteten Focko bereits jetzt an. Während Rieke ihre Haare bürstete, ließ sie noch mal die letzten Wochen gedanklich Revue passieren.

War schon aufregend gewesen, ihr erster Fall in Bremen. Dass sich schließlich noch diese Frau Lünsmann gemeldet hatte, war ein echter Glücksfall gewesen. Sie hatte Meierdirks Aussage bestätigt, wonach Schwarze ab einem gewissen Zeitpunkt über die Betrügereien seines Stellvertreters informiert war. Zufällig, und auch nur, weil sie im Büro etwas vergessen hatte, war sie Zeugin eines Streites zwischen den

beiden geworden. Sie konnte sich zunächst auf das Gehörte keinen Reim machen, bis all diese »schlimmen Dinge«, wie sie es nannte, passierten. Was ihre Aussage zum Freimarkt betraf, hatte sie nur indirekt geschwindelt. Schwarzes Frau und sie waren eine Zeitlang in dem Wagen einer Kartenlegerin gewesen, während die Männer draußen gewartet hatten. Sie wäre nie auf die Idee gekommen, deswegen von einer Unterbrechung des gemeinsamen Bummels zu sprechen. Rieke vermutete, dass es auch die Loyalität zu ihrem Chef gewesen war, die zu dieser großzügigen Auslegung geführt hatte, aber letztendlich war das egal. Ihre Aussage hatte Schwarze ins Wanken gebracht, und das war gerecht.

Rieke kämmte sich ein letztes Mal die Haare und überlegte. Sollte sie sich im Hinblick auf ihre Verabredung am Nachmittag schon schminken oder lieber noch mal zu Ben ins Bett kriechen. Ein Blick auf die Uhr, und die Entscheidung war schnell gefällt.

An diesem Samstag hatte der Wetterbericht norddeutsches Schmuddelwetter angesagt und leider Recht behalten. Der Himmel war grau verhangen, hin und wieder nieselte es, und so richtig kalt wollte es auch nicht werden, obwohl es bereits Ende November war. An der Bushaltestelle beim Borgfelder Deich trafen sich fünf wetterfest gekleidete Menschen zu einem kleinen Umtrunk, der den Auftakt zu einem längeren Spaziergang bildete.

Andreas Neuhoff zog aus seinem Rucksack eine Flasche Korn und fünf Schnapsgläser, die er reihum verteilte.

»Gehört zu einer Kohltour dazu, wenn sie auch noch so klein ist«, bekräftigte Ben.

Rieke grinste. Sie kannte die traditionellen Kohl- und Pinkelessen aus ihrer ostfriesischen Heimat. Der Kohl musste vor der Ernte Frost bekommen haben, und so war es auch für viele Bremer Brauch, den ersten Grünkohl am Buß- und Bettag im November zu essen. Wie fast überall

in Norddeutschland war es Sitte, sich im Winter im Verein, mit Kollegen oder Freunden zu einem Spaziergang zu treffen, dabei schon mal den Magen mit einem Schnaps zu öffnen, dann zu essen und hinterher zu kegeln oder zu tanzen. Rieke staunte nicht schlecht über die Bremer, denen man ein sprödes, steifes Naturell nachsagte. Kaum waren sie aus dem Freimarktsrausch erwacht, stürzten sie sich ins nächste Vergnügen. Nun denn, ihr sollte es recht sein. »Wo gehen wir denn lang?«

Neuhoff zeigte in Richtung Wümme. »Wir gehen den Borgfelder Deich entlang bis zu einer Brücke über den Fluss. Dann laufen wir auf der anderen Seite den Deich immer weiter entlang, bis wir beim Lokal angekommen sind. Doch nun sag ich prost!«

Die fünf stießen miteinander an und setzten sich in Gang. Schnell teilten sie sich in zwei Grüppchen, vorne die drei Männer, dahinter Rieke Senger und Carmen Schütte. Es wurde erzählt und gelacht, und die Stimmung entwickelte sich prächtig.

Als sie an die Stelle kamen, wo Carmen Henry Meierdirks überwältigt hatte, blieben sie stehen, und Horst Schütte legte beschützend den Arm um seine Frau. Um der Situation die Schwere zu nehmen, schenkte Neuhoff kurzerhand noch einen Schnaps aus, und sie stießen andächtig auf Carmen und »ihren zusätzlichen Geburtstag«, wie sie es selbst nannte, an.

»Bitte entschuldigt mich«, bat sie gleich darauf, und verschwand mit einer großen Tüte, die sie zur Verwunderung aller die ganze Zeit mitgeschleppt hatte, den Weg hinunter zu Ephraim Matuschinskis Häuschen. Kurze Zeit später war sie wieder da und sah äußerst zufrieden aus. »Kann weitergehen.«

Erneut setzte sich der kleine Trupp in Bewegung. Als der Regen wieder einsetzte, spannte Rieke ihren Schirm auf und bot Carmen an, sich einzuhaken, damit sie nicht nass würde. Kurz darauf waren sie erneut in ein Gespräch vertieft, und wer es nicht besser wusste, hätte beiden für die besten Freundinnen der Welt halten können.

Elli Brandt war an diesem Tag ebenfalls alles andere als unglücklich. Sie hatte sich von der Aufregung der vergangenen Zeit erholt und freute sich auf eine kleine Premiere: Marie würde heute das erste Mal bei ihr in der Wohnung übernachten, da ihre Eltern den Nachmittag und den Abend in Bremen mit ihren neuen Freunden verbrachten.

Elli hatte sich schon überlegt, wie sie den Tag mit Marie gestalten wollte. Zunächst würden sie bei Frau Bolle reinschauen, die war schon ganz neugierig auf Marie. Anschließend würden sie zu Hause Schokoladenpudding kochen – und natürlich verdrücken – und nach dem Baden am Abend noch viele Geschichten erzählen. Elli seufzte vor Glück, als sie ihren Mantel überzog, um Marie abzuholen.

Ihr Blick fiel durch das Fenster auf die Spitze der Stadtkirche. Sie nickte freudig in Richtung Himmel und dachte beim Hinausgehen, dass es der da oben zumindest mit ihr, Elli Brandt, ganz schön gut gemeint hatte.

Ephraim Matuschinski seufzte in diesem Moment, doch mehr vor Verzweiflung. Sein kleines Häuschen schien aus den Nähten platzen zu wollen, so viele Geschenke hatte er die letzten Tage erhalten. Borgfeld hatte einen Helden in seinen Reihen, und jeder wollte ihm gegenüber seinen Stolz darüber zum Ausdruck bringen.

Nachdem bekannt geworden war, dass er unter sehr bescheidenen Voraussetzungen am Deich wohnte – wobei man geflissentlich darüber hinwegsah, dass dies eigentlich nicht erlaubt war –, hatte er zahlreiche praktische Geschenke bekommen. Am meisten freute er sich über eine neue Bettdecke und Holz zum Verschalen seiner Hütte, das ein ansässiger Baumarkt gestiftet hatte. Von dem Honorar, dass er für ein Interview bekommen hatte, konnte er sich gleich zwei große Wünsche erfüllen: Ein Kofferradio und ein kleines Aquarium schmückten nun seinen kleinen Tisch. Als er zum wiederholten Male darüber

nachdachte, ob er sich nicht doch noch einen kleinen Hund anschaffen sollte, klopfte es an der Tür.

Er öffnete und fand eine Tüte, die jemand dorthin gelegt hatte, der es offenbar eilig gehabt hatte. Weit und breit war niemand zu sehen. Er nahm das Geschenk mit hinein und schüttete den Inhalt behutsam auf sein Bett. Eine Karte fiel hinaus.

»Danke noch mal für das, was Sie für mich getan haben! Carmen Schütte« entzifferte er mühsam, da Lesen nicht gerade zu seinen Stärken gehörte. Er betrachtete das Geschenk genauer, und als er erkannte, was es war, machte sein Herz einen kleinen Hüpfer wie schon das von Elli Brandt an diesem Tag. Man hatte ihm einen Adventskalender gebastelt!

Matuschinski nahm seine Kiste mit dem Werkzeug, suchte zwei Nägel und einen Hammer heraus und entschied sich für die Wand, an der sein Bett stand. Kurz darauf hingen quer darüber an einer dicken, roten Kordel vierundzwanzig in Geschenkpapier gewickelte Tafeln Schokolade.

»Bin ich ein Hans im Glück ...«, murmelte er gerührt, während er zufrieden sein Werk betrachtete.

Schnell griff er nach seiner Jacke, vielleicht konnte er dieser netten Frau wenigstens noch ein Dankeschön hinterherrufen.

Er lief den Deich hoch und wischte sich dabei den Regen aus dem Gesicht, der stärker zu werden schien. In der Ferne konnte er eine kleine Gruppe von Menschen erkennen, und obwohl diese eigentlich schon außer Hörweite waren, rief er laut und vernehmlich »Danke fürr Geschenk!« in ihre Richtung.

Dann wandte er sich dem Fluss zu, der sich an Tagen wie diesen in seiner Farbe nicht von den Wolken unterschied.

Matuschinski überlegte, ob er sich einen Moment lang auf seine Bank auf dem Deich setzen sollte. Dann fiel ihm der Präsentkorb eines Borgfelder Lebensmittelgeschäftes ein, der heute morgen gebracht worden war und den er eigentlich noch auspacken musste. Er

beschloss, sich erst einmal seinen häuslichen Pflichten zuzuwenden, da für einen Gang zu seinem Lieblingsplatz immer noch genügend Zeit blieb. Langsam stieg er den Weg zu seinem Häuschen hinab.

Es dämmerte mittlerweile, und Novemberstimmung machte sich breit. Über den Fluss und seine Landschaft senkte sich die Stille, die Ephraim Matuschinski so liebte und die nun niemand mehr stören würde.

Krimi-Bestseller

Anja Schwarze

Kurs auf Mord

192 Seiten
Taschenbuch, Format 14 x 19 cm
12,90 Euro
ISBN 978-3-95494-223-7

Elsa und Fiete sind eine Zweckge-meinschaft.

Elsa hat ein Boot und Fiete möchten in der Nordsee angeln. Bevor die beiden Rentner jedoch in Cuxhaven ablegen können, müssen sie erfahren, mit welchen Mitteln der Konflikt Umweltschutz-Tourismus in der beschaulichen Urlaubsregion ausgetragen wird. Von einer jungen Umweltschützerin hören Fiete und Elsa einiges über Plastikmüll im Meer. Als dieselbe Frau als Leiche im Hafenbecken liegt, beschließen die beiden, auf eigene Faust zu ermitteln. Damit sie zwischen den profitorientierten Ho-teliers, ambitionierten Fischern und hochengagierten Umweltschützern nicht die Nerven verlieren, greift Fiete auf das zurück, was er am besten kann: kochen – besonders natürlich Fischgerichte. Auch Elsa, für die Essen sonst nicht so wichtig ist, greift gerne zu, bevor sie ihren Segelschüler in das Bordleben einweist.

Elke Marion Weiß

Wattlauf mit dem Tod

288 Seiten
Taschenbuch, Format 14 x 19 cm
12,90 Euro
ISBN 978-3-95494-222-0

Der abgebrannte Journalist Adrian Blau muss sich seit seinem Rauswurf aus der Redaktion selbst nach lukrativen Aufträgen umtun. Da kommt ihm das unerklärliche Verschwinden der Malerin Jette Alba wie gerufen. Entführung? Erpressung? Oder gar Mord? Adrian macht sich auf die Suche nach der schönen Künstlerin. Die Recherche führt ihn auf eine friedliche nordfriesische Insel. Dort muss er erleben, wie plötzlich das Böse in die Idylle eindringt: Brand-stiftung, manipulierte Autobremsen, Baugruben fordern tödliche Opfer. Stehen die Morde in Zusammen-hang mit einer ménage à trois, in die auch die Frau eines Politikers verwickelt ist? Oder geht es um das große Bauprojekt Wattenmeerpark am Rande eines Vogelschutz-gebiets, das einen Inselkrieg in Gang gesetzt hat, der an Theodor Storms Schimmelreiter erinnert? Oder verbirgt sich etwas Größeres, Gefährlicheres dahinter?

Elise van Mark

Scherbellenskoppen

208 Seiten
Taschenbuch, Format 14 x 19 cm
12,90 Euro
ISBN 978-3-95494-210-7

Dreizehn mysteriöse maskierte Gestalten ziehen am Martiniabend in Heidland von Haus zu Haus. Am nächsten Morgen wird ein altes Ehepaar tot aufgefunden. Hat je-mand den ostfriesischen Brauch der Scherbellenskoppen genutzt, um unerkannt die Morde zu begehen? Hexe, Teufel und der schwarze Mann machen sich verdächtig. Hat der kleine Marvin etwas gesehen, das ihn in Gefahr bringt, und warum ist der Sohn der Ermordeten verschwunden? Kriminalhauptkom-missarin Janne Winkelmanns erster Fall bei der Polizeiinspektion Leer/ Emden führt sie ausgerechnet in ihr Heimatdorf. Zum Glück gibt es dort noch ihre Tante Leni, die viel über alte Dorfgeschichten weiß. Ist vielleicht jemand der Meinung, dass sie zuviel weiß?

Krimi-Bestseller

Katrin Steengrafe

Wenn du noch eine Mutter hast

Ein Krimi in HB und ROW, Bd. 1

144 S., TB, 14 x 19 cm

9,90 Euro

ISBN 978-3-95494-054-7

Das Einzige, was Carmen Schütte immer wieder aus dem Gleichgewicht bringt, ist die komplizierte Beziehung mit ihrer Mutter. Als diese in der Toilette eines Zuges erdrosselt aufgefunden wird, stürzt ihr gewaltsamer Tod Carmen in ein Chaos der Gefühle. Dieses wird komplett, als sie sich in dieser Situation auch noch verliebt. In ihrer Trauer und der gleichzeitigen Euphorie einer neuen Liebe nimmt sie eher am Rande wahr, dass sich im Zusammenhang mit dem Mord immer mehr Ungereimtheiten ergeben ...

K. Steengrafe / E. Neumann

Weserdonner

Ein Krimi in HB und ROW, Bd. 3

232 S., TB, 14 x 19 cm

9,90 Euro

ISBN 978-3-95494-127-8

Ein rätselhafter Mord an einem älteren Mann beschäftigt die Bremer Mordkommission. Bei ihren Recherchen stoßen die Kriminalisten immer wieder ins Leere. Sowohl die Exfrau, seine ehemalige Lebensgefährtin, aber auch Freunde und Kollegen hüllen sich in Schweigen oder machen widersprüchliche Aussagen. Schließlich führt die Spur in die Firmengeschichte einer großen, inzwischen insolventen Bremer Werft, wo der Tote Vorsitzender des Betriebsrates war. Als die Kommissarin Rieke Senger sich fast am Ziel wähnt, gerät auch ihr Leben in Gefahr ...

K. Steengrafe / D. Grohnfeldt

Wesergold

Ein Krimi in HB und ROW, Bd. 4

220 S., TB, 14 x 19 cm

9,90 Euro

ISBN 978-3-95494-177-3

Der neue Fall führt die Polizei in den Bremer Osten. Es konkretisieren sich Hinweise auf den möglichen Täter, der in Alt-Osterholz auf einer Großbaustelle als Leiharbeiter eingesetzt ist, wobald eine Leiche gefunden wird. Die Ermittlungen führen zu der Firma Mieterparadies, die im Auftrag einer Hamburger Holding die Wohnanlage verwaltet und dabei Nebenkosten und Modernisierungsumlagen sehr kreativ abrechnet. Senger und Neuhoff stoßen auf ein verwirrendes Netz aus Intrigen, Diebstählen und systematischem Betrug. Da trifft es sich gut, dass sie Unterstützung von einem findigen Rentner und weiteren Mietern bekommen ...

Krimi-Bestseller

Christa Picard
Mord im Moorexpress

192 S., TB, 14 x 19 cm
9,90 Euro
ISBN 978-3-95494-139-1

Gerade hat der Moorexpress seine letzte Saisonfahrt vom Weihnachtsmarkt in Stade nach Osterholz-Scharmbeck beendet, da entdecken die Eisenbahner in ihrem Zug einen Toten. Die Mordkommission steht vor einem Rätsel: Bei dem Opfer, einem älteren, gut gekleideten Herrn, finden sie keine Hinweise auf seine Identität. Niemand hat etwas von dem Mord mitbekommen. Die Ermittler machen sich auf die Suche nach den Mitreisenden. Einer von ihnen muss der Mörder sein …

Ein kniffliger Fall für Kommissar Peter Köster, Gisela Schmidt und ihr Team. Und dann ist da noch dieses Tagebuch einer jungen Frau aus dem Jahr 1943. Die Spuren führen ins Teufelsmoor …

Der Krimi handelt in nahezu allen Orten an der Moorexpress-Strecke: Bremen – Osterholz-Scharmbeck – Gnarrenburg – Worpswede – Bremervörde – Stade.

Christa Picard
Verschollen im Teufelsmoor

184 S., TB, 14 x 19 cm
9,90 Euro
ISBN 978-3-95494-176-6

Der Kommissar ist frisch aus dem Urlaub zurück, als Sonja Brünjes ihre Mutter vermisst meldet. Aber ist sie wirklich vermisst oder mit der neuen Liebe durchgebrannt? Als sie nach einer Woche nicht wieder zur der Arbeit erscheint, fangen die Osterholzer Kommissare mit ihren Ermittlungen an. Die Vermutung liegt nahe: Sonja ist nicht freiwillig untergetaucht.

Die Spuren führen ins Teufelsmoor, wo die Polizei in den Resten einer frisch abgebrannten Moorkate einen Schuh und eine Haarbürste der Vermissten findet. Doch welche Rolle spielen die Russen-Mafia, ein verschollenes, wertvolles Gemälde aus der NS-Beutekunst und die Bremer Spedition Spreewald und Schraube?

Ein weiterer kniffliger Fall für Kommissar Peter Köster, Gisela Schmidt, Leiterin der Verdener Mordkommission, und ihr Team.

Christa Picard
Moorblues

192 S., TB, 14 x 19 cm
9,90 Euro
ISBN 978-3-95494-199-5

Ein Steuerberaterpaar zieht mir seinen Kindern auf einen alten Bauernhof. Bei Umbauarbeiten wird eine Moorleiche entdeckt. Wer ist der gut aussehende, bärtige Mann mit den roten Haaren und wer ermordete und vergrub ihn vor mehr als zehn Jahren im Teufelsmoor? Kommissar Köster hat gerade den Blues wiederentdeckt, als er zusammen mit Gisela Schmidt und der Osterholzer/Verdener Mordkommission mit den Ermittlungen beginnt. Diese führen weit zurück in die Lebensgeschichte der Vorbesitzer des Hofs und hinaus auf die Weltmeere. Welche Rolle spielte der Seemann Hans, in die Bauersfrau anscheinend verliebt war, und was passierte wirklich auf dem Kreuzfahrtschiff der Carmen-Cruises im Mittelmeer?

Der Blues in seinen verschiedenen Schattierungen begleitet die Aufklärung dieses schwierigen Falls.